自由と運命

FREEDOM AND FATE

An Inner Life of RALPH WALDO EMERSON

エマソンの精神遍歴

スティーヴン・E・ウィッチャー
Stephen E. Whicher
髙梨良夫 訳

南雲堂

FREEDOM AND FATE——An Inner Life of RALPH WALDO EMERSON——by Stephen E. Whicher

Published by arrangement with the University of Pennsylvania Press, Philadelphia, Pennsylvania through Tuttle-Mori Agency, Inc., Tokyo.

父母に捧ぐ

まえがき

エマソンは、自らが望んだように、宇宙に対して独自の関係を結んだが、それはすべて生きた関係に言えるように、時とともに進展し、変化した。生涯にわたって彼は、『自然』の結末の、「だから君自身の世界を築きなさい」(1)という詩人の忠告にしたがっていた。さまざまに異なる洞察《インサイト》は、彼がしばしば引用したベイコンの言葉をもちいれば、(2)探究心旺盛な精神が、ものの外観を精神の要求に一致させようとして発した、放射状に広がるきわめて多くの光線であると言ってよい。

彼の精神が複雑で多面的であるのと同様に、彼の精神が築いた世界もまた複雑で多面的であった。彼のもっとも偉大な能力は、自らの本性全体を損うような早まった結論を求めようとはせず、しかも自らの思想が、反対方向に押されたり引かれたりしないことであった。彼に特徴的なのは、真理同士の間に矛盾が生じた時に、自らの著作という舞台で、矛盾を劇化し、相対立するもの同士に存分に演技させることによって、矛盾を受けいれたことであった。その結果彼の著作、特に日記は、彼の思想に興味深い新たな特質を付け加えてくれるような、観念の真のドラマ、まだほとんど知られていない物語を記録している。本書はそのようなドラマを「演出」しようとしたものであり、精神の世界におけるエマソンの驚くべきほど波瀾に満ちた航海の跡をたどったものである。

おそらく本書と、最近出版されたラルフ・L・ラスク著『ラルフ・ウォルドー・エマソンの生涯』との関係について、もう少し詳細に説明しなくてはならないであろう。というのはラスクのエマソン伝は、多くの点で決定版と言えるものだからである。視野の大きさと完成度においては、この書に匹敵するものは他にないことは明らかである。綿密で鋭敏なラスク教授の学識を示すこの名著は、同時代人が目撃したエマソンの人生をもっともよく描いている。しかしこの書は、彼の精神の内奥を探ろうとすることは意図していない。だがエマソンほどひたすら精神の世界に生きた人間は、著述家であってさえも、ほとんどいないのである。本書は、ラスクのエマソン伝を補う意味で、ラルフ・ウォルドー・エマソンの内面の生の見取図を描いたものである。内面の生は――彼にとってははるかに真実のものであり――それは作品中にのみ記録されている。

エマソンが伝えるメッセージを私は簡潔に解明しようとしてきたが、それは長い時間をかけて進展してきた仕事であった。折にふれて私は、エマソンについて書かれたものを事実上すべて読んできたが、私が恩恵を被った書物を一つ一つ挙げることはほとんど不可能に近い。私は自分に役立ったものすべてを参考文献一覧に載せようと努めた。しかしそのうちの小数についてはここで触れておかなくてはならない。

エマソンの思想についてのこれまでの研究に関しては、私はほとんどをヘンリー・ディヴィッド・グレイの研究書から学んだ。一九世紀の理想主義者としてエマソンが直面していた一般的な哲学的問題や、それに対して彼が次々と示したと思われる解決策について記したグレイの書は、今日でも必読のものである。しかしながらグレイの書は、エマソンの日記がまだ出版されていない約五十年前に書かれたものであるため、その後の研究成果の光を当ててもう一度書きなおされる必要がある。彼はまた私よりもより理論的、体系的に述べようとしている。ヘンリー・ナッシュ・スミスの「エマソンの職業の問題」についての論文は、エマソンの思想におけるドラマという着想を、漠然とではあるが与えてくれた。それは私がもちいたいと望んでいた方法をもちい、私のお手本となってきたような仕方で、彼の思想の重要な問題と取り組んでいる。ジョーゼフ・ウォレン・ビーチのエマソンと進化思想についての研究は、私にとっては決定的なものに思え、彼のエマソンの自然詩についての考察には教えられることがしばしばあった。本書の第八章は彼の研究に依存するところ大である。

F・O・マシーセンの『アメリカン・ルネッサンス』には、エマソンの精神の特質を述べたもののなかでも、もっとも綿密で鋭敏な感覚による考察が記されている。マシーセンは注意深く、おそらくはあまりにも注意深く、エマソンの直接的な美的経験のみに注意を集中し、彼の思想と彼の芸術の特性との関連は別として、彼の思想そのものに関する論述を避けている。そうであっても、エマソンの精神に関する研究で、彼の書に多くを負っていないものはあり得ないのである。最後にエマソンに関してもっとも重要な事実である、彼のピューリタン精神の背景については、ペリー・ミラーの研究書、特に論文「ジョナサン・エドワーズからエマソンへ」と、ヘンリー・バムフォード・パークスの『プラグマチック・テスト』のなかの最初の二つの論文から私は主に学んだ。この問題を扱ったパークスの書は、現在知られている以上に知られる価値がある。

エマソン学者なら誰でも、当然のこととして、ラルフ・L・ラスク編のエマソンの手紙と、ケネス・ウォルター・キャメロンの『エッセイストとしてのエマソン』という、エマソンに関する二つの百科辞典に数えきれないほど多くの点で依存しなくてはならない。本書執筆中に出版されたシャーマン・ポールのエマソンの思想に関する研究書を私は読めなかった。ヴィヴィアン・C・ホプキンズの『形態の螺旋《スパイア》』は、参照したいと思っていたのにもかかわらず、出版が遅れたために参照することができなかった。

本書は真の意味で、ロバート・E・スピラー教授のアメリカ文学研究に対する多くの貢献に、さらにもう一つの貢献を加えるものである。原稿校正作業中の教授の鋭い批評と、心よい援助が実際になかったならば、本書はより貧弱なものとなり、出版も遅れたことであろう。（本書に欠陥があったとしたらそれは私だけの責任である。）本書はペリー・ミラー教授の指導の下に書いた論文に始まり、教授の想像力豊かな指導と見事な統合力に多くを負っている。さらに本研究のさまざまな段階で、ジョージ・F・ベッカー、ジェイル・ケネディ、アーサー・O・ラブジョイ・ラルフ・バートン・ペリー、故セオドア・スペンサー、そして特にフレデリック・I・カーペンターの各教授から多くの助力を得た。

フェルプス・ソウル氏とペンシルヴァニア大学出版部は、煩雑な仕事を見事に処理して下さった。ハーヴァード大学ホートン図書館のウィリアム・A・ジャクソン氏と、キャロライン・ジェイクマン女史は、つねに助力を惜しまなかった。本書は、ロックフェラー財団からの一九四六年から四七年にわたる「戦後」奨学金による援助がなかったならば、日の目を見ることがなかったであろう。両親のジョージ・F・ウィッチャー教授夫妻と、妻のエリザベス・トリッキー・ウィッチャーから受けた助力に対する感謝は、言葉では言い尽くせない。

私は特にエドワード・ウォルドー・フォーブス教授とエマソン記念協会に対して、エマソンの未発表の講演原稿の一部を閲覧、使用し、また彼の説教、日記、作品、手紙の引用を許可していただいたことに感謝する。またホートン・ミフリン社に対しては、『ラルフ・ウォルドー・エマソンの日記集』（一九〇九–一四）、『エマソン全集』（生誕百周年記念版、一九〇三–〇四）、アーサー・C・マクギファート・Jr.編『若きエマソンは語る』（一九三八）からの引用を許可していただいたことに感謝する。さらにまた次の方々から引用の許可をいただいたことを記しておく。

　ラルフ・L・ラスクとチャールズ・スクリブナーズ・サンズ社（ラルフ・L・ラスク『ラルフ・ウォルドー・エマソンの生涯』、一九四九）、ラルフ・L・ラスクとコロンビア大学出版部（ラルフ・L・ラスク編『ラルフ・ウォルドー・エマソン書簡集』、一九三九）、コロンビア大学出版部（ハーバート・W・シュナイダー『アメリカ哲学史』、一九四六）、マクミラン社（ジョーゼフ・ウォレン・ビーチ『一九世紀英詩の自然観』、一九三六、ペリー・ミラー『ニュー・イングランド精神―一七世紀』、一九三九）、オックスフォード大学出版部（F・O・マシーセン『アメリカン・ルネッサンス』、一九四一）、ハーコート・ブレイス社（T・S・エリオット『四つの四重奏曲』、一九四三）、ニュー・ディレクション（アイヴァー・ウィンターズ『モールの呪い』、一九三八）、フレデリック・I・カーペンターとハーヴァード大学出版部（カーペンター『エマソンとアジア』、一九三〇）、『ニュー・イングランド・クォータリー』誌とメレル・R・デイヴィス（「エマソンの〈理性〉とスコットランドの哲学者達」、一九四四年六月号）、ケネス・ウォルター・キャメロン（キャメロン『エッセイストとしてのエマソン』、一九四五）。

ノルウェー、オスロにて

一九五三年五月

S・E・W

本書は、第一章は第一回目のヨーロッパ旅行にいたるまで、最後の二章は第二回目のヨーロッパ旅行以後を扱っているとはいえ、エマソンの思想が最も活発に展開された、第一回目と第二回目のヨーロッパ旅行の間の一四年間、すなわち一八三三年から四七年に主に焦点を当てている。この期間を扱っている第二章から第八章までを、さらにおおざっぱに分けてみると、第二章から第五章までの四章は、エマソンの青年時代の挑戦について、第六章から第八章までの三章は、その後の運命への黙従について論じている。もっともこの一四年間を二つの期間に正確に区分することはほとんど不可能に近い。というのは彼の思想は、複雑な新たな影響を受けながら適応していったために、困難や不安を伴う時期が比較的長く続いたからである。しかしあいまいではあっても、次のような表にしてみると、おそらく理解に役だつであろう。

一八〇三〜三二年　　ユニテリアンの時期
一八三〇〜三二年　　第一の危機
一八三二〜四一年　　挑戦の時期
（一八三八〜四四年）　（第二の危機）
一八四一〜八二年　　黙従の時期

エマソンの精神遍歴　目次

—自由と運命—

第二部　運命　169

略　字

本文中のエマソンの著作、詩、日記、講演、書簡などの出典については次のような略字をもちいて示した。また巻数はローマ数字、頁数、西暦年は漢数字で示した。

CS　*The Complete Sermons of Ralph Waldo Emerson*. Ed. Albert J. von Frank et al. 4 volumes. Columbia: University of Missouri Press, 1989-92.

EL　*The Early Lectures of Ralph Waldo Emerson*. Ed. Robert E. Spiller, Stephen E. Whicher, and Wallace E. Williams. 3 volumes. Cambridge, Mass.: Harvard University Press, 1959-1972.

ETE　*Emerson the Essayist*. Kenneth W. Cameron. 2 volumes. Raleigh: University of North Carolina Press, 1945.

J　*The Journals of Ralph Waldo Emerson*. Ed. Edward Waldo Emerson and Waldo Emerson Forbes. 10 volumes. Boston: Houghton Mifflin, 1904-14.

JMN　*The Journals and Miscellaneous Notebooks of Ralph Waldo Emerson*. Ed. William H. Gilman et al. 16 volumes. Cambridge, Mass.: Harvard University Press, 1960-82.

L　*The Letters of Ralph Waldo Emerson*. Ed. Ralph L. Rusk and Eleanor Tilton. 8 volumes to date. New York: Columbia University Press, 1939-.

Life　*The Life of Ralph Waldo Emerson*. Ralph L. Rusk. New York: Charles Scribner's Sons, 1949.

W　*The Complete Works of Ralph Waldo Emerson*. Ed. Edward Waldo Emerson. Centenary Edition. 12 volumes. Boston: Houghton Mifflin, 1903-4.

(注) エマソンの説教は原書版では、Arthur C. McGiffert, Jr. ed. *Young Emerson Speaks*. Boston, 1938 を参照しているが、訳者が CS の巻数と頁数に直した。エマソンの講演は原書版では、当時においては未発表だった講演原稿を参照しているが，訳者が EL の巻数と頁数に直した。またエマソンの日記は、原書版ではすべて J を参照しているが、訳者が出来る限り JMN の巻数と頁数に直した。さらに本文中の（　）内に、出典、巻数、頁数を示したが、それとともにエマソンの内面における思想の形成を、時の進行に沿って追跡出来るように、初めて発表された西暦年も出来る限り示してある。

エマソンの精神遍歴

―自由と運命―

第一部　自由

第一章

「内なる神」の発見

エマソンは大器晩成の人だった。彼の日記の最初の二巻の記述には――ボストンの第二教会の牧師職辞任以前のものだが――文体、思想が卓越したものであることはあまり示されていない。もし彼が一度ならず恐れたように、三三歳以前に他界していたならば、誰もそれが国家の損失であるなどとは思わなかったであろう。もちろんエマソンのようにゆっくりと成熟していくことは、アメリカの大作家にはよくみられることであった。ホイットマン、メルヴィル、ホーソーン、ソーロウ等、同時代の作家の名前だけを挙げてみても、中年以前には重要な作品をほとんど出版していない。エマソンの場合驚くべきことは、ともかくも偉大な人物になったことである。青年時代には彼は、一生の間なくなることのないように思われた、深刻極まる無力感を抱いていたために、自らの力を十分に発揮することが出来なかった。彼の潜在的能力を解き放つためには、予期もされなかった栄光ある霊的奇跡のようなものが必要であった。

まず第一に健康がすぐれなかった。多くの家族と同様彼も結核を患っていた――二人の弟は結局結核のために死んだ――彼は二十代を通じて、勝利を収める確信を全く持てなかった深刻な生死の戦いをした。特に一八二六年から二七年にかけての厳しい冬を、彼は健康と力とが自分から消えてゆくのを観察し、ふたたび故郷には帰れないのではないかと半ば思いながら、異郷の南部で過ごした。作家と説教者としての素質を発揮したいと熱望しながらも、彼はこの期間中、死を覚悟の上で、ほとんど何も企てず、活力の泉がゆっくりとふたたび満ちてくるのを待ちながら、「無為に過ごさ」ざるを得なかった。後に健康は回復し、実際非常な忍耐と仕事に対する能力を発揮することになったが、ホイットマンのような強健な活力は決して彼のものではなかった。ヘンリー・アダムズ（アメリカの歴史家・思想家・作家。一八三八－一九一八）と同様、彼は自らが人生の傍観者となるように生来運命づけられた人間であると常に思っていた。

この活力のなさに加えて歩調を鈍らせる自己不信がついて廻った。ほっそりとした青年が自分自身と自らがいだいている大望とを比べてみた時、自らの無能力を痛感して落胆した気持になった。彼は自分が救いがたいほどに怠惰、放縦で、「知的放蕩」癖があると思っていた――すなわち自分にとって役立つと思うものではなく、自分の目をとらえたものを読み、他人との交際ではぎこちなく、落ち着きがなく、愛情面では冷たく、愛想がなかった。目的を持った学問、筋道の通った推論、実際的技能、身体の頑強さを称賛しながらも、こうしたものすべては自分が憧れている世に秀でることに通ずる手段にすぎないと確信し、自分には悲しいかなこうした能力が欠けていると思い、不自然に自らを励ましたり、痛ましいほどに諦めたりすることを繰り返していた。初期の日記には男らしい勇気と良識とがしばしば示されているが、支配的なのは無力感である。彼には自分自身の運命を形成する力がなく、時が無情に過ぎてゆくのを目の前にして、時には屈辱のなかに、時には禁欲的な慰めのなかに自分が漂っているのを感じていた。「われわれは〈時〉と〈偶然〉

に甘んじている。なぜならそれらをわれわれの思いのままにするには大変な努力が必要とされるからだ。そして偉大なるものの胎児が自らの内部で動いているのを感じている人達でも、それを養い育ててゆく力が不足しているために、そのまま死なせてしまう。十分な発達を遂げさせさえすればよい計画、現在夢見ているよりもはるかに高貴な存在に思想家を導いてゆくためには説明さえあればよい思想……は、どうしようもないような不毛さのなかで衰え、枯れていってしまう。」（JMN・II・一六三・一八三）[1]

二十歳以前の日記にみられる自らのどうしようもない不毛さに対する失望の口調は、もちろん大抵は道理に合わないものであり、健康でないことから生ずる憂鬱《ゆううつ》と法外な希望とが混じり合って作りだされたものである。大望はエマソン家の人達を滅ぼすものであった。二人の弟チャールズとエドワードは大望の鞭を受けて倒れた。ラルフもまた栄誉の崇拝者で、自らの人格のなかに偉大さを示すものはないかと常に探っていた。しかし専制的な良心が口やかましく小言を言うのに逆らって、能力以上のことはしないと決意したことにより、彼の命が救われたことは疑いのないことである。彼は自尊心を失うのと引きかえに長寿を得た。

若い頃の大望には、ピューリタン特有の過激主義がみられただけでなく、その方向が誤っていたために、彼の自信は動揺した。二一歳の時に日記に記した有名な自己省察の記述においては、厳粛な気持ちで自らを教会に捧げている。「……僕は神学でなら成功するのではないかと思う。僕は父から……雄弁調を激しく好む性向を受け継いでいる。僕はキケロ（古代ローマの政治家・雄弁家・哲学者。一〇六―四三B.C.）が求めた〈無限にして偉大なるもの〉を憧れる。……調子のいい時には（僕がたぶらかされているのでなければ）、自分には輝かしい未来があることを信じ、大衆の理性と情熱を意のままに左右する能力を持つ者として、自分を尊敬することができる。牧師の努めは二重である――つまり公の説教と個人的な感化とである。前者で完全な成功を収めることができるのは少数者だけの運命だが、僕にはこれができるような気がするのだ。だがその人間が、後者を確実にわがものとするための道徳的価値を欠いているならば、説教をいくら勉強しても無駄である。……僕が選んだ職業が、心と態度に、内的外的状態に、再生をもたらしてくれることを、というよりは僕の出発点となってくれることを、僕は信ずる。というのは、僕は雄弁を身にまとい、親切と熱情と〈徳〉というもののもつ荘厳さによって、人間の誤った判断や反逆的な激情や腐敗した習癖を克服しようと希望してきたのだから。」(三三九-四三・一八二四)

この宣言の純粋さが文学的なものであることを理解するのは困難ではない。牧師はニュー・イングランドでは常に知識階級であった——彼の父親はそうした生まれの好例であった——そして若きエマソンは、この牧師の道を歩むことを夢見たのである。しかし自ら決断して身をゆだねることにした、他人と自分自身を道徳的に改善しようとする牧師の仕事は、とてもうまくゆきそうもなく思われ、彼の気持ちは純粋なものであったとはいえ、押しつけられた人生の目標、義務の重荷であり、心から喜んで受けいれたものではない。牧師職の契約の大部分を占めている、ぶどう園で辛抱強く労働をしなくてはならないことについては、ほとんど気がついていないように思える。そして彼がこのことに気がつくようになるにつれ、強く反発し、独立心に富む自分の性格には適さないと思うようになった。彼が自らの特性を自覚するよりは、むしろ「法衣」としての職業的な性格を身にまとおうとすることに専心しているかぎり、「僕の本性には十分な〈基盤〉がない」(三四〇)ことを感じ、また示し続けそうであった。

しかしながらエマソンの能力の発達は、何よりも懐疑論との戦いによって押さえられた。若きエマソンに、われわれはまだ十分な信仰を見いだせないでいる「自然信仰者」の姿を見いだす。一八二〇年代には、後年になって、「不信心」という時代の病気と呼んだもの、そしてそれに伴って人々を無力にさせる「何をなすべきかについての〈不安〉」（W・I・二八二・一八四二）に対する恐れを、自ら感じていたのである。われわれは彼の初期の思想において、すでにこのようなあいまいであっても危機的事態があったことを知らなくては、敬虔で、一見保守的に見える青年が、なぜ後年になって過激で異端の人生を熱烈に歩み始めるようになるのかを理解することができない。彼を解放した直感は、最終的に現われた時には「驚くべき啓示」に彼には思われたが、記録をたどってみると、そのようになっていったのは必然であったことが解る。すべてが結合した結果として、このような啓示が彼にもたらされたのである。そのいくつかを挙げれば、彼の個人的、気質的な要求、規則正しい牧師職に対する純粋な召命感の欠如、青年時代に信仰したユニテリアニズム（三位一体説を排し、神が唯一の実在であることを主張するプロテスタントの一派の神学思想）には、本来論理の上で無神論という危機が内包されていたこと、ドイツを源泉としてニュー・イングランドに当時ちょうど浸透しつつあった「現代哲学」という人を酔わせる教義、彼はカルヴィニストとしての育ちから、心情《ハート》の宗教を求めたが、その気持はユニテリアニズムによって根絶もされなければ、満足も与えられなかったこと等である。新しい信仰は、ヘビの皮のように、古い信仰の下で成長しつつあり、そしてやがて時が来ると、古い外皮は脱ぎ捨てられた。

†

エマソンの精神の成長の物語は、ニュー・イングランド地方の一人のユニテリアンとして始まる。彼はどうみても一九世紀初頭のハーヴァードが生んだ偉人の典型であるように思える。もしユニテリアニズムの代表的指導者で、エマソンにとって雄弁の模範であったウィリアム・エラリー・チャニング博士（アメリカのユニテリアン派の牧師・

思想家。一七八〇―一八四二）や、ハーヴァードでエマソンが教えを受けた教授達が、彼の手紙や日記を読むことがあり得たとしても、認めることのできないようなものはほとんどなかったであろう。エマソンは、自分が教え込まれた、慈悲を重んずる道徳的信仰を擁護するために戦っているのだと自ら宣言しているのであるから。

しかしユニテリアン・キリスト教は、「不信心」という点ですでに相当深入りしていた。エマソンの大学在学時代に行われたチャニングのボルティモア説教は、ボストンの自由主義的なキリスト教と、一世代かかって成長してきたボストン西部の内陸地方の保守的なカルヴィニズムとの間の分裂が、世間の目からみても、確実なものであることを明白にした。根本的に異なるのは、ユニテリアンが「人間の堕落状態」を否定したことにあった。ピューリタンの義《ただしさ》に対する熱情を保持しながらもユニテリアンは、人間は生来堕落しているというピューリタンの教義――多くの自称カルヴィニスト達によってすでに巧妙に修正されていた教義――を拒絶し、人間は自由な道徳的力をそなえていると断固主張した。その結果としてボストンでは、神中心の敬虔から人間中心の義務の宗教へのゆるやかな移行が完了していた。神はもはや、その計り知れない意志の前に、人間が畏れ、敬愛して頭を下げなければならない、人間を焼き焦がすような支配力を持つ炎ではなくなった。神は人間の道徳教育を助けるために世界を設計し、支配する、慈悲深い「父」となった。キリストは自らを手本として、人間に徳を教えるために出現し、神聖さは道徳的完全のうちにあるとみなされた。

元来ボストンのユニテリアニズムは、ニュー・イングランドのピューリタニズムと啓蒙主義との結合である――とはいえ、この結合はピューリタン精神が、フランクリンの場合のように、ピューリタン主義すべてを置き去りにすることなく、「理性の時代」に適合するために、ギリギリのところまで歩み寄った結果である。それはピューリタニズムからいつの間にか気がつかないうちに移行、成長しながらも、ピューリタン的特質も保持しているという考え方もできるが、またそれは、一八世紀の思想家が中世の迷信に対してとったのと同じような態度を、カルヴィニズムに対してとったという考え方もできる。それはまた理性の名のもとに、すたれた神学の「人間の品位を落とすような過ち」に対して抗議し、また一八世紀の思想家と同様、理性的なものと真に独善的な人間主義的教義とを同一視した。ユニテリアンは単なる自然宗教には共鳴せず、聖書の啓示の外的権威を自分達の信仰の根底として依然として受けいれていた。しかし彼らは「キリスト教は理性的宗教である(2)」と主張した。聖書は理性にもとづいて解釈されねばならず、自然法則と一致しないものは何もそこにはなかった。だが事実上宗教的真理であるかどうかを最終的に確かめるものは理性ではなく、正義感であった。彼らが真の法と認めたものは、彼らの社会の道徳律であった。このようにユニテリアン信仰の基底となっているものとして、理論的には三つ挙げられる。形式的基底としての啓示、啓示であるかどうかを理論上確かめるものとしての理性、そして理性であるかどうかを実際上確かめるものとしての道徳感覚《モラル・センス》である。

しかしながら正義と理性とが一致していると仮定することは、一八世紀のロンドンやパリよりも、一九世紀のボストンでは、より困難で、不安なことであった。理性は両刃の剣で、迷信を刈りとるばかりでなく、宗教的信仰を根底からくつがえすこともあり得ることが解っていた。理神論、懐疑論、フランスの物質主義と無神論、そして最近ではドイツの高等批評等のすべてが、理性は抑制されなければ、宗教を徹底的に破壊してしまうこともあり得ることを十分に教えていた。ユニテリアンは宗教的熱情と懐疑論という両難の間を進退窮まって進むことを余儀なくされた。船を上手に操縦するためには、簡素で単純であると思われていた彼らの信仰に特有の用心深い冷淡さが大いに必要とされた。

こうした知的状況が生んだ第一世代としての、一八二〇年代におけるエマソンの立場は、自らの前方に水路が集中しているのを発見し、岩に向かって自らが進んでいることに気づいていたと述べればよいであろう。ユニテリアン信仰の三つの基盤——啓示、理性、道徳感覚——のうち、啓示と理性は彼の場合には権威を失っており、疑念の迷路から彼を導きだすために残っていたのは「道徳知覚力の見事な手がかり」だけであった。彼が理性的宗教を信仰し続けるのが困難であると考えたのには主に二つの理由があった。すなわちこの信仰が拠り所にしている権威が疑わしいものであること、そして個人の力にゆだねられている自己修養にたえず努めなくてはならない責任があることであった。

先に引用した自らをさらけ出した自己省察の記述において、自分には強力な想像力がそなわり、雄弁調に対する熱望をいだき、牧師として成功する見込みがあると思うのは、このような能力があるためであると述べている一方、同時に「僕の推理力は比較的弱い。……」（JMN・II・二三八・一八二四）ことに気づいている。彼の思考は筋道立った推論にはなじまず、予期することができないように干いたり満ちたりしていた。「僕の思想を規制する法則があるものなのかどうか、その法則とはどんなものなのかを確かめることができない。」（一五三・一八二三）　祖先の信仰したカルヴィニズムの暗さと栄光ですら、「あくまでも冷静な理性」よりは彼のような気質には合っていた。若い頃の日記を読むと、彼の運命の星が、祖先の宗教の影響を彼に雨のように浴びせ、ケンブリッジ（ボストン近郊の都市。ハーヴァード大学の所在地）では知る人がおらず、すでに消滅してしまっていた宗教的心情の深みを、彼に教えていることを思い起こさせるような記述をわれわれは数多く見いだす。(3)これは、独自の宗教を信奉する「魔女」であった叔母メアリ・ムーディ・エマソンが及ぼした影響によるものであることは間違いがなく、一八二〇年代には彼は自らがいだいていた疑念や問題を常に彼女に告白し、彼女の方は、会話や手紙を通じて、カルヴィニズム本来の敬虔さの白熱した核心部分を彼に教えたのであった。同時に彼女がすさまじいほどまでに甥に期待を寄せたために、彼は将来偉大になりたいという輝かしい夢を育み、自らの希望を磨き、輝かせることになった。ケンブリッジで彼が知った冷たい理性の思想は、エマソンのうちに土台となるべきものをほとんど見いださず、ただ彼の自己不信の念をますます強めただけであった。

心のもっとも深いところで、彼は個人的な体験を通じて、人間には自由がそなわっているというユニテリアンの主張をはっきりと確認することはなかった。彼の精神状態の周期は、自らが支配していたのではなく、「僕の外側にあって、僕よりも高いあるものによって決定されて」(J・II・二三六・一八二六) いた。もし彼がユニテリアンが得々として保証した自由、あるいは自らが到達したいと熱望していた偉大なるもの、これらのものが自分にはそなわっていることを知っていたならば、それらを自分自身の力を働かせることによってつかむことができるなどという、人を麻痺させるような彼らの憶説をさっさと捨て去ってしまわなくてはならなかったであろう。彼は経験を通じてこうした主張が空虚であることを知っていて、しばらくの間謙虚という古い教義にもどった。「われわれはあわのような存在であるから、われわれが上に登りたくても、どのようにして登ってよいか解らない。そして偉大になっても、自らを讃えることができない。」(二三七)

これと同じ時期にエマソンは、懐疑家の疑問に答えようとして、大いに悩んでいた。懐疑家の述べることは疑いなく間違っていたが、そう言うだけでは十分ではなかった——理性的な議論により、懐疑家の土俵内で、懐疑家を反駁しなくてはならなかった。懐疑家は弁証法的弁論術を学んでいて、理性的宗教は論理による攻撃には弱いとはいえ、これは決してたやすいことではなかった。エマソンのこの問題に対する態度は、偏見なく新思想を受けいれようとする好奇心と鈍感な独善的態度、恐れと自己満足とが彼独特の形で混じり合ったものであった。しかしながらこの時期には、それ以後の時期ほどには、彼の精神は安定しておらず、不安は大きかった。この時期の日記を読んでみると、安全に上陸できる波止場を探し求めながらも、確信が持てず、ためらっている様子がみてとれる。後年になると思想が高揚して、安息所からはかなり遠くまで離れることもあったが、彼は二度と進むべき方向を見失うことはなかった。

一八二〇年代に彼がもちいた「懐疑家」とは、主に自然宗教と啓示宗教に疑念を持つ人を意味していた。古代ギリシャの懐疑論とピュロニズム（古代ギリシャの哲学者ピュロン一派の懐疑説。判断することをいっさい否定する）、モンテーニュ（フランスの思想家・モラリスト。一五三三－九二）、そして両刃の剣の「バークリー哲学」においては、懐疑家は付随的な意味しか持っておらず、彼が後に「懐疑に生きる人――モンテーニュ」についてのエッセイを書いた時、彼らは前面に出てきて、彼は意味が変わったことを認めて、'sceptic' という語の'c'の代わりに'k'の文字でつづった。ここで懐疑家とは、神、霊魂不滅、そしてキリスト教の真理を信じない人のことになった。彼が心にいだいていた懐疑家像は、ほとんどが間接的であったにせよ、さまざまなものを拠り所として合成されたものであったが――先に挙げたものに付け加えるとするならば、ギボン（イギリスの歴史家。一七三七－九四）、ヴォルテール[4]（フランスの啓蒙思想家・哲学者。一六九四－一七七八）、「ドイツの高等批評家達」、そして何よりもフランス人の無神論者アシール・ミュラとの個人的親交などを挙げることができようが――その特徴は明らかにスコットランドのゴリアテ、デイヴィッド・ヒューム[5]（一七一一－七六）に類似していた。エマソンの若い頃の手紙や日記においては、当時の懐疑家のなかでもっとも偉大であったとされるヒュームについて繰り返し言及されているが、それについて考察することは、彼の信仰を鈍らせていた懐疑論との戦いの意味を探るのに恰好の手がかりとなる。

大学二年の一八二一年に書いたボウドン賞受賞論文「倫理哲学の現状」においては、彼はヒュームによって呼び起こされた恐るべき疑念を重視し、正統的キリスト教の中には自らにふさわしい場所を見いだせないのではないか、と思うようにさえなっていたことが暗に示されている。その時から少なくとも一八二九年にかけて、エマソンは繰り返しヒュームを読み、日記に彼のことを記し、友人宛の手紙で彼について論じている。叔母宛の初期の頃の手紙には、ヒュームと懐疑論についてきわめて多くのことが記されているものもある。例えば一八二三年には、「毎日……僕は考えても解決できないような疑念のなかをさまよっている」（L・I・一三七）と述べ、叔母に「〈悪の起源〉は何か」という昔からの一つの謎に結局は煮詰められる奇異な疑問を列記した手紙を送っている。彼は「物事は連接していても連結してはいない。われわれは経験を通じてでなければ何も知ることはない。われわれには〈創造主〉を知る経験がないのだから〈創造主〉を知ることは決してない」（JMN・II・一六一・一八三）といったヒュームの著作中の証明を読み、あるいはそのことについて書かれた書物を読んでいて、ヒュームを「この詐欺師」と呼んで、叔母をからかっている。「次はスコットランドのゴリアテ、デイヴィッド・ヒュームです。しかし……彼の前に立ちはだかり、〈宇宙〉と〈宇宙の創造主〉が存在することを証明することのできるような人物がいるのでしょうか。……今では〈この詐欺師〉のもっともらしい嘘にうまくやりこめられていると毎日のように皆が感じていますが、ヒュームが論破できないような論理を展開しながら反論して、彼に対して勝利を収めれば、より一層安心し、得意な気持になるでしょう。」（L・I・一三八）一カ月後に彼は叔母に、より一層難解な形而上的疑問をしつこく浴びせ、そして翌年には、より一層ふざけ半分になった「ヒューム主義」がウォータフォード（叔母メアリ・ムーディ・エマソンの住んでいた農場があったメイン州南部の村）に上陸し続け、彼の日記にもそのことが記されている。

このように未熟なくせに生意気な質問を浴びせるのは主に、疑いなく、なんとか答えてもらいたいという気持から発している。それは魂のおたふく風邪、はしか、百日咳である。それにもかかわらず、彼がヒュームや懐疑論にそれ以後も関心を示し続けたことからも解るように、時が経過することによって疑問が消え失せたわけではなかった。疑問は現実のものであった。悩みは、彼にとっても、ユニテリアンの先輩牧師達にとっても、キリスト教の「外的証験」、すなわちキリストが自らの教えが神に由来することを証明するための拠り所にしたと考えられている、奇跡という問題に集中していた。例えばエマソンはドイツの高等批評に恐れを抱いた。というのは彼らの「反論は……外的証験の根底に攻撃を加え、内的証験については、歴史思想家と陽気な懐疑家の判断にゆだねてしまう」(J・II・八三・一八二六)からである。彼は懐疑論が、神《プロヴィデンス》と来世の信仰をも圧迫していることに気づいており、「神が存在するかどうかは確かではない」(七二)ことを時折認めたが、神の存在を全面的に否定することが本気でできたわけではなかった。ミュラと出会った後、彼は驚きをこめて兄ウィリアム宛の手紙に次のように記している。「……この男は、僕の気のせいかと思ったほどなのですが、首尾一貫した無神論者で、実在を信じず、それからもちろん霊魂の不滅などまるで信じていないのです。これらの点については、僕の信仰は強固で、生きているかぎり崩れ去ることはないと僕は信じています。」(JMN・III・七七・一八二七)

しかし啓示について証明することはまた別の問題であった。ユニテリアンはこの問題でつまづき、袋小路に入っていた。神がかつて一度「神の子」を通して人間に語りかけ、救いの道を示したという信仰は、ニュー・イングランドに当時存在していた他のさまざまなキリスト教宗派にとってと同じく、ユニテリアンにとっても必要であった。チャニングは、「キリスト教を一連の抽象的思想に変え、キリストから切り離しなさい。そうすればキリスト教は〈神の力によって救いにいたる宗教〉ではなくなる」と主張した。(6)しかしキリストが神の子という権威を持つことの目に見える証拠は、キリストの奇跡だけであると彼らは思っていた。そしてこの点で彼らはヒュームと正面から対立したのである。と言うのはヒュームは、新約聖書に詳しく記されている遠い昔の不確かな出来事については言うまでもなく、言い伝えられているいかなる奇跡についても、信憑性がないと激しく攻撃していたからである。彼は最後通告をするかのように、奇跡という観念は、ニュートンの自然法則が支配する世界においては、時代遅れのものとなってしまっていることを論証した。このようにしてユニテリアンは、自分達の信仰を論理的に証明する唯一の方法として、奇跡は非合理的な迷信であると主張せざるを得ない立場に追い込まれ、このような明らかな形で露呈した矛盾に対して彼らがいだいた当惑は深刻なものであった。

一八二〇年代にはエマソンは、自らの信仰を保持することは、教会制度としてのキリスト教、したがってキリスト教の啓示がたしかな事実であることと結びついているという信念を、ユニテリアンと同じようにいだいていた。しかしヒュームの論理の含意があまりにも深く浸透していたために、前の世代のように、キリスト教の啓示がキリストの奇跡によって示されていると心から信じることはできなかった。その結果彼の信仰はヒュームにもてあそばれていた。ユニテリアンの牧師としての職務上、自らが奇跡を信じていることを示すために、一八三一年に行なった奇跡についての説教はこの事実を何よりも証明している。何度も消された原稿には、教義と常識との間で苦闘した心の傷痕が記されている。結局彼が認めることのできたのはせいぜい、「僕が教義に神的真理があることを認めてからずっと、人々が起こったと言う奇跡は起こったに違いないと解っている」(CS・III・(三)・(二)(三))(7)ということであった。エマソンにとって明らかに奇跡は、彼の信仰にとってのいくぶん恥ずべき、無意味な付属物、すなわち「下等な証験」[8]（八二）になってしまっていた。これとは正反対の傾向が日記にも明白に現われていて、それはスウェーデンボルグ主義者の薬剤師サンプソン・リードの指導にしたがって、「われわれの生はすべて奇跡である」（八〇）と宣言するのだが、この傾向が実際意味するものは、いかなる特別な奇跡であっても、信じる必要性を避けようとする努力と同じである。彼がキリスト教の真理を信じ続けていたのは、事実上は内的証験のためである。

しかし彼は――たしかに何度も聴かされてきたことであるが――内的証験というのは信仰にとっては当てにならない根拠であることを知っていた。彼が述べたように、「世間の人々にやっかいな神の教義を信じさせる」ためには、「立派な理由」（L・I・一七〇・一八二六）が必要となる。内的証験は個人的な確信の裏づけとなるだけである。彼の信仰はこのようにしてしばらくの間、確固とした基盤がないままにされ、内的証験だけでも信仰にとって十分な正当的権威となることを証明する方法をなんとか見いだすことができるようになるまで、そのままの状態に留まっていなくてはならなかった。その間彼は、「ぞっとするような現実」（J・II・八四）と自ら呼んだものと直面しているのに気がついていた。最終的には彼はこのぞっとするような仮面を突き抜け、その背後にある生きた「実在《リアリティ》」に達し、「不信心」という恐怖から逃れる方法を見いだしたのである。しかしその体験は傷痕を残した。生涯を通じて彼の心のなかには、自らの信仰がもっとも高揚した時でさえも、それが個人的な夢――せいぜい感傷と熱情にすぎないのではないかという疑いの目を向けながら、傍観している何物かがあった。後年になってふたたび「懐疑論」に対してはっきりとした関心を示した時、心中深く根を張っていた思考の特徴が表面に現われたのだが、この特徴は「不信心」に直面し、そこから彼の信仰が始まったあの時の経験に源を発していた。

疑念をいだきながら漂っていたこの時期が、彼の心のもっとも深い部分に残したものは、彼が生涯にわたって必然というものが実在しているのを認めたことであった。若い頃の日記に特徴的に認められるのは無力感であり、それは彼のストア主義も、神の摂理《プロヴィデンス》への信仰も結局は覆い隠すことのできないものである。自らの運命の進展に対しては、自らの力ではほとんどどうすることもできないように思われた。彼は一八二四年には、「僕は自分の運命の主人であるよりも召使いなのだ」(JMN・II・二五一・一八二四)、また後に病気がもっとも重かった頃には、「僕は自分の運命を形成することは全くしないようだ。なぜなら僕は生まれおちて以来、どうにもならぬ必然に服従して生きてきたからだ。……」(JMN・III・四四・一八二六) と記している。彼は自分が出来事にもてあそばれていると思っていたので、予期できない出来事が続いて起こっても、黙従しながら対処することができた。「――奇妙な人生であり、それを表わすのにふさわしい気持といえば、静かな驚きだけであるように思えます。他人は笑い、泣き、売り、あるいは改宗しますが、僕はただ驚嘆するばかりです。」(L・I・一七〇・一八二六)(9)

しかしながら彼は若い頃必然に服従して、心の奥底では自由を求めることができないという気持が強かったために、ますます自由にあこがれる気持が生まれた。彼は後になっていだくことになる超越主義信仰の力と、そのほとんど意図的とも言えるような放縦さは、常識では全くありそうもないことに思えるかもしれないが、自らを滅ぼそうとしていた必然に依存しようとする気持を振り捨てる必要があったために生じたものである。おそらく若い頃の日記には、こうした兆候はみられないだろう。無益な自尊心、義務にストイックにしたがおうとする気持、神の摂理によって世界はそのように立案されていると信じこむこと以外に、自らの無力感を和らげる手だては何もないように思われた。だが表面的には受身にみえる姿勢の背後では、決して自らが作ったのでもなく、受けいれたのでもない世界に、自分が隷属していることへの極度の不快感が次第に強くなってきており、その後の記録を綿密に調べてみると、その現われや兆しがないわけではないのである。

†

彼が進む人生の方向は一八二三年にはすでにはっきりしたものとなっていた。「僕には人に対して頭を下げたり、畏縮した態度をとらなければならないいわれはないのだ。魂を裸にしてみる時、ただ高くそびえたつ独立心を持つ人間だけが尊敬に値するのだ。天才や学問をそなえた者でも、その弱腰ゆえに、僕達の侮蔑を買うことがあるかもしれぬ。僕が自分の貧弱や無知を思い、疑いもなくすぐれた才能や徳や態度を他の多くの人々のなかに認めざるを得ない時、僕はともすれば、自分はくだらない人間なのだというひどく不愉快な気持のなかに僕の威厳を埋没させてしまう。だが自分は測り知れぬほど高い運命を成就すべく生まれた不滅の存在であり、僕の道徳的、知的特性は直接全能の神に由来するものであって、神の子供としての僕の存在と状態は、同じく神の子供である他の人間の支配や意志からは、永久に独立していなければならないという事実を考えてみる時には、自分の目からみると、人生におけるより高い位置に、よりよき自尊の念へと高められる。」（J・I・三〇一-二・一八二三）　彼は人々のなかで自分が取るに足らない人間であることを、神の前では自分が重要な人間であるという考えで埋め合わせをしたのである。独立と自尊とを求めながら、彼は外部世界と内部世界との間を揺れ動いていた。

彼が訓練を受けた思想体系のなかには彼に役立つような要素もあった。例えば「道徳感覚」の伝統があった。人間には生来、一目見てすぐに本能的に、道徳的に優れていることを悟る能力が付与されているという考えは、徳のすべてが利害と便宜から発するものと考えたホッブス（イギリスの哲学者・思想家。一五八八–一六七九）のような当時の倫理思想家に対する反論として、もともとシャフツベリ（イギリスの道徳哲学者。一六七一–一七一三）やハチソン（スコットランドの哲学者。一六九四–一七四六）によって唱えられ、多くの思想家の書物を通じてエマソンに伝えられた。そのなかでも重要な思想家は、スコットランドの実在論者デューガルド・スチュアート（一七五三–一八二八）で、エマソンは大学時代に彼の著作を読み、その後数年にわたって称賛した。この慈悲深い考えがエマソンにとって重要であったのは、良心は自然界を説明するようには扱えない、という点であった。良心は、宗教が教えるように、魂の内部の神の声であり、人間に行為の確たる指針を与え、神の権威が実在することを明らかに示し、宇宙が道徳によって支配されているという確信を人間に与えているのである。「あの至上の感覚」（JMN・II・六・一八二三）は懐疑論に対する初期の頃の反論であった。一八二三年に彼は、「独断論者と哲学者は、僕に自分の精神が存在するなどという幻想に欺かれていると信じ込ませることによって、僕の精神は多くの現われては消えてゆく影がやどる場所にすぎないと容易に僕を納得させることができるかもしれない。……しかし〈道徳原理〉に確信を持って頼ることは、精神が本来持っている性質であり、僕は即座に精神が妄想であるなどという考えを拒否する。……〈道徳感覚〉の上に僕の霊魂不滅の信仰は基礎を置いているのだから」（八三）と記している。たとえ彼が時折感じたように、「われわれの知的、道徳的真理に対する断固たる信念が、時には懐疑家の疑問の目の前を朝雲の如く通り過ぎるものになってしまうとしても」（J・I・三二五・一八二三）、強烈な影響を及ぼしながらつぎつぎと出現するイギリスの道徳哲学者達は、懐疑家が信仰に対して向ける難問から逃れる道は、「道徳知覚力という見事な手がかり」（J・II・七七・一八二六）に見いだすことができることを確信させてくれた。彼は道徳知覚力を十分にそなえていたので、こうした自らの精神の内部における神の直接的証験、道徳、霊魂不滅といった考えは、二〇年代のそのような思想の衰退期を通じても、彼の信仰、自尊心を支えるのに大いに役立ち、その後新思想の影響を受けると、容易に「内なる神」（the God within us）を完全に信じることにつながっていった。［附録の注A参照］

バークリー司教（アイルランドの聖職者・哲学者。一六八五？－一七五三）の観念論は、よりあいまいな形ではあるが、彼の支えとなった。エマソンは実際にはバークリーを大して読んでいなかったようであるが、「バークリー哲学」についてはスチュアートの著作のなかで論じられたのでよく知っていて［附録の注B参照］、それを「観念論哲学」として理解していた。というのはスコットランド実在論の目的は、主にこうした観念論に挑戦することにあったからである。バークリーは懐疑論的唯物論を論駁するために、物質が知覚から独立して存在することを否定したが、スチュアートが指摘したように、実在論者にとっては観念論の最終的結果がヒュームの懐疑哲学であった。バークリーは人間は物質を認識できるかどうかを疑ったが、ヒュームもまた、人間が知ることのできるものは「印象」と「観念」にすぎないと論じ、人間が[10]精神を認識できるかどうかを疑った。エマソンがバークリー哲学に対していだいた第一印象は、スチュアートを通じて知ったものであったとはいえ、好ましいと思うようなものではなく、大学の卒業論文に、「ヒューム氏とバークリー司教の空論」[11]となってまとめられた。しかしその頃から、「僕は自分が存在していることを知っている」（J・II・一〇一・一八二六）にもかかわらず、われわれは物質というものが存在していることを同じくらい明確には知らない、ということを理解していた。それゆえ「世界霊《ワールド・ソウル》」の思想と同様、バークリー哲学は、詩や弟への手紙に、このような思想を本気で相手にすることができるだろうかと記される可能性は常にあった。バークリー哲学は古代の懐疑論を受け継いでおり、ピュロン（古代ギリシャの懐疑哲学者。三六五―二七五B.C.）の思想に類似しているところもあれば、ヒュームの思想に類似しているところもあり、信仰を強めるというよりは、信仰を動揺させた。

それにもかかわらずわれわれは、一八四一年になってマーガレット・フラー（アメリカの女流批評家。一八一〇―五〇）に宛てた手紙で、「自分が少年時代にバークリー哲学から初めて手がかりをつかみ、その後はそれを決して見失うことのなかった喜び」（L・II・三八五・一八四一）を回想している事実を信じてよいのかもしれない。彼はこの手紙で、また他のところでも、バークリー固有の哲学について述べているのではなく、ただ「自然は外面的に存在しているのかどうか……についての崇高な疑念」（W・I・四七・一八三六）について述べているのである。自らの生活を夢であると繰り返し思うことにより、自然に目を向け、幻想に満ちた孤独に入りこみ、想像の世界で自らを解放することで、自分と世界との関係をこのように逆転させることは、きわめて魅惑的で、子供なら想像力を働かせてときどき行うことである。これは特殊な懐疑論であり——自らが生き、活動することを求められている社会を実体のないものにしてしまうという点では、疑いなく認めることのできないことであるが、それでも時には境遇の圧力から解放されるためには、極端なことであっても、必要であった。

それ以上に重要なことは、彼がこのような懐疑哲学を、バークリーと同様に、懐疑哲学と戦うためにもちいたということである。このようにして彼は一八二六年の叔母宛の手紙において、「各人にとって魂は唯一の法であり、固有の宇宙である。人によって色は違って見えるのかもしれない。他人の目には赤に見えても、自分の目には緑に見えるかもしれない、という僕が以前からいだいている信仰」（J・II・七七・一八二六）に訴えることにより、ヒュームの名とイギリスとフランス、その他すべての自由思想家を追い払った。さらに彼は続けて、それぞれの時代が同じ様に独自のキリスト教を持たなければならないと論じた。新しい信仰の形式が自らの時代の懐疑論から現われてくるのではないかということを彼はそれとなくほのめかした。実際適切な観念論は本来、宗教を信仰させる上で協力者となり得た。というのは真の信仰はすべて、世界の実体のない外観を軽蔑することをわれわれに教えてくれたからではなかったか。「宗教の最初にして最後の教えは、『見えるものは一時的であり、見えないものは永遠である』（『コリント人への第二の手紙』四・一八）ということである。それゆえ哲学がバークリーやヴィアサ（古代インドの聖典などを書いたと言われる伝説的人物）のためにすることを、宗教は無学の者のためにしてくれる」（W・I・五八・一八三六）と彼は『自然』で指摘することになった。ヴィアサの名が挙げられていることにより、スチュアートが『哲学的試論』で述べているように、(12) バークリー哲学は、「宇宙はいつも……〈創造主〉の支配下にある」ことを教えたヒンズー教の、懐疑論とは無縁の観念論と結びつけられている。同じような考えにもとづいて、若い牧師エマソンが行なった最初の説教は、目に見えるものの非実在性を暗示することにより、目に見えないものの実在性を弁明している。「思慮深い人達は皆、自分の周りに無限に広がる自然の光景よりも、想念や感情の方により厳粛な真実があると思ってきた。そのような人にとっては、世界は……知性が活気づけられる時には、海の潮のように、自らの足元から干いてゆき、想念以外には永遠のものを何も残さないように思われることが時折あるのだ。」（CS・I・五五・一八二六）［附録の注C参照］

このように異なった仕方ではあったが、道徳感覚とバークリー哲学は、一八二〇年代においてさえも——道徳的報償《コンペンセイション》(13) という同じ頃彼がいだくようになった教義と同様——不可解で御しがたい世界の重荷を取り除き、彼に「自分こそ自分にとって全宇宙である」（J・II・三五〇・一八二八）ことを確信させるのにいくぶん役立つところがあった。しかしこうした教義でも、彼を疑念と自己不信から救いだすには十分とは言えなかった。道徳感覚は、力量以上の義務の重荷を彼に課し、観念論はこの重荷から彼を解放したが、それは彼の現実的感覚を踏みにじることによってのみ可能であった。その上信じられないような歴史上の啓示を信仰しているかぎり、またそれを何らかの論証によって弁明しているかぎり、そうした教義が彼にどのような確証を与えたとしても十分とは言えなかった。全問題を新たな視点から考察する、彼が「現代哲学」と呼んだ思想運動のことを知った時、はじめて彼を決定的に解放することになる直感力が成長し始めたのである。

エマソンがこの「現代哲学」という言葉をもちいた時、それはあいまいなものであり、われわれにもまたそうであるに違いない。カントをいくらか取りだし、ゲーテ、シラー、ヘルダー（ドイツの哲学者・文芸批評家。一七四四－一八〇三）、ヤコービ（ドイツの数学者。一八〇四－五一）、シュライエルマハー（ドイツの神学者・哲学者。一七六八－一八三四）、フィヒテ、シェリング、オーケン（ドイツの博物学者・哲学者。一七七九－一八五一）などから、それぞれ適当な量を加え、そしてヘーゲルを少量加え、それをエマソンがしたように、相当量のスウェーデンボルグのなかでかき混ぜ、スタール夫人（フランスの小説家・批評家。一七六六－一八一七）、サンプソン・リード、エガー（フランスの哲学者。主著はスウェーデンボルグ的象徴論『真のメシア』（英訳一八四二）。生没年不明）、コウルリッジ、カーライル、ワーズワス、クーザン（フランスの哲学者。一七九二－一八六七）、ジョフロア（フランスの博物学者。一七七二－一八四四）、コンスタン（フランスの思想家・作家・政治家。一七六七－一八三〇）のなかでろ過し、半分捨ててプラトンで味つけをすると、現代哲学と呼ばれるなんとも言えない飲物に似たものができあがる。エマソンはその芳香を一八二〇年代に自らが苦しい立場に追いこまれた時に発見し始め、自らのピューリタン的、ユニテリアン的な実在論者としての好みのためにそうした嗜好をゆっくりとではあるが、明白な形で持つようになったのである。このような影響の跡を明らかにした多くの優れた研究がなされてきてはいるが、われわれが関心を持つのは、彼の思想に対してそのような影響があったという事実だけである。

一八二六年の叔母宛の長い手紙は、彼の書いたもののなかで、彼の正統的キリスト教信仰の背後で、新たな思想らしきものが形成され始めたことを明白に認めることができる最初のものである。

　現代哲学が強い反作用により、感情ときわめて親密な関係にならなければならないというのは本当ではないでしょうか。あくまでも冷静なむきだしの理性は、以前には大目に見られていましたが、ついに人々はその骸骨にうんざりするようになり、理性の妹で、恥じらいながら、光り輝き、つねに変化する「心情」の後見を受けるようになりました。……それはともあれ、現代哲学の「意見」の一つは、われわれは現在のように、自分たちをあまりに「歴史的」にみて、神とわれわれの間に「時間」を割込ませるのは間違いであって、「宇宙」が存在している瞬間瞬間が新しい「創造」であり、「万物」は、これを見る人の精神に向かって神から瞬間瞬間に発せられる啓示であるとみなした方がより適当だろうということです。

（L・I・一七四）

彼は続けて、キリスト教が「相対的真理」であることのもっとも有力な証拠は、キリスト教の歴史的権威がいかなるものであれ、それが神の道徳律を現代の人に明らかに示すのにふさわしいものであることにある、と論じている。

　この手紙を過大視すべきではない。エマソンはこのように信仰の根拠が心情にあるとみなすのは詭弁であるという信念を依然としていだいており、制度としての啓示的キリスト教を擁護したいと思っていた。神と人間との間に「時間」を置くことは誤っているという考えは、ラスク教授が注目しているように、「神学部講演」を著しく予見させているが、ここでは個人的な霊感を弁護しようとしてはいない。外的証験の不確実性を打破するためには、エマソンはどうしても内的証験――「人間の心の内に存在する道徳的世界」――に訴える必要があった。これはもちろん――自分でも完全には解っていないことだったが――啓示それ自体の権威を打ち破り、不必要なものとすることであった。もし「万物」が一つの啓示であるならば、特別な啓示などというものは不必要で、存在し得ないものとなってしまう。こうした不断の啓示という考えは、彼には依然として「神秘主義」と思われていたが、それが避けようのないものとなってゆく道をすでに歩き始めていたのである。

しかしながら彼がそうした道を進んでゆくことになったのは、キリスト教の権威という問題によるものというよりは、むしろ彼個人の必要性によるものであった。例えば、病気になり、意気消沈して、若死というおそらくエマソン家に特有の宿命に立ち向かいながら、南部の地で一人だけで過ごした一八二六年から二七年にかけての冬には、心のなかでは、自らが「傷つけられることなく、不滅のものとして……神とともに歩んでいる」（JMN・Ⅲ・七六・一八二七）[14] ことを知る必要性を痛感していた。「神に対して、また人間に対して崇高な関係に立つように意図されている……道徳の代理人」（七三）としての説教者の資格を得たばかりであったにもかかわらず、彼は他人に対して益にならない生活を送らなくてはならなかった。「それなら年若き水先案内よ、……お前自身が難破した人間ではないのか。」（七三）この失意の時期に、彼は否応なく自らのキリスト教信仰を本気になって役立てようとした。自らが求めていた心の支えをキリスト教の「公式な慰め」に見いだしたのかどうかは疑わしい。ともかく以前には一度もなかったことであるが、この時彼ははじめて自分が自らを超えた力に左右されている存在であることを悟ったのである。

健康を回復すると元気になり、自分にはまだ神秘主義を受けいれるだけの心の準備ができていないことが解った。「……われわれは、われわれの理性が認めないばかりか、とがめもするような心情の暗示的作用によって得た考えに縛られてはならない」（J・II・三三）と彼は一八二七年の秋には、論争を挑むように繰り返し記している。こうした考えに忠実であることを疑わせるようなものは、その後二年間にわたって彼の書いたものにほとんど見いだせない。しかし一八三〇年になると、彼の思想は動きをみせ始め、ついにその年の暮れから年頭にかけて、押さえることのできないような心情の暗示的作用が一気に押し寄せてきた。こうした変容と、彼が新たにコウルリッジの著作を読み始めたことが全く同時に起こっているため、こうした変容を引き起こすのにコウルリッジが触媒としての役割を果したということには疑問の余地がない。もっともそれと同時にエマソンが展開しつつあった自己信頼《セルフ・リライアンス》の教義と、コウルリッジの教会にへつらうような態度とを対比してみると、エマソンがコウルリッジの弟子ではなかったことにも注意しなくてはならないが。コウルリッジという新しい精神の刺激を受けることにより、エマソンは長い間自らを奮起させてきた思想、すなわち「神の一部が人間の心にやどっている」（L・I・三五一・一八三八）という教義を、新たに注目しながら、検討するのである。

若い頃彼が人間と神とが近しい関係にあると述べたもののなかには、言葉の上では、怪しげな限界点まで彼が近づいていることを示しているものもある。新米牧師特有の無鉄砲さで、自分が気に入っている考えすべてを注ぎ込んだ初めての説教では、彼は会衆に、神は「諸君の行為の観察者であるよりは、むしろ諸君の行為を結んでいる潜在的原理である。……諸君の理性は神であり、諸君の徳は神であり、諸君の自由を除いては絶対確実に諸君自身のものと呼ぶことのできるものは何もない」（CS・I・五七・一八二六）ことを思い起こすように説いている。一年後に、神と自らの魂とが特別に結びついているという考えを拒否した時でさえも、彼はさらに続けて、「神と魂との結びつき――この結びつきのない宗教とは一体何であろうか。……この言葉では言い表わすことのできないほど美しく崇高なもの、この生命のなかの生命は、このエマニュエルという言葉の意味どおりのもの、すなわち〈内なる神〉ではないだろうか」（J・II・三四‐三五・一八三七）と叫んだ。彼は自らの宗教生活において、「神との交わりの……瞬間」（二七三）、「これは取るに足らないことであっても、突然聞かされれば、神がかり的と思われるかもしれなかった」（二二、一七〇）ことを何度も自覚したことがあった。特に道徳感覚がざわめきたち、心のなかに神の声が聞こえた時、その背後にある意味を考えると、燃え立つような興奮を彼は時折感じた。「その大法にしたがって自分の行為を律する時、僕は人間の持つ弱さと決別するのだ。僕はぼろくずのような僕の本性を、僕の〈創造主〉の威厳の一部と交換するのだ。……僕は全能なる者に依り頼んでいるのだ。」（JMN・III・一三〇・一八二八）

さてこのように日記のあちこちにちりばめられている、理性的宗教では考えられないような、神と魂との深い結びつきを暗示する言葉は、コウルリッジの新しい物の見方を受けて、彼の精神のなかで一つの思想に結合し始め、ついに彼は自らの不安を振り払い、ユニテリアニズムから出て、その後あともどりすることの決してなかった未知の海に乗りだしていった。彼が感じた変容は、「黎明の後の昼間のようであった。地球が回転するにつれてますます明るく照らされ、そして最後には、目が太陽を見る、すなわち魂が神を感知する特別な瞬間が到来した。」（一八六・一八三〇）エマソンの夜明けは、彼の魂が、疑念自体では――決して到達できない場所である彼の魂のなかに、神を感知した時にやってきたのである。

「自分が直接神とつながっているという驚くべき啓示」は「自分をふさぎ込ませてきたあらゆる疑念」（CS・Ⅳ・二五・一〈三三〉）から彼を解放し、ユニテリアン教会の牧師職辞任の潜在的要因となった。われわれは彼の声が新たな権威を持った調子を帯びているのを、例えば一八三三年にヨーロッパから帰国した直後、以前と同じ会衆に対して行なった説教中に聞くのである。前年彼は聖餐式に反対するクエーカー教徒から借用した論拠によって、自らの牧師職辞任を正当化していた。この説教中で彼は会衆に本当の理由を語った。

「宗教思想の革命がわれわれの周囲に影響を及ぼしつつあります。それは今までに起こったあらゆる革命のなかでもっとも重大なものに私には思われます。すなわちそれは全世界から個人を引き離し、今初めてその大きさにつくづく見いっている人間固有の本性を満足させるような信仰を、個人が持つように求めています。……人は、天地を満たす声が、神は人のなかにおり、天使が群れをなしている、と言っているのを聞き始めているのです。」（三二五）

ここでは聖書の言葉をもちいて表現されているが、この重大な発見は、彼の後に成熟してゆく信仰と力とを解くのを容易にするような手がかりをわれわれに与えている。彼がその後自らの人生の拠り所としたのは、人間の魂は、昔から教えられてきたように、神の生気、しずく、息、声、を含んでいるばかりでなく、神であるという認識であった。このような考えは実際、自ら感じていたように、思想的にも、精神的にも、革命的なものであった。本書はその帰結を明らかにするために書かれたものである。自分自身の本性には大きな広がりがあり、自らの魂には必要とされる力が思いもよらず無尽蔵にたくわえられているという啓示を受けることにより、それまでは圧倒的な無力感と思われていたものが消え、取るに足らないものとなっていった。キリスト教徒に対して反感をいだかせるようなものであったとはいえ、啓示を受けた後に、驚くべきほどの自負と確信の念が彼に押し寄せてきたという事実は、真の再生と呼んでよいもので、この種のすべての思いがけない霊的顕現と同様、われわれが重視し、注目しなくてはならないものである。われわれの文学ではホイットマンの回心のほうがよく知られているが、それのみが同等の重要性を持っている。

強力な必然に服従していた若い頃の人生に対する姿勢を、今では彼はすっかり乗り越えてしまったように思える。「哲学者の目には、〈個人〉は〈一部分〉とはみなされなくなり、〈全体〉とみなされるようになる。彼は〈世界〉である」（EL・II・二四）と彼は一八三七年に説明している。一方では、「全体」となることで、彼の自立は確固たるものとなり、考えや行為を外界とのかかわりのなかで決めていた状態から彼を内面的に解放し、主体的な判断からなる徳を至上のものとした。また他方では、それにより彼は他人が奪うことのできないような、自らの魂の権威にもとづいた神に対する信仰を得たのである。彼が直面していた権威という問題は、コウルリッジから、ユニテリアンが理性《リーズン》と呼ぶものを悟性《アンダースタンディング》と呼び、理性を宗教的心情を意味する語としてもちいるのを学んだことにより解決された。このようにして彼は理性の名において理性を否認することができたのである。「……われわれの〈理性〉は神の〈本質〉と区別することができない。」（J・III・二三六・一八三二）さらに証験という問題は、「信仰こそが証験である」（JMN・III・二〇八・一八三〇）という言葉で解決することができた。

このような魂が神であるという信仰の背後には、明らかに尊大さが潜んでおり、そのことをエマソンは特に初めの頃は敏感に感じていた。「神は一瞬の間も、神が真に永遠の〈実在《ビーイング》〉であること、自分自身が神に依り頼んでいること、自分が無であることを忘れることをお許しにならないが、一方では私は恐れることなく、自分の心に現にやどっている神を歓呼して迎えるのだ。」（JMN・IV・四〇・一八三二）彼の新しい信仰は自尊の念はもちろんのこと謙虚の念――すなわち心に現にやどる神のことを思うと自尊の念を、また「われわれ人間は複合的な本性を持っているという点では神と異なる……」（J・III・三三五・一八三三）ことを思い起こす時には謙虚の念を起こさせた。例えば自らの心に神がやどっていることを発見したことで、神と人間との間の境界がなくなるとすぐに、自己は二つに分裂し、以前の自己を越えた神に対する帰依が、自己のなかで再現されることになった。その結果として彼は、人間が「二重意識」を持っていることを常に認めることになった。彼は一八三三年には、自らが啓示を受けたことを告げ知らせた後で、聴衆に向かって、「私は外的な自己と内的な自己の区別――二重意識があることを認めます。……すなわち二つの自己があり……この誤りを犯す、激情的な、死すべき自己の内部に、至高の、穏やかな、不死の精神が座しているのです……」（CS・IV・三一五）と語っている。

彼の新しい信仰がはっきりとした形をとってくると、特に説教をみてみると、それはユニテリアンの道徳主義が置き去りにしていたカルヴィニズムの敬虔主義に明らかに似ている――すなわち人間の罪深さに対する確信というよりは、むしろ人間の力に対するヴィジョンにもとづいているという点では新しかったが、また一方では人間がその前では無になってしまうような、人間自身のものではない力が現に存在しているという、カルヴィニズムと同じ考えを復活させてもいた。神はもはや単に「人間精神のなかに形成し得るもっとも高い人格概念」（JMN・III・一八二・一八三〇）ではなくなった。神は一陣の風、一条の光、一つの流れ――すなわち一つの生きた力となった。彼は一八三一年三月に次のように日記に記している。「千の星が一条の光となって光る。無数の口が一つの霊となって語る。……人が語る真理の言葉はすべて神から発している。真実の考えはすべて神から発している。……力の源はただ一つあるだけだ。それが神だ。」（三三六） このような力の源泉を自らの内に発見することによって、二百年前ピューリタンがニュー・イングランドに伝えた聖なる愛の炎といったものをエマソンは取りもどしたのである。

この事実はエマソン学者なら誰でも気づくようになることであるが、彼とアメリカ最大のカルヴィニスト、ジョナサン・エドワーズ（アメリカの牧師・神学者。信仰復活運動「大覚醒」の創始者。一七〇三－五八）とが密接な関係にあることを説明するのに役立つかもしれない。[15] あるエドワーズの伝記作家はエマソン哲学を「全くエドワーズ的」とさえ呼んでいるほどである。しかし両者の間に関係があるかどうかははっきりとはしないようである。エドワーズの『意志の自由』と『真の徳の本質』に関する大論文は、人間には生まれつき道徳的力がそなわっていないために、完全に罪の状態に押し込められている、というエマソンが否定したことをまさしく示すために書かれたものである。真の徳は神の恩寵が魂に奇跡として流入することによってのみ可能となり、神に選ばれた人間は無私の神の慈悲を感じることができる超自然的な力を与えられ、自然的状態から霊的状態へと変容するのである。

このように恩寵《グレイス》に依り頼み、人間を無力な存在とみなす考えをボストンの自由主義者は受けいれなかった。彼らはエマソンと同様、「われわれ人間の存在の奇跡」（CS・IV・三九・一八三三）について長々と論じた。というのは、視力を回復した盲人のように、彼らは人間の価値という新たに見いだされた事実を賛美することが存分にはできなかったからである。エマソンは祝宴に遅れてやってはきたが、祝賀の喜びに参加する。しかし間もなく、そこに新たな特質を持たせるのである。彼にとって必要なのは、エドワーズにとって、またニュー・イングランド人にとって必要であった「救済の確証」であり、単なる道徳的力ではない。それならもし人が生まれつき地獄落ちを宣告されていないとするならば、人は生まれつき救済されているに違いない。こうした救済は「内なる神」の啓示によって彼にもたらされたものである。パークスが指摘しているように、「超越主義者《トランセンデンタリスト》が心で直接聞くという神の声は、単にエドワーズの〈神の霊によって魂に直接伝えられる神的、超自然的光〉が、選ばれた少数の人間から人類一般にまで拡大されたものに他ならない。[16]」エマソンが喜び、また驚いたことには、神が慈悲を示してその完全さを回復できるようにするために選んだ少数の人間を除いて、アダムがすべての人間に代わって打ち壊してしまったと考えられていた完全さが、決して失われてはいなかったということが解ったのだ。「人間の堕落」は神話であった。神が時には働きかけることもある人間もなかにはいるが、それ以外の人間にとっては神は隠れた存在である。しかしすべての人間にとって、「完全なるものが現に自らの心の奥底に内在している。」（J・III・二〇九・一八三三）［附録の注D参照］

一八三一年にはエマソンは思想的に成年期に入った。翌年の牧師職辞任は単に、前年の内的変化の結果必然的に起こることを外的に確認したにすぎない。われわれは、彼が二一才の時に日記に記した自己省察の記述の横に、八年後の精神的な成年に達した時に記した自己発見の記述を並べて置かなければならない。エマソンは一八三一年七月、「汝自らを知れ」（“Gnothi Seauton”）という題をつけ、詩にして、きわめて重要なことであるため、自ら述べるべきことを述べるためには散文では不十分であると思い、詩にして、当惑しながらも興奮して、新しい自分の信条を余すところなく記した。「内なる神」を発見したことに初めて喜びの気持を示して書かれたこの詩は、まさにぎこちないために、そのことの直接の結果であることをとりわけ明白に示している。すなわち「無限なる者」が自らの心に内在していることに対する畏怖、自己不信の念を押さえつけてしまうようなこの客人に対する王者の如き誇り、またさらに現在の自分が無価値であるという意識、自らにふさわしい徳と偉大なるものへの新たな鼓舞、歴史的啓示にもとづいている信仰の問題の解決である。キャメロンが注意を払っているように(17)、神託の声で腹話術をしているかのように、彼は自分自身に語りかけている。

君が単純な真理という強烈な食物に
堪えることができるなら、
君が自由で若い魂のなかで考えているものと
私の言葉とを比べてみる勇気があるならば、
この事実を肝に銘じて忘れてはならない――
神は君の内に住んでいるということを。
・　・　・　・　・　・　・
雲に包まれ、隠されていても
「無限なる者」が人間の心の奥に座している。
しかも君は君の客人を知らない、
君が自分の内に何を包んでいるのかを知らない、
君の内で客人の生命を蔽《おお》っている雲は
幾重にも張りめぐらされた君の罪悪の網の目だ。

客人の栄光はその網の目を通り抜けようともがきながら
君の悪の色にまで黒ずんでしまう。

だから、おお人間よ！
君の客人、君の魂の内なる「魂」の大きさに合わせて振舞いたまえ。
どこへ行っても王者のような態度で振舞う
この使節にふさわしく
偉大であれ。

・・・・・・・・

君の私室にあっても威厳を保ち、
光に満ちあふれて歩みたまえ。
そして、王者が自分の国を裏切ろうとは決してしないように、
君も自分の国を裏切ってはならない。

・・・・・・・・

だから、おお幸福な若者よ、
君がこの真理を知って愛するなら、君は幸福だ。
君は君自身にとって一つの法則なのだということを、
そして万物の魂は君の内にあるのだから、

君は自分以外には何も必要としない。
法則、福音、「神の摂理」、
「天国」、「地獄」、「最後の審判」、
「真理」と「善」の測り知れぬ宝庫、
こういうすべてのものを君は
君の精神の内にだけ見いださねばならない。
さもなければどこにも見いだせない。……

（JMN・III・二九〇-九三）

この時から後は、彼の思想の第一原理は、自分一個の精神を満足させることになった。この章でたどってきた思想は、植物がかならず太陽に向かって成長するように、自己信頼をめざして成長してきており、そしてついに彼は、巨大な世界――社会の強制力と運命の力に対して平衡を保ちながら――個人が無限であることを大声で叫んだのである。(18) 外面上は穏やかで、弁明的ではあるが、この信仰をかけた一か八かの賭には、大胆不敵さや、気高い冒険的特質があった。二十年後にメルヴィルは、破滅という運命が定まっているピークォッド号の航海と、「白鯨」と対決する神を恐れぬ神のような船長とを作品化して、こうした過激な自己信頼の原型を創造することになる。エマソンは自らを社会に結びつけていた綱をついに公然と切った時、奴隷のように卑屈な岸辺から、宇宙に対してただ一人向き合って、精神の大海へと乗りだしていったのである。幸いにもエイハブとは違って、波はすべて魔力にかけられている海を航海していることが解ってくるのである。しかしこのことに彼は長い間確信が持てなかった。

一たびこのような航海に身を投げだしてしまったからには、エマソンは長く陸地に縛られた信仰の勤めにとどまっていることはできなかった。彼はさらに一年辛抱したが、ついに一八三二年九月に牧師職を辞した。避けることのできないことであったにもかかわらず、大いに悩まずにはこうした決心にいたらなかった。そしてその年の冬、健康と心の平穏を取りもどすために、一年間のヨーロッパ旅行に旅立った。彼は自らの自立に自信をいだいて帰国し、その後は一四年間外国に出かけることはなく、自らの内面の海を航海することになった。

第一章に続く各章は、彼が見いだしたもの――自らの新しい世界をまず探検し、そこには危険な要素があることを次第に発見し、ついには測量して、そこに家を建て、身を落ち着けるようになること――を物語っている。最初は新しいヴィジョンに押し流されて、彼は革命の予言者となり、一七世紀英国に起こった喧騒派《ランターズ》（一七世紀イギリスの反律法主義者のグループ）や第五王国派（清教徒革命後の清教徒急進派。キリストの支配する第五王国の到来が間近いと信じていた）の人々のように、熱烈に人間の王国を宣言した。第三章から始まる本書の前半部では、このような自己中心的な挑戦を試みた最初の数年間について述べ、彼がかぎりない力の主張をすれば、つねに存在し続ける外的、内的な限界にかならず直面することになるのは避けようのないことなのだが、そうした時に何が起こったのかを示したいと思う。本書の後半部では、彼が運命の支配を受けていることを改めて認識した時に、どのようにして「魂」の信仰を保持しようとしたかについて述べてみたいと思う。そうするための主要な手段は、彼のすべての信仰箇条のなかでももっとも堅固なものであり、「内なる神」(the God within) の発見に先立ち、それに向かって彼が成長するのを助け、それによって確証されたもの――すなわち「道徳律《モラル・ロー》」が支配しているという確信であったことが解る。それが次章の主題である。

第二章

勇気の泉

ヨーロッパから帰るとすぐに、エマソンは自分の性分に合った生活様式、すなわち外面的には穏やかで孤独な学者の日常生活に腰を落ち着けた。ボストンとニュートンで一年間過ごした後、彼は父祖の地であるコンコードの野に帰った。一八三五年九月には、再婚をした後、それ以後ずっと自分の家となることになる牧草地のはずれの大きな白い家に移った。先妻エレンの遺産として、年に約千二百ドルが彼に支払われたために、最悪の貧困に対する不安から解放され、また一層広範に講演を行なって収入を補った。実際牧師職辞任と同じ時期に、ライシーアム運動（一九世紀前半のアメリカで始まった、講演会などにより一般市民の文化向上をはかる運動）が起こったことにより、彼は慈悲深い神《プロヴィデンス》に対する自らの信仰が正しかったことを確認した。それは彼の教えを述べるための時宜にかなった演壇となった。講演の準備をするために彼は、日常の思索をある程度秩序だったものにすることを強いられ、そのことによってエッセイを書くことがさらに容易になった。生涯を通じて、講演による収入は全収入の半分から三分の一を占めていた。この講演という彼の思想に対する全く思いがけない需要があったお陰で、彼は一八三八年にカーライルに宛てた手紙で、「……ここ母国では私は金持なのです」[1]と述べることができた。

彼は牧師職を辞した時に、自分のための指針を、再度強い語調の韻文で日記に書き留めていたが、心地よい、罪を深く悔いたこの森の生活は、この指針にしたがって生きることをかなりの程度まで可能にした。

私は自分から離れて生きることはしない。
他人の目でものを見ることはしない。
・・・・・・・
私自身を喜ばせるものこそが「善」なのであり、
私が欲しないものは、どうでもよいことなのだ。
私が憎むものが「悪」なのだ。全くそうなのだ。

神よ、これから後、私は他人の意見という軛《くびき》を
永久にふりすてる。私は
小鳥のように気楽に、神とともに生きよう。……

（JMN・IV・四七・一八三二）

右に引用した詩と同じ時期に書かれた小詩「恩寵《グレイス》」を読むと、因習的な職業を拒絶したことで心に駆りたてられた断固たる自己信頼だけが、この時期やそれ以後の彼の精神状態であったなどとはおそらく誰も思わないであろう。しかしまた同時に自己信頼が彼の心を支配していたこともほとんど疑うことができないのであ

る。彼はかつて、自らの宗教的立場を明らかにするように求められて、「私は自分が何よりもクエーカー教徒であることを信じています。私は〈静かで小さな声〉のあることを信じています。そしてその声こそが内なるキリストなのです(2)」と述べたことがある。

その後たどった人生から判断してみると、彼の静かで小さな声は常に隠遁した思想家兼著述家の進むべき道を決めていたことは明らかである。内なる声に導かれて、あらゆる疑念に抗して、彼は文学の仕事に忠実であり続けた。一八三五年、後に彼の夫人となるリディア・ジャクソン宛の手紙に、「私は生来詩人なのです。二流の詩人ですが、それでも疑いなく詩人なのです。それが私の本性であり、職業なのです。私の歌声はたしかに〈しゃがれ声〉で、大抵は散文で歌います。それでもなお霊魂と物質との間に存在する調和、特にあちらの世界とこちらの世界との照応を感知し、これを心から愛するという意味において、私は詩人なのです」(L・I・四三五)と書いた時、彼は自分自身をもっとも良く知っていた。詩人よりもふさわしい言葉は、おそらく二年後に自らのために見いだした「学者《スカラー》」という言葉であろう。学者が世の中でなすべき仕事は、閉じこめられている思想を解放し、表現することであった。弟チャールズ・エマソンの、「兄は、美食家が長いテーブルに座って、どんな料理でも試食してみるように、さまざまな思想と一緒に座っている。〈思想〉は兄にとっては単に売れる価値のある作品ではなく、画家が描いた風景画、彫刻家が自ら作った彫像に興味を示すのと同じように、自らが興味を示す、磨きあげられ、完成された芸術作品なのです。……」(Life・三七-三八)という言葉は鋭く、また的確であった。例えば『ウォールデン』において生き生きと述べられている、人間は自らの思想にもとづいて「行動する」ことができ、またそうするべきであるという信念は、彼の思索を十分に特徴づけるものとなっていたが、生活を変えるほどの力はほとんど持っていなかった。ほとんどの人間に与えられている生よりも充実し、強烈な彼の生とは、内面の生、すなわち想像力による詩人の生、精神の冒険であった。

それゆえわれわれは、彼の生活が外面上は平穏なものであり、そうした平穏な生活が展開するのに好都合な境遇に堅く固執し、そうした境遇を変えたいという気持に本気でなりながらも、それに抵抗したことを知っても、驚くべきではない。エマソンは公的な責任感を強くいだいていて、教師として、また牧師としての職に使命感をいだいていた。彼の人生と思想は「革命の時代」に遭遇していて、時代は、行動を起こすように呼びかけて、彼の傷つきやすい良心を悩まし、彼の心はこうしたことによって大いに苦しんだ。しかし自らの力と実際的能力の限界を知っていたので、詩人としての本性と職業に相変わらず忠実であり続け、詩人の仕事を可能にするような境遇に容易に同調したということで、結局彼は実際面では保守主義者であった。

しかし外面上の静けさの背後で、彼の思想は騒乱し、白熱していたのである。彼の無事平穏な外面生活から、日記に記されている内面生活に目を転じてみると、アンデス山脈のように沈黙した態度の陰で燃えている炎に近づくのである。「内なる神」の啓示を受けた後、その驚くべき意味をまず探った約十年間は、深刻な心の動揺が彼の表面上の冷静さの下にあり、後年の平穏な時期とこの時期とを区別している。彼の行動が依然として既成の社会の責任ある一員のもののままであるとしても、彼の思想は爆発していたのである。彼に起こっていたものが何であるかを理解するためには、この時期に彼の精神のなかに急速に広がっていた、この「あらゆる革命のなかでもっとも偉大なもの」の思想的、実際的意味を検討しなくてはならない。

思想的な見地から見ると、エマソンはすぐに、新しい真理が常識の基盤となっている第一原理と全く矛盾するものであることを発見し、いくぶん喜んだ。まず最初に彼は首尾一貫した教義を述べようと努力した——その努力の跡は例えば『自然』にはっきりと残されている。それがうまくゆかないという事実を彼がすぐ受けいれたことの理由は、主に一八三五年に記された一連の日記の記述に明らかに示されている。そこでは、コウルリッジの行なった「理性」と「悟性」とを魔法のように区別するという方法をもちいて、彼は「〈第一〉哲学、すなわち精神の哲学」を要約して述べようとした。

「人間は絶え間ない自己矛盾という形で現われる二重性に気づいている。われわれの知っているイギリスの哲学者達は、この二重性を示すために、〈理性〉と〈悟性〉とを区別している」（ETE・I・一九三・一八三五）と彼は始める。この絶対的なものと現実的なものとの絶え間ない自己矛盾は、別の意味で強調されると——例えばメルヴィルのヴィア船長（『ビリー・バッド』に登場し、青年ビリー・バッドの誠実を認めながらも、彼を有罪とし、処刑する船長）が見いだしたように——容易に悲劇的なものになり得るだろう。しかしエマソンは悲劇的なものを見いだすことはない。というのは「理性」は彼が神に近づくための戸口であるからである。たしかに「理性」は神である。「われわれ人間には複合性があるので神とは異なる。しかしわれわれの〈理性〉は神の〈本質〉と区別することはできない。」（一九一）この神的原理こそがわれわれ人間を構成しているものなので、われわれから離すことはできない。

しかしそれはわれわれ人間の個人的特質を超越している。「人間は自らの個別的存在というものすべてがこの原理に対しては表面的なものにすぎない……と感じている。」（一九二）人間の本質は人間を越えたところにある。それゆえわれわれが経験上見いだすわれわれの存在はつねに変則的なものである。

……大抵の人間の生活は、詩人が擬人法をもちいて巧みに表現しているように「生ける死」なのだ。私たちは眠りながら歩き回わる。一年のうちで、あるいは一生の間に、私たちが本当に生きているのは、ほんの数瞬間にすぎない。私たちが、いわば自分の存在の頂点に立つのは、——私たちが「精神」に浸透され、そうだ、解体されるのは、ほんの数瞬間にすぎない。私たちはすぐ逆戻りしてしまうのである。……私たちは、偉大なものすべての縁に立っていながら、自分の力を働かせたり意識したりしないために、拘束されている。……私たちはいつもまだ泳ぎだしてはいない思想の大海の岸辺に立っている。

準備のみいたずらに多く、実りは少ないのだ。しかし突然、街頭であろうと、部屋のなかであろうと、その場所は問わず、天が開けて、英知の世界があらわにされる——ヴェールは薄く、境遇などものの数でないことを私たちに教えてくれるかのように。しかしたちまち、忘却《レーテー》の川が私たちの内部を流れて、私たちから私たち自身を奪い去ってしまう。

（ETE・I・一九三-九四・一八三五）(3)

人間は、二つの相矛盾する世界にまたがり、二つの顔を持つ、始末に終えぬ存在である。エマソンが次の結びの感嘆文を強調したのももっともなことである。「物質の濃霧のなかで夢想している精神が、今にも〈東を向き、太陽を見いだす〉ことができるような法則が得られたならば、何と有難いことであろう！」（一九四）この言葉は、エマソンが自らの立場をしっかりと、全体的に理解しようとする努力を表わしているという意味では思弁哲学的ではあるが、自らの二重世界の「意味」を理解しようとする哲学的努力に対しては、力量や興味をほとんど示してはいない。実際彼が自らの立場を明確に述べた時、概してプラトン哲学やキリスト教神秘主義の主要な文献［附録の注E参照］については比較的無知であった。典拠についていかなる考察をしてみても、エマソンの立場は実質的には依然として自分自身の鮮明なヴィジョンを保持するもので、それは先例について大して考慮することなく、最初から入念な調査をして自らが作りあげたものである。彼の思想の影響力は、文芸復興期以前の画家の作品と同じものである。

彼の思想が生き生きとしたものになっているのはまさに論理的構造を持っていないためである。時代とともに歩みながら、エマソンは超越的意識を失っていた。神と世界との関係は、創造主と被造物との関係ではなく、魂と肉体との関係となった。それゆえ論理的には、彼は二種類の汎神論のうちどちらか一方を選ばなくてはならなくなった。一つは神と森羅万象とを同一視する汎宇宙進化論であり、もう一つは神以外にはいかなるものの実在をも否定する無宇宙進化論である。言葉の上ではしばしばこの二つのどちらか一方に近づいてはいるが、彼の立場の真の特質は、大抵の場合双方をともに避け、かなりの程度まで正直に、自ら経験した始末に負えないありのままの二重性に忠実であり続けた点にある。神という概念に内包されているあらゆる来世的な意味あいは、彼の精神に強く生き続けていて、その結果として、このような超自然的〈実在《ビーイング》〉と接触することは最大の奇跡であり、人生の唯一の目的であるという気持が生じた。しかし彼の精神の興奮が容赦できるものである理由は、この超越的〈力〉が彼自身の本性と実際には一つになっているという啓示が述べられているためである。彼の立場は不可解な一元的二元論、または二元的一元論で、「いかなる命題も肯定できるし、また否定もできるのである。」

「誰が私に〈個人〉というものを定義してくれるだろうか。〈一つの普遍的精神〉の例証する多くのものを、私は畏れと喜びの目でながめる。……私は山のように高くそびえる大望をいだきながら、『私は神である』と言う。……しかしなぜかならずしもいつも神であるとはかぎらないのだろうか。このように武装した情熱的な〈個人〉が、こうした殺意をいだいて、〈神的な生〉を拒んで殺すような親殺しに、どうしてなったのだろうか。ああ、邪悪なマニ教徒よ！　そのような不明瞭な問題に私は立ちいることができない。私は世界が〈一つ〉であることを信じ、〈一つ〉であることを見るが、しかし一方では二つの世界があることもまた見るのだ。……」

「〈宇宙〉を矛盾を見いだすことなく理解することはできないのであろうか。」（JMN・V・三三六―三七・一八三七）

彼には答えが解っていた。否である。われわれは牧師辞任後の数年間に、彼の精神のなかで、自分にとっては二種類の真理――一つは信仰から生ずる直感、もう一つは経験から生ずる事実――があるという認識が深まりつつあったことをみてとることができる。真理とは宗教的心情に対してのみ啓示されるものであるから、後者を「真理」と呼ぶのは適当でないが、ジョンソン博士（イギリスの辞書編集者・批評家・詩人。一七〇九―八四）がバークリーを論破するために足で蹴った岩のように、そこには独自の確固とした反駁することのできないものがあった。それゆえ経験から生ずる事実は、彼の第一哲学では考えもつかなかった、第二の不条理な真理の基盤となった。あくまで正直になろうとすると、彼はそうした矛盾が存在することもまた認めざるを得なかった。

その結果としてエマソンの精神自我は、否応無しに二つのはっきりと区別される性格に分裂する。すなわち事物の神秘的完全を見通す信仰者と、事実を正当に評価し、超然とした態度をとる観察者コンコードのエマソン氏とに。ロウエル（アメリカの詩人・外交官。一八一九―九一）の鋭い評言はこうした見方を普通のものにした。

……彼は、言うならば、
ヤンキーにふさわしい肩の上にギリシャ人の頭を乗せ、その活動は
オリンポス山と商品取引所の双方に及んでいる。
彼は、私には（きっとずっと前からこのようにたとえられてきたのかもしれないが）
プロティノスとモンテーニュが合体した人間のように思える。
彼のなかではエジプト人の金色のもやのような知性と、ガスコーニュ人の抜け目のない機知とが
ぴったりとくっつき合っているからだ。(4)……

プロティノス・モンテーニュ、予言者とヤンキー、これがエマソンがならなくてはならぬものであった、ということはそれほどしばしば指摘されていない。キリスト教信仰を保持すべき牧師職にたずさわりながら、一方ではその信仰の基盤となってきた「神話《ミュトス》」を拒絶したことにより、彼はいわば自分自身の予言者となり、自分個人としての権威にもとづいて、信じたいと望んでいる真理を主張する立場に立たざるを得なかった。こうした自己中心主義的思想の熱狂から超然としているものが、彼の一部にあったことは、それに熱狂することのできるものが彼の一部にあったことと同じくらい彼の名誉となっている。事実に忠実であったことは、彼の信仰になくてはならない安定を与え、浅薄に「新奇なもの」に改宗する人達の単なる愚行から彼を救った。信仰と経験の双方に執着するという類まれな人間であったために、彼の自己は文字通り二つに分裂したのである。

「私は世界が〈一つ〉であることを信じ、〈一つ〉であることを見るが、しかし一方では世界が二つあることもまた見るのだ。」　この文は彼の思想的立場を集約的に示しており、彼がそうした立場を保持している理由をわれわれが理解するのに役立つ。この文が書かれている日記の一節と第一哲学の所説を述べた結末部の頁は、彼の経験の二重性と関係しているという点では、一八三〇年代では珍しいものである。この時期には彼は「一つ」を見通すことに熱中していて、「二つ」を観察するように強いられることはほとんどなかった。統一は現に存在し、そのことが重要な点であった。ゴッダードが指摘したように、彼にとって真に重要であったのは、この新しい真理によって生活のなかに生じた相違のみであった。

†

その相違はとても大きなものに――それまで人類に起こったいかなるものよりも大きなものになりそうであった。まず第一にそれにより彼は確信を得た。神は、手に入れることのできる証拠のなかでも最高のもの、すなわち自分自身の意識が直接経験することによって、自らの魂のなかに顕現した。だがもし神が魂のなかに存在するなら、何を恐れることがあったろうか。「……〈すべて〉が人間のなかにあるのだから、気まぐれなもの、異質なもの、すなわちわれわれの本性と相いれないものは宇宙には起こらない、ということをわれわれは知っている。魂は現在あるものすべてと関係していて、それゆえ将来起こるべきものすべてとも関係している。したがってわれわれは、これこれのものはなくてはならない、また他のこれこれのものはあり得ない、と神託のように告げるのである。……神が魂の外にいる間は、魂は決して安心し、平穏にはなれない。というのは何が起こるか確信が持てないからである。しかし神が魂の奥深くにいることを知るようになると、魂はすべてを知り、大いなる平安で満たされる。」（JMN・V・三三〇・一八三六）

エマソンがもっとも強く確信していたことは、道徳的なものが彼の世界を支配している、ということであった。ピューリタンならこうした確信をいだいていると思われるかもしれない。というのは道徳律に心を奪われるのはピューリタンの印であるからである。幼い頃から彼は、宗教とは何よりも道徳の支配者が存在し、道徳上の義務の神聖さを認めることである、と信じるように教育されてきた。彼が信奉していたユニテリアン・キリスト教は、彼の説教に十分示されているように、教義のほとんどすべてが道徳から成り立っていた。彼は感情にもとづく新しい信仰に熱中し、そのために牧師職を辞することになったが、その信仰も道徳との関係を断つことを意味してはおらず、むしろその反対であった。ユニテリアンを捨てたばかりの若い頃の日記は、彼が道徳的熱情にすっかり夢中になっていたことを示している。

「ミルトンは……道徳的完全というものに惚れこんでいるのだと言っている」とヨーロッパからの帰路、船上で彼は記している。「その彼にしても、私以上に道徳的完全というものを愛しはしなかっただろう。私にはまだはっきりと人前に表明できないもの――それが子供の頃から現在まで私を導いてきた天使だったのだ。それは私を周囲の人々から孤立させた。それは私の枕を涙で濡らし、寝床から眠りを追い払った。それは私の罪を責めて、拷問にかけ、あるいは、希望で私を元気づけた。それは私が敗北しても挫けることがない。すべての殉教者が変節するようなことがあっても、このものに対してだけは疑いを差しはさまないでい い。それは常に、やがてはあまねく知られる栄光であり、宇宙の〈公然の秘密〉なのである。完全なるものが現に自ら心の奥底に内在しているのに、それを未来のものと考えるのは、観察する人間の頭が弱くて朦朧《もうろう》としているからにすぎない。それは宗教の精髄である。」（JMN・IV・八七・一八三）彼がかつて述べたように、「内なる神」は「宇宙の神」を礼拝する。実際伝統的キリスト教は、こうした礼拝と時間の霧のなかで見失われてしまったいかがわしい奇跡や啓示とを結びつけることによって、こうした礼拝を危険視し、そのことを比喩で教えてきた。今や彼は生きている法と面と向かっていた。少なくとも公的には彼は、自らの言葉と生活によって「道徳律《モラル・ロー》」が自らに内在していることを証明するという目的のために、キリスト教の神に仕える牧師職を辞した。

ここでふたたび彼の新たな信仰により、ずっと以前からいだき始めていた一連の思想が完成したのである。「内なる神」を夢見ようとする前から、彼は、お気にいりの「償い《コンペンセイション》」の原理に、法が支配していると主張する根拠があることを見いだしていたのである。

エマソンは一八四一年の「償い」という題のエッセイを、「少年の頃からずっと、私は〈償い〉について論説を書いてみたいと思ってきた……」（W・II・九三）と始めている。そして実際日記においてこの原理を明確に表明しているもののなかでもっとも早い時期の記述は、一八歳の時のもので、ハーヴァード大学を卒業してからしばらくして、初めて教師生活を始めた冬にふたたび日記を書き始めた時のものである。(5)「償い」の原理は、彼がそれなしでは生きてゆくことのできない真理の客観的な証拠、すなわち「ものはすべて道徳的である」ことを示そうとする、彼の最初のもっとも明白な試みを示している。

一方それは応報の教義でもあった。もちろんキリスト教には、来世では応報がかならずあるという独自の教義があった。しかしエマソンが必要としていたのは、応報は現世でなされるという信仰を確立することであった。それゆえ「将来復讐があるかもしれないと告げる代わりに、私は復讐が罪と同時に起こるということを知る。」（J・II・一四〇・一八三六）[6]彼は「償い」でこの主張をさらに詳しく述べている。「あらゆる行為は二重の報いを受ける。……まずそのもの、すなわち本性において、次にその境遇、すなわち外見上の性質において。……因果的応報はそのもののなかにあって、それは魂の見抜くものである。」（W・II・一〇二―〇三・一八三九）罪を犯すのを許す心の状態そのものが罰である。「その罪人は、悪意や嘘を心にいだいているかぎり、それだけ自然から離れ、死んでいる。」（一二一）エッセイ「償い」は、高い倫理的理想主義を印象づけるが、そうした気持をいだきながら、彼は「死に至らしめるこの控除によって、永遠の収支計算は、貸し借りなしになる」と考えることができる。

同時に彼は、「悪は何らかの方法で悟性の目にも姿を現わす。……」という信念を捨てることは決してなかった。心の内部で起こる応報という教義には、一つの重大な欠陥があることがわれわれには解る。すなわちそれにもっとも値する人間がそのことを意識しそうにない、ということである。それゆえ次のような厳しい応報の決まり文句が、彼が償いの法則を宣言する時には繰り返される。悪事を働く者は、来世のみならず現世においても見破られ、罰せられるのは避けようがない。悪はそれが得ようと努力している物質的利益さえも得ることは決してない。彼は、悪の無益さと応報の必然性という教えを強く主張するために、双方が結合するような仕方で、物の本質と境遇とにおける二重の応報という考えを展開する。すべての目的と結論は、彼ができるかぎりの修辞と実例を示して、「宇宙で見張りを怠らず、どんな罪でも罰せずにはおかない応報の女神ネメシスのあの古代の教義」（一〇七・一八三七）を教えることである。

一方償いは彼に、善はかならず報われることを保証した。ここで彼の力点は境遇というよりはむしろ本質における報いに置かれている。善人は幸福であるという命題に彼が無関心であるとか、それを否定しようというのではない。むしろその反対である。「……善人に危害を加えることなどとうていできない。……病気、罪、貧乏などあらゆる種類の不幸も結局は恩人であることが解る時がくる。……」(二六)[7] しかしエマソンは、罰という考えよりもはるかに容易に、境遇における報いという考えを拒絶する。例えばエッセイの冒頭で、善人は来世で、罪人が現在持っているものと同じ「銀行債券、スペイン金貨、鹿の肉、シャンペン酒」(九四・一八三九)によって償われる、と教えているように思われる世俗的来世観の卑俗な調子をあざ笑っている。

「徳の報いは何か。徳である。」このおそらく神学校時代に新約聖書に記入した傍注は、この問題に関する彼の考えを集約したものである。[8] このようにして彼はエッセイの結末で、「徳には罰金がかからず、知恵にも罰金はかからない。それらは生きていれば身にそなわることが正当な品性なのだ」(W・II・一三三)[9] と論じなくてはならなかった。もし悪人が物質的成功を収めることができたならば、品性が失われることで調和が保たれるであろう。品性が身にそなわることにより、善人は財産を何とも思わなくなるであろう。そして「有徳な魂にはすべてのものが添えて与えられるであろう」(一〇四)と主張しながら、エマソンは所々でストア主義やピューリタンの不屈さ以上のものを示している。善人に危害を加えることはできないが、すぐその場で火あぶりの刑に処せられることはあり得るのであり、そこでは善人は自分の名誉が汚されることはあり得ないと考えて、自分を慰めなければならない、と彼は主張する。これは「楽天主義」の表明であるかもしれないが、穏やかではない。

それにもかかわらず、道徳上の償いが自動的に行われるという考えは、疑いもなくエマソンの思想のなかでもっとも受けいれがたいものであり、現在彼の評判が落ちつつあることの主な原因となっている。彼は昔から存在する二つの人間の問題——徳と幸福との関係と悪の問題——に同時に直面し、それらが問題であることを否定し始めようとしているように思われる。メルヴィルに共感して、われわれは問題を探究するために深く潜る人間を好むが、深海が幻想であることを知らせに浮かび上がってくる時には好まない。多くの悪にはかならず報いがある。大抵の善には代償があり、それがあまりにも高価なものであることもしばしばある。誠実が報われることも時にはある。罪のなかには割に合わないものもある。われわれは、これまでに善と悪との間に「何らか」の均衡があったに違いないことを、もっともなこととして認めることができる。もしそうでなかったらわれわれ人類はすでに絶滅してしまっているであろう。しかしエマソンはこうした控えめな慰めをはるかに越えて自らの思想を推し進めたのである。

彼がそのようにした理由の一つは、自らの教義を世俗的なものにする必要性があったからである。こうした若い頃の思索において彼が意図したものは、一世紀以上も前のキリスト教護教論者の意図と同じで、伝統や啓示とは無関係なものにもとづいた、本質的な信仰箇条をうち立てることであった。彼らと同様に彼は、その興隆が宗教が衰微する主要な原因となっている権威——自然科学の助けを得た。ハーバート・シュナイダーは、「啓蒙主義運動の核心は……自然科学と道徳、宗教との結婚である」と述べた。[10] この定義によると、エマソンの「道徳科学」という概念は啓蒙主義のものである。自然科学と同じように厳密で正確な道徳科学をうち立てることは可能である、とエマソンは考えていた。「自分が探し待っている〈教師〉は、いっそう正確にいっそう普遍的に……道徳性に数理科学の様相を与えるあの美しいが厳格な償いの原理を、はっきりと言える人でなければならない。」(JMN・V・六・一八〔三〕)さしあたり歴史的キリスト教は彼にとって権威を失っていたので、数理科学のこうした側面が、彼の道徳律に対する信仰を主に支えていた。

さらに数年の間償いは、彼が懐疑論と自己不信から解放されるのを促進する上で、なくてはならない役割を果たした。償いの法則を主張することは、彼が運命と一人で戦う際の最初の重要な攻撃的行為である。そこから彼は、例えば「人間こそがすべてである」という教訓を引きだした。われわれ人間はわれわれの人格にふさわしい地位と身分に就く。すなわち人格が運命を決定する。さらに言えば人格こそが運命である。精神が向上することによって外面的な失敗は償われる。この論理にしたがうと、「……あらゆる不幸は不行跡の結果であり……あらゆる栄誉は当然の報いである。……」(JMN・III・一四・一八二八) 聖バーナードが言ったとされる次の言葉を使って彼は、「自分以外の者で自分に危害を加えることのできる者はいない。自分の受ける危害は身からでた錆であって、自分自身の過ちによるのでなければ、自分が本当の被害者になることは絶対にない」(W・II・一三三) と述べる。このように難攻不落の砦に引きこもるように、自分の性分に合ったストア主義に引きこもることは、運命の世界における自由の問題が彼をあまりにも強く圧迫した時にはいつも、彼がよく使う術策となった。それが彼が自立に向かって前進する初めの段階でとった最初の態度であったのは適切なことである。

しかしながら道徳主義的な反省が容易であったとしても、それは偏狭で、独断的であり、厄介な義務負担の要求を伴っていることも時にはあった。特に青年期のエマソンは、時にはほとんど病的なくらいに極めて自己批判的で、罪と自責の色を容易に帯びやすい数々の欠点をはっきりと自覚していた。偉大な心情を受けいれて実行すれば、かならず報いがあるという自分にとって都合の良い考えは、自分は何も偉大なことをすることができないと思っていた時期には、彼を助ける力にならなかったことは明らかである。こうした時には彼は、償いについて広範な読書をすることに慰めを見いだした。

例えば小詩「償い」は自らの頑固さ、怠惰を上品に正当化している。

他人が仕事をしている日でも
　なぜ私は仕事を休まなくてはならないのだろうか。
他人が陽気でいる時でも
　私一人は座って悲しんでいるからなのだが、
なぜなのだろう。

そして皆が陽気でおしゃべりしている時に、
なぜ私一人は黙っていなければならないのだろうか。
ああ！　夜遅く私はものを言わない人達に話しかけていたのだ。
そして今は彼らがおしゃべりする時なのだ。
（W・IX・一八三・一八三四）

それゆえ彼は償いに訴えることによって、抑制することのできない気分の変動に対処した。「償いの原理、修復の原理が私たちの内部には存在する。誰でも、自分の気分や能力が日によって著しく違うことを知っている。今日は彼は一セントの価値もないが、明日は一万ドル以上の値打ちがある。……だから私は疑ったり罪を犯したりする時、月を見あげよう。そして月が犯すあやまちも周期的であることを思いだして、自分の気分や信仰も、また元通りになると考えよう。」（JMN・IV・三四—三五）

彼は自らの内面に欠けているものに対処するために、この償いの原理に訴えたのと同様に、外的な不幸に対する護符としてもこれをもちいた。それは彼に成功を保証することは決してなかったが、「境遇が問題ではないこと」（W・II・一三〇）を実際に教えた。本質的にそれは遠近法の原理であった。いかなる特定の失敗、損失、不安に対しても――またいかなる成功、利益に対しても――彼はより大きな見方を示そうとし、自足することができるようになろうとした。最終的には運命はひとりでに打開した。運命は決して移り気な暴君ではなく、法にしたがっていた。それゆえ彼は青年期においてはこの一見冷たいと思われる原理を喜んで受けいれた。それは将来に対して無意識的にいだいていた不安を静め――プラトンが述べたように、魂のなかにいる子供を大いに喜ばせた――そしてそのようにして自らの人生を生きるのに必要な自信を彼が得るのに役立った。「このことを私は喜び、永遠に平穏な気持になる」と彼は「償い」に記している。「私は害悪の及ぶかもしれない範囲を縮小しているのだ。」（一三三）

しかしながら人生の指針とすべき信仰としては、償いには限界があることは明らかであった。それは本質的に守りの信仰、反撃であった。それは例えば境遇が問題でないことを教えることはできたが、境遇の恩恵を教えることはできなかった。償いが徳に対して保証する報いはたしかに例外であるが、幸運に対する道徳上の条件として償いには限界があった。そしてわれわれは、エマソンが魂の内部に神を発見したということに、絶対的な善を主張することのできる基盤を見いだした時、償いの法則は彼の思想においては副次的な場所を占めるようになっていった、ということを理解することができるのである。すると彼の内的な限界は無限の可能性を前にして事実上消え失せてしまい、外部世界は、万物が調和し善に向かうという大きな見込みが生じて、燃えるように輝いた。彼がかつて書いたように、「〈善〉こそが唯一の〈実在《リアリティ》〉である」[11]というただ一つの箇条にまとめることのできる教義は、明らかに償いが与える最低の保証範囲よりも、はるかに確実な証を提供してくれた。

この啓示から得た道徳信条は彼の宗教上の教えの核心となった。それは道徳的本性は人間の本質的部分である、「実在」の世界においては人間は「正義、真理、愛、自由、力という能力を持つ者に他ならない」（JMN・V・二三〇・一八三六）、そしてそれと同時に道徳的完全が世界を支配し、「実在」の世界においては世界のあらゆる部分が道徳律にしたがっている、といった教えである。ただ一つ意味のある宗教上の疑問は、人間とこの「実在」との関係、事実から成り立つ意味のない世界における個人の目に見える存在と、人間の外部の道徳律及び人間内部の道徳性との関係についてのものであった。

しかしながらこの勝利を得た信仰は、すでに償いについての彼の考えに現われていた曖昧さをますます大きなものにしたにすぎなかった。償いの原理を道徳的に適用することと、慰めに適用することとの区別は、「道徳性」についての彼のより大きな概念に拡大されてふたたび現われる。

『自然』のなかの有名な一節で彼は、「ものはすべて道徳的で……人間に正邪の法則を暗示し、もしくはとどろくような声で伝え、〈十戒〉をそっくりそのまま反響させている」（W・I・四〇-四一・一八三五）とはっきりと述べた。自然はわれわれ人間に義務を啓示し、道徳的努力を奨励するものとして聖書に取って代わった。しかし同じように良く知られている「神学部講演」の一節で、「〈法〉があらゆるものを支配しているという保証」（一二五・一八三八）を教えた時、彼はそれとは違った見解を心にいだいていた。「神学部講演」の目的は、「この世界は多様な力によって生みだされるのではなく、一つの意志、一つの精神によって生みだされるのであり……またこの一つの意志に反するものはすべて、いたる所で阻まれ挫かれるが、それはものがまさしくそのように造られているために他ならない、という崇高な教義」（一三―一四）を告げることである。人間の平安、完成は完全な服従にあることになった。「われわれが〈法〉の領域に足を踏みいれる時、われわれは本当に光のなかに現われでるのである。神の〈意志〉が流入する単なるトンネルやパイプになることによって、自らが偉大になり、〈人間〉となるということを神の恩寵によって知った人にとっては、――未来は永遠の微笑を浮かべ、時が過ぎ去るのはもはや恐ろしいことではなくなる。私は常に自分が助けを必要としていることを確信し、恐れることなく墓に入る。というのは私は墓に入らないからだ。私は喜んで、寒暖計や時計と同じように、自分の認める偉大な力に服従し、すべての意志を不必要なものとしてすっかり捨ててしまう。」（JMN・V・九五―九六・一八三五）

ところでわれわれに「十戒」をとどろくような声で伝えてくれるものは、すべての意志を不必要なものとして捨ててしまうように勧めているわけではない。われわれはここに、伝統的に区別されているものを融合し、あるいは重ね合わせるというエマソン特有のもう一つの例を見るのである。彼は祖先が注意深く区別しておいたもの――神の啓示された意志と隠れた意志、道徳律と自然法則――を同一のものとしてしまった。ペリー・ミラーの説明によると、「ピューリタン神学の精髄は、隠れた神であり、その神は神自身が顕現する時ですら十分に現われることはない。聖書は神が示した意志であるが、その背後には常に神の隠れた意志が存在している。……神の隠れた意志は未来のあるべき姿に対する神意であり、神の現われた意志は現在のあるべき姿に対する神の命令である。……二つの意志は実際には対立するものでないことは疑いがないが……われわれの経験からすると、二つの意志は……全く矛盾するように思えることがしばしばあり得る。(12)」このように区別することでピューリタンは、道徳律の命令が相矛盾する経験によって弱められることがなくなった、と考えた。

エマソンの説く法にはこのような後ろ盾がなかった。エマソンの道徳律は自然法則であり、現在のあるべき姿は未来のあるべき姿であり、「最善なるものは真である。」（JMN・III・三六・一八三二）ものの本性が「十戒」を反響させていると思われたとしたら、それは実際は彼自身の思想の理解が不十分であるためにすぎなかった。法の真相から推論してより真実に近い結論を出すならば、「われわれ人間は、おのずから働いている法則に取り囲まれている」（W・II・一三五・一八四一）ということになる。彼の立場は「霊の法則」の次の一文に要約されている。「徳とは行動によりものの本性に付きしたがうことであり、ものの本性が徳を広く行き渡らせているのだ。」（一六〇・一八三七）それゆえ道徳律が支配しているという彼の信仰は、困っている時には、神の「慈愛」は自然に示されるという信仰へといつのまにかなってゆく傾向があり、彼の思想が発展する上で常に影響力を持っていた。[13]

同じような曖昧さは、エマソンの徳とは人間が法に服従することであるという考えにも現われている。ユニテリアンにとっては、徳とは単に正しい行為、すなわち良心に意識的にしたがうことにすぎなかった。道徳的生とは自己を向上させる過程、すなわち努力と自己修養により、神の恩寵にも助けられながら、正邪の法にしたがう能力をゆっくりと発達させることであった。しかしながら前章で述べたように、エマソンが、ピューリタンの敬虔の復活であると同時に逆転でもある新しい敬虔の概念を示したことにより、徳はもはや単なる行為の問題だけではなくなり、新しい存在の状態、恩寵が生まれながらに施されている状態となった。神聖さを得る神的な力は生まれながらに人間なら誰でも心のなかにそなわっていた。

それゆえ人間の道徳的本性は完全な徳であり、完全なるものが現にあるという自らの慰めとなる確信に到達した時に、エマソンは自らの出発点となった道徳主義の基盤をかなり徹底的に崩した。というのは彼は次のように思うようになってきたからである。「もしもわれわれが道徳的本性について語ることをやめ、その本性が命じる一面の徳のみを強いたりすると、一種の転落と順応が感じられる。生まれの良い子供には、あらゆる徳は生まれながらにそなわっており、苦労して身につけたものではない。相手の心に話しかけてやれば、その人はたちまち有徳な人となるのである」（三七五・一八三四）と。徳とは単に本性に服従すること、「清純な者が独特の身軽さによって飛躍し……あらゆる徳の住む領域に入りこむこと」（三七五）になった。ユニテリアン時代の後のエマソンの努力は、正しい行為とこうした清純な者の飛躍の手段と可能性の双方に集中した。

人間の道徳的完全を崇拝するために、エマソンはユニテリアンの神を捨てたのであるが、そこには彼自身の精神のなかでも明確に区別されていないのが通常であった二つの面があった。一方はユニテリアニズムの道徳主義的修養に、他方はカルヴィニズムの敬虔の伝統に由来するものであった――すなわち一方は義務感、良心、道徳上の命令、法であり、他方は法に「したがう」力、徳という心情であった。神は義務を教えるために魂のなかに入ると同時に、義務を果たすことができるようにするためにもまた魂のなかに入る。この二つの面は、例えば南北戦争を歌った四行詩連句においては区別されている。

壮大さは塵《ちり》にすぎないわれわれ人間のすぐ近くにある、
神は人間のすぐ近くにおられる、
〈義務〉が「汝なすべし」とささやくとき、
若者は「自分にはできる」と答える。

（W・IX・二〇七・「即興詩」・一八六三）

徳とは良心によって命じられる行動のあり方であると同時に、徳行が自然に行われるような存在の状態であった。徳とは「汝なすべし」と同時に「自分にはできる」、法と力、修養と本性であった。

このようにしてエマソンが到達した信仰は、それが強まってくると自己矛盾したものとなっていったが、彼が極めて直接的に自らの新しい宗教を形成しようと試みた講演「神学部講演」にもっとも明白に示されている。確固たる信念をもって、信仰の基盤として啓示の代わりに自然を置きながら、この講演は自然の「実在」を形成している道徳律《モラル・ロー》と道徳的心情《モラル・センチメント》とをおごそかに賛美している。

この講演は可視的な自然の完全さと恵みとを冒頭から賛美している。その魔法によってわれわれが日常経験する冷淡な自然は、あらゆる光景、音が協力して人間精神を祝福し、安楽にする神聖な場に変容する。「……空には鳥が飛び交い、松、ポプラ、新しい干草のかぐわしい吐息が満ちています。夜がきても心を滅入らせるようなことはなく、夜の闇を喜び迎えます。澄みきった夜空には、星たちがほとんど霊的といってよい程の光を注ぎかけます。……」（W・I・二九・一八三八）われわれがこの可視的な自然の完全さを通して魂の法則の完全さを洞察するにいたるのには、精神的な衝撃もなければ努力もいらない。そしてこうした気分に浸りながら、「人間は今は悪と弱さのなかにあって落ちぶれてはいるが、元来善と完全さをめざすように生まれついていること」（三〇）に異議を唱えることなく同意してしまう。ここまでくればもう少しで、「法」があらゆるものを支配するように取りはからっている、魂に内在する「至高の霊」を直感するにいたる。

宗教的心情を目覚めさせるこの法のなかの法を認識することが、当然の帰結として、宗教の唯一の意味、道徳の基盤となり、この法にしたがうことにより人間は無意識のうちに徳の世界に入るのである。「心にけがれがない時には、あるいは知性によって認識した時には、『私は〈正義〉を愛する。〈真理〉は、心のなかでも、また外でも、永遠に美しい。〈徳〉よ、私はあなたのものだ。私を救い、私を使ってくれ。私はあなたに、昼も夜も、大きなことであれ、小さなことであれ、仕えるつもりだ。それは、私が徳高くなるためでなく、私が徳となるためだ。』――こう言える時には、創造の目的は達せられ、神は大いに喜び給うのです。」(三二)このように道徳的完全に満ちた自然を背景にすると、歴史的キリスト教の神話伝説や儀式は子供じみた寓話のようにみえてくる――そしてエマソンはその対照を鮮明にしようと注意を払っている。「……キリスト教会が口にする〈奇跡〉という言葉は、偽りの印象を与えます。まるで〈怪物〉です。花咲くクローヴァーや、降り注ぐ雨と一つのものではないのです。」(三九)「キリストの生活や言葉を、もとのまま、命のぬくもりをそなえたまま、人生の一部、風景や心地よい日の一部のままにしておいて下さい。」(三三)「この信仰は、昇る太陽や沈む太陽の光と、飛び交う雲、歌う小鳥、草花のほのかな香りと、一つに溶け合っていなければなりません。しかし今では牧師の行う安息日の礼拝は、自然がそなえているような壮麗さを失っています。……」(三七)

一方エマソンが、宗派心の強い宗教の、高慢で、抵抗しがたく、閉鎖的な神聖さに取って代えた優しい、生まれながらにそなわっている徳にもまた、彼が「社会の魂に……自己を知らしめ、その魂を通して語る神を知らしめるためには、厳格で、高尚で、ストイックで、キリスト教の教えにもとづいた訓育ほど必要なものはない」(二四二)と主張する時には、それなりの厳格さがないわけではないこともまた示されている。しかしエマソンの手腕、説得力は相当なものなので、この魔力の及ぶ領域内に留まっていると、純潔さと厳格な良心とは、われわれ人間に共通な運命である、日常的雑事と罪の退屈な年月よりも「より自然なもの」であるという、彼が教えようとする途方もない逆説を全く理にかなったものとして受けいれざるを得ないような心持になってしまう。それゆえ結末で彼は、「新しい〈教師〉が現われて……重力の法則と心の純潔とが同一であることをみてとり、〈なすべきこと〉が、あの〈義務〉が、〈科学〉や〈美〉や〈喜び〉と一つのものであることを教えてくれる」(二五二)のを待ち望んでいると述べる時、われわれは彼の信仰にいくらかでも応えたいという気持になる。講演全体は、道徳の修練を少しも捨てることなく自然の自発性を一心不乱な気持で巧妙に主張していて、注目に値する「力作」であり、エマソンのピューリタニズムに対する、大いにピューリタン的な反逆のきわめて意義深い例となっている。

ここで示された思考様式はエマソンの法に対する考えを一生の間支配することになる。表面上はきわめてストア主義的なモラルが強調されてはいるが、その背後では「善」が自然を支配しているという彼のより個人的な主張が述べられており、それによって害悪が起こり得る範囲が縮小し、彼は平安を確信している。私はモラリストとしてのエマソンについてこれ以上述べるつもりはない。彼の倫理上の教えは、警句に富む力があるという点では、徳性を養うものであり、貴重なものではあることは疑いがないが、全体的には特別の注意を払うに値するほど独創的なものでもなければ斬新なものでもない。エマソンの思想の興味深い部分は、徳や道徳律に言及しなくても議論できるのが普通で、そうした事実こそが彼の思想が興味深いものであることとの一つの理由となっている。

しかしながらエマソン自身はこのような所説をはねつけるであろう。便宜上彼はしばしばホイットマンのように、ワイシャツ姿でものを考え、自然の大道を歩んでいるように見えるかもしれないが、道徳のフロックコートはいつもすぐそばにあり、何時いかなる時にでも着られるようになっていて、着るのが習慣であるかのように、気楽でなじみ深い着物なのだ。読者は本書の最終頁にいたるまで、「ものはすべて道徳的である」という目に見えない欄外見出しがついているものと理解しなくてはならない。より高い法則が自然を貫いているという意識、そしてそれによって生まれる自然の清浄さを求めたいという願望は、エマソンのあらゆる思索に対してたえず平衡輪として作用し、あらゆる問題に関する彼の考えに影響を及ぼしている。

日常生活の俗悪さと常に対立するような、本来の新鮮で純潔な、より高いレベルの生が、隠れていても存在する、あらゆる徳の領域が存在する、とエマソンは思っていた。あたかもわれわれの日常生活は、人が大勢いる閉め切った部屋の、濁ったむっとする空気のなかに閉じ込められているかのようである。彼は窓を開け、もともと吸っていた不死の大気を吸いに外に出てくるようにと、われわれに告げにやってきたのだ。人間は山の上で暮らすように生まれついているのに、谷間で怠惰に暮らしている。エマソンはモナドノック山（ニュー・ハンプシャー州南西部にある高さ九七一メートルの残丘）で、自らのストア哲学の完全な理想を見いだした。

このような高い山の頂きでは
「自然」はその力を凝縮するだろう。
・・・・・・
インディアンの歓呼や凍てつく空は、
純粋な理知や創意に富む眼を養う、——
・・・・・・・

このような険しい岩山に住む人間は、
心のけがれと戦うための要塞を見つける。
悪が雪解けのように一面に流れでてきても、
この強固な要塞を離れない、
都会の狂気をくいとめるために
単純素朴さを武器として戦う。

（W・IX・六三-六四・「モナドノック山」・一八四五？・）

しかしながらこのような高い山に毎日登ることはできない。エマソンの日常生活においては、法の支配という考えは、ハニエル・ロングがホイットマンに関して述べたすばらしい言葉を使えば、彼の主な「勇気の泉」のうちの一つとして作用した。これにもとづいて彼は、「悲劇的なもの」についての自らの本心を語っている講演でしたように、あらゆる「恐怖」を「外的な生活」に追いやることができた。同じような悲劇的なものの拒否は、「償い」の情け容赦のない結びの頁に示されている。そこでは不幸の償いとして人格の成長があるという点に満足が見いだされている。魂を害するものは不幸ではなく幸運である。というのは魂の法則は内面的に成長することであるからである。「恵まれた精神」が「魂の豊かさ」を得るためには、たえず「おのれと世俗とのあらゆる関係、たとえば友人、家庭、法律、信仰などをきれいに捨て」（W・II・一二四・一八三九）てゆき、ついには「世俗的関係はことごとく彼の回りにごく軽くまつわるだけ」（一二五）となる。こうしたことは災厄に助けられて進行する。「熱病、不具、無残な落胆……親友、妻、兄弟、恋人などの死」（一二六）――ここではエマソンが亡くなった妻や弟達のことを思い起こしていることは間違いがない――このような喪失は実際には恩恵となる。というのはそれは「通常はわれわれの生き方に革命を起こし、まさに閉じられようとしていた幼年期、あるいは青年期を終わらせ、それまでなじんでいた職業や家庭や生活様式を解体して、品性の成長にもっと好都合な新しいものの形成を許すからである。」ふたたびエレンのことに言及するが、彼女の死によって彼の生き方とそれまでの職業において革命が促進されたのだから、この言及は無視することができない。エマソンは本心を打ち明けていて、「魂のうちに生きよ」という、厳しい試練を通じて学んだ、自らの魂は惨禍とは無縁であることの極意を教えている。傷が深ければ深いほど、それだけますます世俗的関係を断ち、あまりにも多くのものと自分との間に築きあげている障壁を打砕き、われわれを鞭打って、ただ一人孤独に存在する神と一つになって、否が応でも自立するように仕向けるのに役立つのである。

聖徒の無情さよ！　こうした強烈で、寒気がするような理想主義の前では、心から愛し、懐かしい思い出の残る若妻も、一つの「死んだ境遇」が付け加えられるにすぎなくなってしまうのであるが、この理想主義からほんの一歩進むだけで、「神学部講演」などにみられるように、悪の実在を断固として拒否するに至るのである。明らかにこうした考え方はニュー・イングランド地方特有のものである。それは父親であるピューリタンの「楽天主義」にそっくりの息子である。その直接の原型はユニテリアンの悪の問題の解決であり、その例は一八二六年にエマソンが手短かに述べた、「霊魂不滅の教義、キリストの大いなる啓示は……悪の存在についての問題を解決する。というのはもし人間が不滅だとするならば、この世は試練の場となり、苦難の意味が明らかになるからである」（JMN・III・四八）という文章に見いだされる。エマソンの霊魂不滅の信仰が仕方なく唯心論の用語で言い換えられた時でさえも、彼は、人間は究極の取返しのつかない罪悪からなんとか守られている、という自らの確信を捨てることは決してなかった。

もちろんその結果は、エマソンを過ちにおとしいれ、愚かで浅薄なことを言わせるとともに、彼の哲学は、人生の悲劇的なものに対する認識に欠けていたために貧弱なものとなった。しかしこうした限界は、自己信頼《セルフ・リライアンス》の実験がどうしても払わなくてはならなかった代価であった。悲劇とは限界を認識することであるが、彼の哲学を支えているものは、悲劇を拒絶し、自ら「絶対に信頼できるものが胸奥にある」(W・II・47)と信じることのできる力を依り頼む個人を、ロマン主義的に解放することであった。それゆえエマソンは経験にもとづいた悪の存在は認めることができ、また認めはしたが、悪の「実在」を認めるのは、自らの確固とした信仰の根底をくつがえすことになり、できることでは決してなかった。彼にはこのような悪に対する「逆さま」の認識が多く見られる。エッセイ「経験」のなかの、長男を失ったことによっても、悲しみで打ちひしがれる気持などは存在しないと断言した有名な一節は、たとえ誰が死のうとも、彼が苦労して獲得した自らの確信は、守らなくてはならないことを示す例として、もっとも感銘を与えるものである。[14]

イェイツは、人間は人生が悲劇であると思った時初めて真に人生を生き始める、と言った。[15]それと反対のことがエマソンには言えた。エマソンは、人生が悲劇であると思うのを拒否した時初めて、自らが必要としていた自立した人生を生きる勇気を見いだすことができた。

†

「内なる神」は、しかしながら、エマソンにただ単に大きな平安を与えただけではなく、大きな希望も与えた。個人の無限性という教義は、彼の思想のなかでもっとも論議の的になってきた点であり、鍋の下で燃える炎であった。というのはその教義は、彼自身の魂の内部に新たに顕現した力が、それがついに確認されたからには、彼の全存在にあふれ、彼の二重性を洗い流してしまうであろうことを否応なしに暗示していたからである。これ以上推論をして当てにならない結論を引きだすことはできそうにない。結果に他ならぬ人間が終わりを迎え、原因に他ならぬ神が始まる魂の内部には、どんなかんぬきも壁もないとするならば、一体何が、人間が「万物の創造者」になることを妨げるのか。彼の直感は、胸奥には「愛」も「自由」も「力」も現に内在しているのだ、と語りかける。それならばそのことをあらゆる意味において認識し、訳のわからぬ個人的特質などというものはきっぱりと捨てたらどうか。こうしたしびれさせるような、もっともらしい議論に刺激され、きわめて多くのキリスト教徒を熱狂させた、至福千年が差し迫っているという古くからの夢想が、エマソンの想像力をも狂わせ、われわれは希望でいくぶん我を忘れた人物をしばらくの間観察することになるのである。

こうした数年間エマソン自身は、後に超越主義《トランセンデンタリズム》と呼ぶことになる信仰の「お祭り騒ぎ」、すなわち度の過ぎた信仰を体験した。他のどんな宗教よりもこの超越主義では、言葉、行為、考えがうまく働くかもしれず、あるがままの人間が、突然完全に成熟して、日の光を浴びることになりそうであった。エマソンは、われわれ人間は偉大なるものすべての端に立っているという意識を強く持っており、また自らが偉大になるのにまだぐずぐず手間取っていることに一種の当惑といらだちの心持をいだいている。人間と神との間には何も介在していない。しかしその「無」は何と頑固な存在であることか。活力の大海が人間の前途に横たわっているのに、自らの無気力にしがみついているのをみると、人間の飲んだこの「忘却の川」の水とは一体何なのであろうか。「自由に安全に航海することができるかもしれないのに、海に乗りだすことを恐れる気持――それを私は自己不信と呼ぶ。それは元来水が住家であるイルカが、水に身をまかせるのが恐くて、いかだに乗って漂ったり、岸辺を這ったり、のたくったりするようなものである。」(JMN・V・二八・一八三七)エマソンが「堕落」という古くからの神話の妄想から解放されたとたんに、自らの完成が心にはっきりと認識できるようにはなかなかならないことを説明するために、新たな神話を自らが作りださざるを得ないと思った。「人間個々人のなかに存在する普遍的な魂は、ほとんどすべての五感を封じこめ、ほんの少しのうわべの生気しか残さない眠りによって打ちのめされてしまった巨人である。一生に一度、人はより深遠な声を聞いた時、自分の鉄のようなまぶたをもち上げる……その時彼は神であるかのように敬意を表されるが、すぐにまぶたは下がり、ふたたび眠ってしまうのである。」(二六一―六三・一八三八)

この時期にかきたてられた期待の基調は、「アメリカの学者《スカラー》」において強く感じることができる。この歴史的な講演には革命的な迫力があるが、ファーキンズが述べているように、講演全体にみられる学者、聖職者風のエマソンの端正な口調のために、現代の読者には多少解りにくいものになっている。彼の熱情は、他人を暖めることのない、味気のない光を放ちながら燃えている。いかにもエマソンらしく、活力と希望に満ちた生涯の絶頂期にあっても、講演中でははっきりと述べられていないが、戦いの準備を始めよという聴衆に対する彼のもっとも重要な呼びかけにも、留保条件があることを暗に示しており、戦いに全身全霊で身をゆだねているのではないことに気がつく。だがたとえそうであっても、エマソンの心の奥底に秘められた思想が述べられていることには間違いがない。

……世界は無であり、人間こそすべてです。……君自身の内部には「理性」がすっかりまどろんでいます。すべてを知り、すべてに思い切って挑むことが、君のつとめなのです。会長ならびに皆さん、人間の未知の力を、このように信頼することは、あらゆる動機、あらゆる予言、あらゆる準備の結実として、「アメリカの学者」が当然なし得るところです。……何千人という若者は……もし個人が屈服することなく自分の本性に身を置き、そこに留まれば、巨大な世界が彼の回りにやってくるだろう、ということをまだ知りません。我慢です、――善良で、偉大なすべての人々の霊を友として、我慢しなくてはなりません。慰めとしては、前途に君自身の無限の人生が見通せます。為すべき仕事は、原理を研究し、これを伝え、この直感を世に広め、世界を回心させることです。……国民とは、各人が、すべての人々に命を吹きこむ「神の霊」によって自分もまた命を吹き込まれていると信じて、初めて存在するものです。（W・I・一一四―一一五・一八三七）

現在においてさえも、われわれはしばらくの間は、われわれ誰もが持っている男らしさと大望とを刺激する、こうした確約するようなエマソンの言葉に思わず心を動かされる。それと同時に、エマソンの言葉の緊迫感が生ずる源となっている魂のより深いところにある望みを、自分のものとしてふたたびいだくことは、われわれには想像のなかですらできそうにはない。しかし「アメリカの学者」ではっきりと述べられた、人間を、人間の限界から救いだそうとするエマソンの夢は、当時は全く真剣なものであった。すぐには正気にもどれないほどに、魂に身をゆだねる覚悟がかならずしも十分にできていたわけではなかったが、彼の心の中心では、新しい生の状態、人間のいかなる経験をも超えた偉大なるものと自由の状態についての考えがめぐらされていた。そうした新しい生の状態に入るための合言葉を、彼がもしうまく見つけることさえできたなら、彼とすべての人間はいつでも入ることができるかもしれなかった。

こうした新しい状態をエマソンが新しい純潔と徳の一つとして考えようとする傾向は、概して彼の気分がもっとも保守的な時にもっとも強くなった。どうしてもそうならざるを得なかったように、これは社会慣習にしたがうことを意味しており、エマソンの新しい考えのなかでも社会がもっとも受けいれることのできた教えにおいて強調されたことであり、彼が捨てた信仰から直接生まれたものであった。エマソンが思想上伝統的キリスト教にもっとも近づいていた第一期の思想形成期であった一八三〇年代と、主要な論題が処世法になった一八五〇年代とその後には、われわれの予想通り、彼が道徳的本性と道徳的心情とをもっとも強調していることに気がつく。その他の時期には、それほど強調されることはなかったが、自らの信仰を道徳的に理解することを弱めたり、やめたりすることはなく、必要があればすぐに、エマソンの説教者、モラリストとしての一面が現われた。

しかしながら力と自由にあこがれるエマソンの差し迫った欲求と、純潔を志向しようとする気持との間の深刻な矛盾は、「魂」の信仰によって解消はしても、解決したわけではない。むしろエマソンの「魂」の信仰は、「力」という究極の目標である一方の極から、「法」というもう一方の極——「生」から「道徳的完全」へと、必要に応じて揺れ動く極性という根本原理にしたがっている。双方の意味は、エマソンは通常は同一視しているために、それほど明確なものではない。人間としてのエマソンは自由を重視し、ピューリタンとしてのエマソンは純潔を重視した。彼の「魂」の信仰は双方ともに与えることを約束したが、同一のものとすることはなかった。それゆえエマソンの伝統に対する反逆の特質を全体的に理解するためには、われわれは、彼がその反逆を表明するためにいつももちいていた、道徳主義的な言葉の背後にあるものをみなければならないし、またその反逆が主張するとともに隠していた、過激な自己中心的無政府主義を見極めなければならない。

第三章

偉大なるものへの夢

エマソンが求めていた過激な自己信頼《セルフ・リライアンス》について述べたもののなかでもっともよく知られているのは、もちろん「自己信頼」と題するエッセイである。そのなかで彼は、それまでの八年間の講演と日記のなかからこのテーマに関する文章を集めてアンソロジーを編んでいる。「善」の領域で子供のように保護されることは、ここでは冷笑され、拒絶されている。

幼な子を岩山に放り捨てよ、
牡狼の乳房で乳を飲ませよ、
鷹や狐とともに冬を越すならば、
力と速さとが手となり足となるだろう。

(W・II・四・一八三七)

安全は、人が自分以外の力に依存するのをやめ、完全に内心の命ずるままに生きてゆく時に生まれる。「人間はあらゆる境遇を無意味なものにしてしまわずにはいないほどの存在に違いない。」(六一)エマソンのこうした想像力は、人間に生来そなわっている自由を激しく回復したり、さまざまな制度や形式のなかで守られている社会の禁制から解放された、野性的な徳の力のことを考える時にかきたてられる。このエッセイは、聴き手を自らが助けを必要としているという夢から覚まし、勇気と貞潔とをそなえた野蛮な異教徒にもどす簡素な横笛である。このエッセイで述べられている徳とは清廉さではなく、清廉な人に特有に見いだされる「男らしさ」のことである。

このような男らしさを回復することができるという彼の信仰の基盤となっているのは、依然として「内なる神」の教義であることは言うまでもない。「信頼される者」は「万人の信頼が寄せられる本来の〈自己《セルフ》〉」である。このエッセイは人々に自らの生をこの本来の「自己」にもとづかせ、こうすることによって、いかなる外的な生活によっても自らの生が打ち破られることがないようにすることを求めている。「力は生来のものであり、自分が弱いのは自分の外のどこかに益を求めるからであると知り、これを悟って、ためらうことなく自分自身を自己の思想に投ずる者は、たちどころに正道に帰り、直立し、自分の手足を思いのままに動かして、奇跡を行う。ちょうど自分の足で立っている人の方が、逆立ちしている人より強いようなものだ。」(八九)こうした「力」がそなわれば、人は「片隅にちぢこまって保護を受ける未成年者や病人、あるいは革命を恐れて逃げる卑怯者ではなく、〈神〉の御業にしたがい、〈混沌〉と〈闇〉とを乗り越えて進む案内者、救済者、恩恵者となる。」(四七)

このような「自己信頼」(Self-Reliance:常に大文字で理解しなくてはならないが)は、前章で検討した法の支配に喜んで服従することを意味する宗教的心情とは、心情的に同じものでないことは明らかである。もっとも両者はともに同一の教義から導きだされたものであるため、互いに調和できるものであるが。後者の「内なる魂」とは、すべての人間を結びつける「普遍的精神」、「ただ一つの精神」であり、「理性」すなわち人間の道徳的本性である。そこではあらゆる個人的特質は顧みられず、人間がそれにしたがっているかぎり、自らの個人的特質を捨てるのである。反面前者の「自己信頼」とは、個人に生来そなわっている直感、自立の原理、創造性と若さ、あらゆる英雄的資質と偉大なるものを生みだすものであり、こうした意味において、「〈個人〉とは〈世界〉である。」（EL・II・二四・一八三七）一方が人間性の持つ弱さに対して「魂」の神性を強調しているとするならば、他方はあらゆる外的な力や権威に対して「魂」の主観性を強調している。

「人間は神性を受容する。……知性のいかなる力も、あらゆる人間のなかに、永久に眠っているか目覚めているかしている固有の神性が、物象から生じた、とすることはできない。」（W・III・七七）固有の神性のために、個人は自由で完全になり、独立し、万物の君主となる。過去においては、教会――すなわち社会――が神と罪深い個人との間を仲介していたが、今は「内なる神」すなわち「自我の自我」が仲介者である。したがって教会と社会は面倒な気を散らすものとなり、もしいくらかでも有用であるとするならば、国家やおそらくすべての自然が、時間のなかにある魂に文化的遺産を手にいれるように教育する手段として有用である、という意味においてのみ有用となった。当然のこととして人間がすべてとなる。

こうした過激な自己中心主義《エゴイズム》は、講演「超越主義者《トランセンデンタリスト》」において、エマソンにはめずらしくはっきりと説明されている。この講演には人間を保護する条件を不用のものと思わせるほどの劇的な解放感がみられる。

……彼の思想、——それこそが「宇宙」なのです。経験によって彼は、一般に世界と呼ばれている事実の行列を、自分のなかにあって、目に見えず音も持たない中心、自分ばかりでなく他人のものでもある中心から絶え間なく外に流出していると考えるようになり、事実のこういう姿を見れば、万物は、前に述べた彼の「未知の中心」と関係しつつ、主観的、あるいは相対的に存在している、と見なさないわけにはいかないようになります。

……君が世界と呼んでいるものは、すべて君という実体の影でしかなく、思考の力を絶え間なく産みだし続けるもの、君の意志の自由になる思考力と、自由にならぬ思考力とが、産みだし続けるものです。……私を境遇の子だと思っておられるが、私が境遇を作るのです。（W・I・三四・一八四一）

彼の全著作のなかでは、道徳的、宗教的思索ほどには頻繁に述べられることはないが、このように世界を意識に変質させることは、彼の活力を解放した秘訣である。「人間」であることの意味を明らかにする啓示、個々独立した自己には、霊的エネルギーの無限の源が内在しているという啓示は、——『自然』、「アメリカの学者」、「神学部講演」——という一八三〇年代のエマソンの三つの挑戦作を、たくわえられた莫大な力で満たしているヴィジョンであり、この三つの作品を読むと読者は、革命的な価値の転換がまさに起ころうとしているのではないだろうかと思いこんで、心の平静さを失うことの理由となっている。挑戦の規模と方向は、彼の哲学的、宗教的立場を明確にしようとする、もっとも終始一貫した真剣な試みである『自然』を分析することによって示されるであろう。

『自然』は、コウルリッジ、スウェーデンボルグ、プラトン主義諸学派——といったいくつかの、かならずしもお互いに調和することのない思想の影響を受けながら書かれており、またそれは、念入りに小さく分けられた一連の論題を論じているために、思想のめまぐるしい混乱を見抜いたり、背後にある意図を理解することはかならずしも常には容易にできない。しかしながら同時期に記された日記の記述と対照してみると、エマソンの自然の意味や意図の探究は、根本的には、自然と自分自身とを同化させる、すなわち「非我《ノット・ミー》」を「自我《ミー》」(W・I・四)[1]に変えようとする努力であることが明白となってくる。その努力は二つの方向をとった。一つは自然観あるいは自然論を完成させることによって、自然を知的に征服しようとする方向であり、もう一つは、力の教義を学ぶことにより、実際的な征服、すなわち人間の王国へと向かう方向である。『自然』のほとんどを通じて支配的なのは、第一の方向である。この書の目的は、自然が存在することの目的は何か、という疑問に対して解答を示すことである。このようにして自然を征服するための主要な武器は観念論であり、彼はこの語を二つの意味でもちいている。一つはロック、バークリー、ヒュームと続く観念論哲学であり、もう一つはよりプラトン哲学的な概念である。

『自然』の一章から五章までは、プラトン哲学の理念による自然支配の確立が企てられている。自然は一種の神の暗号であり、人間が判読しなくてはならない無言の福音であるという、やがてエマソンが放棄することになるスウェーデンボルグの自然観は、『自然』におけるこの目的をいくぶんあいまいなものにしているが、この書を出版しようとしていた頃の日記には、それが明確にまとめられて記されている。「人が分類学に見いだす喜びは自らの〈運命〉のまず第一の指針となる。人は法を認識することによって自然を支配することができるようになる。……事実の間に観念が導入された瞬間に神の支配が始まる。……このように自然界全体に、より優れたものに向かって上昇しようとする運動が存在する。実益はより大きな善を指し示している。美は霊的要素を持たなければ無価値である。言語は語られるべきことを語る。結論として、自然は訓育であり、生徒である人間のために存在している。自然は下位で、人間が上位にある。人間が観念のもとである。自然は観念を自らの神として受容する。」(J・IV・三・一八三六)

この点まではエマソンは、疑いなく違った主張をしていながらも、ケンブリッジのプラトン主義者やユニテリアンと大差のない主張をしている。彼は観念が優越していることを主張し、この世界を修養の場と呼び、人間を取り囲んでいる自然のなかに人間の道徳的価値を読みとった。しかしながら彼は、たとえ自然が人間を中心にしているといっても、人間は親としての、人間よりも優れた自然に取り囲まれた生徒の状態にまだあると述べ、人間と自然に共通する神は、キリスト教のドラマの中で主役を演じている、あのなじみ深い、万物の創造主ではないと示唆することはほとんどない。最後の三つの章では、観念論に対する懐疑的意識を梃子《てこ》として、彼はこうした隷属状態から自由になる。ここで彼は自らの真の革命を達成する。外界は内面世界にしたがい、巨大な世界が人間の回りにやってくる。

まず第一に、観念論哲学によって彼は、「自然は現象であって実体ではなく、霊こそが必然的に存在しているもので、自然は偶然であり、結果であるとみなす」(W・I・四九) ようにわれわれを導びこうとしている。自然は自己の領域のなかに入れられ、人間はついに自分自身の外部に実在が存在している、と信じるのをやめる。しかしながら自らの内部に実在が存在するのを再発見することなく、自らの外部に実在は存在しないと断言するならば、それは中途半端な真理にすぎなくなってしまう。それゆえエマソンは観念論《アイディアリズム》から唯心論《スピリチュアリズム》に移ってゆく。「観念論者は、神は君の魂の回りに世界の絵を描いた、と言う。唯心論者は、その通りだが、見よ！　君のなかに神がいるではないか。君という自己のなかの自己が、君を通して世界をつくるのだ……、と言う。」（JMN・V・一八〇七・一八三六）このようにして第七章「霊」にいたって、人間と自己のなかの自己とが一体のものであるという最終的な啓示に到達し、その結果として人間すなわち自己は、ある意味では生徒や観察者であるばかりでなく、自然の創造主であると考えることができるようになる。ここでは普遍的人間と個人との間に区別が生じていることはもちろんのことである。この場合、自己のなかの自己は個人の能力をはるかに越えた存在に思われる。しかし区別は、可能性と現実との間の副次的、相対的なものであり、二つの別々のものの間のものではない。エマソンの心を強くとらえているのは、神とは本来自己のことであり、理念的、詩的には両者は同一のものであるべきであり、また同一のものであり得る、という思想である。

このような神と自己との究極的な同一化は、第八章「展望」においては、オルフェウス的詩人のヴィジョンとなって現われる。この文章がオールコット（アメリカの哲学者・教育者・社会改革者・超越主義者。一七九九－一八八八）の会話といかなる関係があるにせよ、それは明らかにエマソンの書、エマソンの思想に不可欠なものである。オルフェウス的詩人は、エマソンが、個人として表明するのにはあまりに大胆で、非現実的な部分もみられる自らのヴィジョンを述べるために考えだしたものである。常識と結びついた解説をする散文がとぎれとぎれになる場所では、詩人のより自由で無責任な言葉によって思想を完成することができる。そしてオルフェウス的詩人が自らの創造主のために述べる思想とは、人間と神との理想的合一のことである。

「自然は固定していないで、流動している。霊が自然を変え、形を与えて、造りあげる。……あらゆる霊がおのれのために家を建てる、そしてその家のかなたには世界が、その世界のかなたには天がある。……だから君自身の世界を築きなさい。……自然を支配する人間の王国、観察という方法では到来することのない王国、——いまでは神についての人間の夢想すらも及ばぬほどの領土に、人間は、盲人が完全な視力を徐々に回復してゆく時に感じるような驚きを感じながら、入ってゆくであろう。」（W・I・七六－七七）同時に詩人は、人間が現在二重性を持っていることを説明するために、人間の堕落の神話を物語る。エマソンは、自らの哲学がこうした人間の二重性を否定したために、それについて語る時には、常に神話に移ってゆくことを余儀なくされた。なぜ人間は、本性において神聖であるのと同様、現実においても神聖でないのか。この疑問に対して哲学は何の答えも示さないが、詩人は寓話を差しはさむことができる。「人間は落ちぶれた神だ。……かっては人間は……自分の満ちあふれる霊の流れで自然をいっぱいに満たしていた。彼のなかから太陽と月が生じた。……ところが、自分でこの巨大な殻を作ってしまったので、彼からあふれでていた流れがひいた。もはや人間は脈管や細脈を満たしてゆかず、縮まってただのひとしずくとなっている。……しかし時には人間はまどろみつつも、はっとし、自分自身と自分の家を不思議がり、自分と家とが似ているのは奇妙だと考えこむことがある。」（七一－七二）

この章においても、理念による自然の征服と現実上の征服とが一緒になっている。なぜわれわれには自然の秘密を見つけることができないのか。「その理由は……人間が自分自身との統一を失っているからだ。」（七三－七四）われわれは魂を回復する時、自然の原理を見いだすことができるであろう。そして自己を実現することによって力の問題もまた解決することができるであろう。英雄的行為、芸術や詩、「現在では〈動物磁気〉という名称のもとに整理されているあいまいでしかも異論のある多くの事実、祈り、雄弁、自家療治、子供の知恵」（七三）などにおいて垣間見られるように、人間が事物を支配していることが一時的にせよ示されると、それが不変で習慣的なものとなり、そしてその時人間の文化が完成する。そして「君は君の生活を精神のなかにやどる純一な観念に合致させる。」（七六）そうすれば理念のうえでも、現実のうえでも、人間の王国が出現し、それは「理性」の目で見るならば、詩人が神話のような神のお告げを歌って、だまして信じ込ませようとするのでは決してなく、現実に存在している。

後半の各章でエマソンが述べている内容の持つきわめて革命的な力は、もっとも正統的でない思想の解説をしている時ですら、プラトン哲学的、道徳主義的言葉によってあいまいなものになってしまっている。おそらく彼自身、自らが述べようとしていることの新しさを十分に認識しておらず、超越主義的な自己中心主義とプラトン哲学の観念論の間を、はっきりとした立場を示すことなく揺れ動いているのであろう。それでも彼の思想は独創的なものであるために強烈な印象を与える。フィヒテや他のドイツ観念論哲学者を暗示したり、反響させたりはもちろんしているが、ドイツ観念論がエマソンに顕著な影響を及ぼしたという証拠を示すことはできない。彼がもしドイツ観念論の影響を間接的にせよ受けて駆りたてられることがなかったとしたら、おそらくこの方向に向かって進むことはなかったであろうが、それでも彼はこの信仰に独力で達するのである。こうした信条を信じようとする意志の力によって、自らの思想を完全には理解していなくても、不完全な少数の暗示から全体的な世界観を展開することができたのである。

彼の同時代人のシオドア・パーカー（アメリカのユニテリアン派の牧師・社会改良家。一八一〇-六〇）はこうした自己中心主義をほとんど理解していないし、ヘッジ（アメリカのユニテリアン派の牧師。一八〇五-九〇）とリプリー（アメリカの社会改革家。ブルック・ファームの創設者。一八〇二-八〇）もまた同様である。三人はともに優れたドイツ学者であるが、ヘッジとリプリーは、ユニテリアニズムと直感主義がともに残した歴史的キリスト教信仰の遺物にしがみついている。パーカーは、人間の本性と宇宙の本質にもとづいて教会の教義と国家体制に挑戦しようとする自らの大計画のために学識のすべてをもちいようとしている、単なる直感主義的な「哲学者」にすぎない。さらにまたブラウンソン（アメリカのユニテリアン派の牧師。のちカトリックに改宗。一八〇三−七六）は、もっとも超越主義的になっていた時ですら、こうした自己中心主義とは無縁の社会的意識をいだいていた。オールコットの「堕落」、「誕生」、「人格主義」に関する高尚な話、マーガレット・フラーの熱意にも、真に同じものは見られない。ソーロウの自然への感覚的で、しかも霊的な自己投入でさえも、自然を支配しようとするエマソンの願望とは全く異質のものである。(2)

　コウルリッジは他の誰よりもエマソンがこうした信仰に達するのを助けたが、エマソン自身の宗教体験と宗教的心情はコウルリッジとはきわめて異なるものである。フィヒテの影響を強く受けたカーライルが、おそらくエマソンともっとも良く似ているが、彼でさえも、エマソンが、道徳的傾向を強く示しながらも、人間の解放と理解しているところを、義務、修養、「諦め」を呼びかけていると理解している。回りの思想家すべてから手がかりを与えられたり、語句を借りたりしながら、また重要な思想に対しては並外れた理解を示して、自らの時代の複雑でさまざまな影響を受けながらも、エマソンは、自らが普通でないことを言ったなどということはほとんど意識しているようには見えないのであるが、すべてを考慮に入れると、それまでのアメリカ文学において、最も驚くべき新しい考えのうちの一つを表明しているのである。彼がはっきりと悟らせようとしているのは、人間は完全に自立した存在である、という教えである。彼の思想にこうした緊張があるのは、徳ではなく、自由と支配を目的としているためである。それは根本的に無政府主義的であり、魂のなかに存在し、働いている「力」の名において、過去のあらゆる権威をくつがえし、他者とのいかなる妥協、協力をも排そうとするものである。

このように彼の「内なる神」の発見を、革命的な意味を持つものとして読むと、読者の心は極めて動揺するために、大きな危険が伴う。それは彼が自立を特別熱望しているために起こるものと思われる。そしてそれは、エマソンの信仰の一つの要素ばかりでなく、あいまい性を与える理由の一つにもなっている。彼が自己信頼を宣言することができたのは、「神信仰《ゴッド・リライアンス》」をも唱導することができたからである。彼が人間に生来そなわっている自由を求めることができたのは、彼が超自然的完全をも求めたからである。彼が異端の説を唱えて社会に挑戦することができたのは、自らが世人よりも真の信仰の近くにいると考えたからである。彼が個人は世界であると主張することができたのは、道徳律が存在するために、宇宙には、気まぐれなこと、見知らぬことは何一つ起こることはない（J・IV・二六・一八三六）、ということを知っていたからである。彼が勇気をだして反抗した巨大な世界は、本当は彼の味方であり、彼の目標を、言わば台無しにしてしまうようなことはないであろう。相違しながらも同一であるという二重の性質を持ちながら、自由で完全な存在にならなければならないという必要に迫られて、彼の思想の多くの部分は形成されている。

われわれは今エマソンの精神の構造を示す図を、それほど本気ではないとしても、描くことができる立場にある。ここで彼のお気に入りの極性というイメージについて述べないわけにはいかない。というのは論理が一貫することなく、現在いだいているヴィジョンが真実のものであるに違いないことを確信させる、この極性という流動的、詩的思考の原理は、体系的であるよりはむしろ動的なもので、ある波動の有機的な法則にしたがって、彼の精神生活が、二つの極の間を揺れ動いていることをはっきりと示しているからである。エマソンは厳格でつまらない教義を避け、しかも他人の意見の正否を性急に判断せずにいる能力をいつも失わなかったが、こういう点に注目しさえすれば、彼のような精神は興味深いものとなる。エマソンに反感をいだいている批評家には、安易な公式化を行なってしまう傾向が顕著にみられるが、エマソンの研究者もまたそうならないように注意しなくてはならない。

　私はこうした分析を裏付けるための粗造りの足場組みとして、二つの相対立する極というなかなか理解しにくいイメージを提示してみる。長軸である北極と南極は、「一なるもの」と「多くのもの」、「普遍的なもの」と「個別的なもの」、信仰とその他の経験、「理性《リーズン》」と「悟性《アンダースタンディング》」という二つの概念の両極であり、エマソンは、人間はその両極の間にぶら下がっていると考えていた。そしてこの南北の長軸と交差しているのが短軸であり、移動したり、お互いに調和し合ったりしていて、明確に示すことは長軸よりもむずかしい。これは自尊心と謙虚、自己中心主義と汎神論、能動性と受動性、「力」と「法」という、エマソンの本性における気質上の対立を示している東西の二極である。彼の中心的思想のほとんどは、この座標軸上でなんとか示すことができる。座標の最上部に位置する北極は、彼の言葉によれば、自らが「精神」のなかに溶解してしまう神秘的な瞬間に近い体験がふさわしい。自己信頼は東西の思想であり、道徳律は北東に位置する。サンタヤーナ（スペイン生まれのアメリカの哲学者・批評家・詩人。一八六三―一九五二）が「正常な狂気」と呼び、エマソンが「誇張」と呼んだものは南西に、運命という概念はおそらく南東に位置する。

　こうした遊びは安易なもので、大して益にもならず、また私がこうした座標で示される数字や説明を支持しているわけでもない。しかしこの座標にはある種の重要性がある。主として私は極の場と類似していることを強調したいと思う。ホイットマン、メルヴィル、ヘンリー・アダムズの場合と同様に、反対の方向に引っ張られる力が潜在していることを感じながらも、自らの信条を主張するタイプの思想家の精神をわれわれは探究している。両者は一緒になって、相対立する「所説の真理」より重要で全体的な、「経験の真理」を形成する。このような精神には「二重のヴィジョン」が見られるが、統一性もまたそなわっている。もっともそれは哲学者の体系というよりはむしろ詩人の世界の統一性——思想が次々と連続的に展開されてゆく時にみられるような、全体的領域から成る有機的統一性のことであるが。われわれは、エマソンが「魂」の世界が存在することを恍惚としながら主張している一方、その背後には「それも同様に真実であるために」、存在が否定されている実際的事実の世界があるのを感じる時、初めて彼の思想の特質を評価することができるのだ。同様に、今日彼が自由を主張する時に示される活力の一部は、将来、法を主張する際の活力になるであろうことを予感しているために生じているのである。

†

「君自身になりたまえ。」「誠実であれ。」「私の生は五月祭の遊戯だ。私は好きなように生きるつもりだ。」（JMN・VII・二〇八・一八三九）「私は門柱のまぐさに〈きまぐれ〉と書きつけておきたい。」（W・II・五一）このように無条件に自らの自立を表明することは、彼の本性のもっとも深いところにある心理的衝動、すなわち自らにそなわる神性を発見したことによって認めたと彼が思っている衝動を示している。しかし一八三〇年代の彼の自己中心的な反抗の時期においてさえも、ホイットマンの

良くも悪くも僕は港に退避して、どんなことがあっても許してやる、

「自然」が何の拘束も受けずに本来の活力のままに語ることを。

（「僕自身の歌」）

という『草の葉』の詩句のなかの一節のように述べることはできなかったであろう。「君自身になりたまえ」とはエマソンにとっては、「自分のなかにひそむ自分になりたまえ」ということを意味していた。若い頃の自らの途方もない大望と無能力との間の不調和から生じた、自らの本性を変えたいという熱望は、再生を生みだす源であると教えられてきた神の恩寵と力が、本来は自らの魂の一部であることを発見したことによって強まっただけであった。自らの生の基盤となるものとして述べた原理——内部より生きよ——は苦労の伴わない解放のための手段ではなく、たえず多大な努力を必要とする、激しい自己回復のための手段であった。

そのためにわれわれは、解放を呼びかけているにもかかわらず、緊張が絶え間なく存在し、この時期の彼の日記や講演の内容を堅苦しいものにしているのを感じるのである。「真実で自由な人間」（J・III・三九・一八三四）になるということは、骨の折れる、英雄的な企てであった。「大気は……全くの怠惰にも、不滅の行為に対しても、無頓着でいたいという気持を駆りたてながら人を招く。……能力と自由の広大な〈永遠性〉が君の前に開けてくるが、決して衝動的なものではない。……それは、日常の束縛と人間的動機を放棄し、自らを自らの監督者であるとあえて信じてきた人の心の内部に神的なものの存在を要求する。彼の心は高潔で、態度は誠実であり、また思いは途方もなく大きいので、彼は実際に自らにとっての世界、社会、法となり、ただ一つの目的が、冷酷な必然が他人を支配するのと同様に、彼を強く支配するであろう。」（JMN・IV・八三・一八三四）[3] 一般的に述べると、彼が苦境にある時は常にそうであったように、特にボストンの第二教会の牧師職を辞した後の数年は、努力は道徳的表現となって示された。「……自分の情念を絶対的な支配力で統御するのが私のなすべき仕事である」（JMN・III・二五九）と彼は一八三一年に記している。そしてその後何度か繰り返して述べられた彼の言葉は、清廉潔白さを通じて「神の似姿」に達しようとする、ユニテリアンの憧れを思い起こさせる。

しかし彼の本来の目的は、実際にはストア主義的な克己でも、キリスト教の神聖でもなく、より世俗的で、明確に述べることがよりむずかしいもの——彼が時々「完全さ」とか「自己合一」と呼んでいる特質であった。彼の目的は、ソーロウの言葉をもちいれば、慎重に生きることであり、一刻一刻を大切にすることであった。人生の通常の経験は、われわれにとってと同様彼にとっても、動く列車の窓に次々と景色が展開してゆくように、個人に降りかかってくる日常的あるいは予期せぬ出来事の連続であった。主導権は「時」と「偶然」という双子の神、すなわち彼の言葉によれば「外的生活」が握っており、個人は常に半ば忘れられた旋律が雑然とちりばめられ、旋律が展開することのない即興曲のなかにいて、自らを順応させるしかなかった。エマソンにとっては、ソーロウにとってと同様、こうしたことは無意味で不必要なことであった。個人はなんとかして自らの運命を支配すべきであり、完全に自らの内部にしたがって生きているので、彼が、起こってくる個々の出来事をいわば始めるのである。そうした時にのみ、もはや「〈時〉と〈習慣〉のアヘンを飲んでいる」（JMN・V・二五・一八三六）のではなく、彼がかつて述べたように、自らの運命を支配し、自らの世界を動かすのである。

こうした自らと周囲の世界との関係を変えるような自己完結的な統一性、全体性こそが、私が彼の著作を読むかぎりでは、自己中心的超越主義的エマソン、すなわち彼独自の本性の大きさを発見したことで、一八三〇年代に生まれた「人類」の予言者の中心的目標となっている、と思われる。これが「主権」、「支配」、あるいは何度も繰り返してもちいられた「直立的態度」という印象的な言葉で彼が示したいと望んだことである。彼がヴィジョンや霊的熱狂の創造的瞬間に一瞥したように、自由で絶対的な自己支配の聖域に永久に入ることは、当時は彼の心を燃え尽くそうとしていた大望であった。「われわれは偉大なるもののすぐ近くにいる。一歩踏み出せば大丈夫なのだ。その一歩を飛ぶことができないのか。」（JMN・VIII・一三九・一八四二）

偉大なるものに飛躍するためには、彼は二つの根本的な困難を克服しなくてはならなかった。一つは自らの気分の一貫性のなさ、すなわち自らの心の内部にやどる力と合一したことを感じた瞬間を保持することができないということ。もう一つは彼の意志とは無関係に頑固にも存在している外部世界に対処する必要性である。後者の問題は、自らの回りの人間世界に対して彼自身が以前からいだき続けてきた、共同体意識と義務感とに深く関係しており、私はこの問題をこの章の残りの部分と次章の冒頭の部分で取りあげてみよう。それからより重要な前者の問題を考察してみよう。

「社会は、世人が常に思ってきたように、騒然として、不安定で、無原則である。社会はおだてられ、脅され、裏切られる。……社会は下劣で利己的な人間の支配を受けなければならないが、自らの心に忠実な個人は、横切ったり、近づいたりすることのできない神聖な柵に囲まれていて、いつも自由である。」（EL・II・一八六・「個人主義」）エマソンがエッセイ「自己信頼」で認めたように、独立した自己に対立し、敵となるのは社会である。引用した一八三七年に行なった講演においては、社会に対する無邪気で子供のような軽蔑の声を聞くことができるが、それ以後に記された多くの同様の記述は、それに匹敵するか、あるいはより激しいものとなっている。特に一八三七年の恐慌に精神的衝撃を受けたことにより、彼は社会に対して公然と挑戦的な態度をとり始めたように思われる。彼自身は最悪の打撃を受けることからまぬがれたので、社会に広まっていた混乱に対して一種の神聖な喜びを感じながら対処した。「時代がもたらしたこのような、顕著でいたるところに見られる災難を、私は一つの善であるとみる。それは時代が私に社会に対して満足させないという善である。……見よ、誇り高い世界が無に帰してしまったではないか。思慮分別《プルーデンス》そのものが思案に暮れているではないか。」（JMN・V・三二―三・一八三七）

「あざけり、さえずり、自己満足し、〈哲学〉と〈愛〉の夢と自ら称するものに浮かれていた〈高慢〉と〈倹約〉と〈便宜主義〉よ。――見よ、それらはすべて無一物となっているが、〈魂〉は相変わらず直立し、打ち負かされていない。今まで常にそうであったのか、という疑問には、今は何と答えるべきなのか。……私に新たな人生を始めさせたまえ。私に、この世界に、その主人を知ることを教えさせたまえ。私に運命に優越し、私という世界を支配させたまえ。」（三三二）

彼の日記中のこうした文句は、一八三七年の夏に、オールコットの生まれ故郷であるプロヴィデンス（ロード・アイランド州の州都）のグリーン・ストリート学校で行なった講演でも使われていて、また同年の冬に行なった「人間の教養」についての連続講演の最初の講演においては、彼は社会の圧政に対して、痛烈に、公然と反対している。

人間、すなわち高潔で、理性的で、威厳のある人間、この世の主人である人間を見つけることはできない。しかしその代わりに醜い「社会」がある。これは明らかに、完全な清廉潔白さを目的とせず、それがもはや可能であるとは信じず、虚偽の助けを借りて、世間一般の騒動を抑え、人々が争わないようにすることだけを目的としている。……そこでは妥協という普遍的原理がこっそりと使われてきた。誰が作りだしたのでもなく、誰も自分には責任がないと思うような「決まり切ったこと」が、あらゆる個人の自発的意志と人格に暴虐を加える。……この大きな「現実」にわれわれは圧倒されてしまう。「現実」の莫大な数量、その広大な範囲、仕組みの闇に埋れているその古さなどがわれわれの決心をひるませる。そして精神からは軽蔑されながらも、われわれは別の場所で改革を実現しようとするが、無駄に終わる。そしてこれが「世」のならい、これはどうしようもないのだ、とわれわれは言い、束縛を受けいれ、単調で退屈な生活を繰り返す。……

しかし「魂」にじっと凝視されると、人間の全生活、社会、法律、人間の財産と仕事、歴史の長い期間にわたる進行はたじろぎ、ひるむ。常に新鮮で不死であるこの不屈の魂を前にすると、年老いた世界は魂が自らの主人であることを認める。……そしてただ一つの魂が、世間一般に受けいれられていることのいくぶんかが間違っており、腐っていることを明白に認識するならば、それはあたかもすべての人間が立ち上がって、「社会」を滅ぼせ、と叫ぶかのように、遅かれ早かれ社会が没落する、というたしかな予言となる。(EL・II・二八‐三〇・「手の教義」)

このような激しい口調で述べていたのは、エマソンただ一人であったのではもちろんなく、彼は実際ニュー・イングランド社会の動乱の大波に巻き込まれていたのであるが、彼の場合には彼個人の根底にあるものと深く結びついていた。それは、彼がボストンでの牧師職を辞した時に、社会——あるいはさらに正確には、自らの心の内部に存在する社会という観念あるいは幻——と始めた論争から生まれたのであり、また彼はその論争を持続させたのであった。彼の日記には、社会に対する根深い従属感、義務感と、どんなことがあろうとも自らの主人になるという、頑強な決意との間の長い期間にわたる苦闘が記されている。彼の辞任は、この苦闘から生まれたものであったが、解決にはならなかった。それどころかあのひたむきな、あからさまな自己信頼の行為は、人生の方向を決定したために、彼自身の精神の奥では、長い期間にわたって反動が生じた。少なくとも牧師辞任の十年後の一八四二年までは、彼は本当には心の平静を得たとは言えなかった。そして講演の依頼に応じて、イギリスに二度目の旅行を試み、そのせわしい旅行のために、疑いなく自らが社会において指導的地位を「すでに」確立していることに気がつくまでは、若い頃からいだいていた不安から、最終的に解放され、心の平安を得たと論ずることはできない。

彼の社会の支配力に対する反抗には二つの主要な内面上の障害、すなわち孤独に対する恐怖と責任感が立ちはだかっていた。

彼の遠心的衝動と釣り合いをとっているのは求心的衝動、すなわち同意と愛情への熱望である。ジョン・バード・マクナルティが述べているように、エッセイ「友情」の、われわれ人間は地上をただ一人で歩く者である、という厳しい結論にもかかわらず、表面上の冷たさの背後には、暖かい人間性が隠されていて、友情の多くが、実際どのように進行してゆくかについてこっそりと触れている。それゆえエマソンは自らのエッセイ「愛」を出版社に渡すために書き写した後、その内容が不十分であることを告白している。「私が冷たいのは私が熱いためだ。冷たいのはうわべだけで、それは中心にある優しい愛情に対する一種の防御であり、償いである。——私はあそこに書いたよりははるかに沢山のことを経験している。私には書こうと思う以上の経験、とうてい書くことのできぬほど多くの経験があるのだ。」（JMN・VII・三六八・一八四〇）エマソンには高慢で、人を寄せつけないところがあるという批判に対しては、われわれは、家族に対する長年にわたる愛情――弟チャールズ、エレン・タッカー、長男ウォルドーに対する献身的愛情、「私のアジア」と呼んだリディアとの長年にわたる愛情深い夫婦の交わり――に彼が誠実であったことを指摘しなくてはならない。こうしたことはすべて、少なくとも家族の間では、彼に人を愛する力があったことを示している。

しかしながら家族の枠を越えた場合、彼の友情と愛情に対する渇望が十分に満たされることはほとんどなかった。ソーロウやマーガレット・フラーはもちろん、オールコット、カーライル、カロライン・スタージス（エマソンやM・フラーの親しい友人で、『ダイヤル』に詩を寄稿している。一八二〇―一八八八）との関係はすべて最終的には彼を失望させる結果となり、ただ悲しく「失望した魂よ！……人間は孤立していて、触れ合うことはできないのだ」（JMN・V・三二八―二九・一八三七）と結論を下すことしかできなかった。中心には優しい愛情があるにもかかわらず、心に人間を拒絶する気持をいだいていたために、他人に対してぎこちなくなり、孤立してしまうのが常で、自らの友情を求める気持を適切に、あからさまに言い表わすことができなかった。ついに人間から孤立しているために、彼はエッセイ「社会と孤独」のなかで、何も隠しだてをしない無名の奇人のような心持になった。彼が引き合いにだしたその奇人は、「この肉体という上着を脱ぎ捨てて、はるかかなたにある星の世界にこっそりと逃げてゆき、自分と世人との間には太陽系や恒星ほどの距離を置くことだけを待ちこがれている……」（W・VII・五）男である。

しかし心にいだいている愛情は、ある場所で押さえられても、別の場所で突然現われた。エマソンは人間関係の代わりに理念的関係を求めた。例えば「友情」という題目のエッセイは結末で、どのような人間関係によっても実現できないような友情の理想の姿について述べており、「同じ普遍的な力が支配する他の領域では、われわれを愛することができ、われわれも愛することのできる人々が今活動し、耐えしのび、敢闘しているという……崇高な希望」（W・II・二一三）だけで結ばれている。それゆえ「愛」というエッセイは、冒頭の部分で人間を神格化しているにもかかわらず、「友情」の結末部で述べられているように、「真の愛は、価値のないものは超越し、永遠なるものを沈思黙考する……」（二一六）ことを教えている。これらのエッセイにみられるパターンはエマソンによくみられるものである。特殊なもの、人格的なもの、現実的なものから、一般的なもの、超人格的なもの、理念的なものに彼は移ってゆく。個人のレベルでは満たされなかった愛情は理念に捧げられるのである。

それゆえ世人が見たエマソンは通常彼の反面、しかも重要でない方の反面であった。講演やエッセイで自らの思想の成果を人々に示したり、彼の親しみにくい存在の回りに人々がおぼろげに思想の霊気が漂っているのを感じる時以外は、彼は世人がめったに経験したり、共有することのできない強烈な感情にもとづく生を、人々から離れて送っていた。しかし彼はまた、このような孤独な生は、それが豊かなものであったにせよ、現実から自らを切り離すものであり、真の生では全くないことをしばしば強烈に感じていた。彼がくつろぎを見いだしていた思想を生きる生の他に、他人との交わりというもう一つの生があり、そこから彼は締め出されていた。二つが結合したものがあるべき生の姿であろうが、彼の経験においては二つは相対立していた。「考える人」の社会的重要性を説くために書かれた「アメリカの学者」においては、行動することが称賛されていて、孤独な思索に没頭する学者の生活に彼が心の奥底では不満をいだいていることを示している。「私は、熱心にこの喧噪の世界に飛び込んでゆきます。そしてすぐかたわらにいる人々の手を握りしめ、私も輪に加わって、ともに苦しみ、働きます。……」（W・I・九五・一八三七）学者は行動しなければ、「不完全で、衒学的で、無益で、幽霊のようなもの」（一七七・一八三八）である、と彼は「文学的倫理」に書いている。エマソンはたびたび、世俗から超然としていると現実性を失うと感じ、現実の人間と接触した生を営むために、幽霊のような生を拒絶した。

しかし彼の自立を求める願望は、自らが拒絶した社会にとって有用でなくてはならないという義務感ともまた衝突した。彼の職業は、ただ単にぶらぶら歩き回る詩人ではなく、重要な社会的責任を免除された教師であった。牧師職を辞した後、自由を与えられたことを喜んだにもかかわらず、人々に認められていた地位を失いそうになっていることに彼は深く当惑した。そして自らが根本的には孤独であることを認めながら、自らの直感にしたがっているだけなのにもかかわらず、依然として社会にとって必要不可欠な人間であり、自らの芸術の宮殿に閉じこもり、責任を回避している社会からの追放者、自己中心主義者ではないことをいく度も示そうと試み、自己満足することによって、心の均衡を保っていた。

こうした心配は、彼が既成の職業を拒絶し、反抗し、自分の目からみても、ニュー・イングランドにおいてはっきりとした役割を失い、自尊心の基盤さえも疑わしくなったことに支払った代価であった。人間の生は、「その成果はどんなものだったのか」という問いに対する答えによって正当に判断することができる、ということに彼は同意した。もし一八四四年までに、自らの人生の成果が十分にあると思うようになったとしても、その七年前には、明らかな成果、すなわち活動的で有用な生が必要であると思っていた。

こうした義務感と自由に憧れる気持が衝突して、「偉大な行為」に心を奪われるようになるところが、エマソンに特徴的なことであった。「魂」と結合した生は、英雄的行為を行う力で彼を満たし、彼と社会の双方に新しい道を歩み始めさせた。自らの内面の自由は、外面的能力によってのみ保証されている、と彼は思っていた。彼の生の二重性は、後年になってみられたように、おせっかいな活動と「理念」を従順に崇拝することの間にあるのではなく、「驚いている観察者と学者」としての通常な状態と、彼の言葉をもちいれば、「私は〈行為する者〉である」(J・IV・二四八-四九・一八三七)[4]という霊感を受けた瞬間との間にあった。彼の想像力は、過去の行動家――例えば彼はナポレオンに魅かれていたが――「改革者《リフォーマー》」、「学者《スカラー》」、「英雄《ヒーロー》」といったさまざまな、スケールの大きな、理念的な人間類型のイメージで満たされるようになった。これらは、彼が神にうながされて自らが果たすかもしれないと思っていた、偉大な解放者としての役割の輪郭をおぼろげながらも示している。自らの直感という魔法の鏡に見いる時、エマソンはそこに、本来の力をそなえた人間、すなわち「勝ち誇った想念」が次から次へと「すべてのものをしたがえてゆき、ついに世界は人間の意志が実現されたものにすぎなくなり、人間とそっくりのものになってしまう」(W・I・四〇)ような偉大な、責任を果たすことの出来る「思想家」兼「行動家」を見たのである。

偉人の肖像画を描くことほどエマソンの想像力をかきたてた仕事は他にはなかった。彼は偉大なるものの例を求めて歴史の頁をくまなく探し回り、偉人伝についての初期の連続講演を試み、そしてついに一冊の本まで出版した。過去の英雄や指導者の例は、彼の偉大な行為に対するヴィジョンにある種の現実的な色彩を与えた。「一世紀とか一千年にようやく一人二人の人間、すなわちあらゆる人の正しい状態に近づいた一人二人の人間が現われます。……それぞれの哲学者、詩人、俳優は、私のためにいわば代理人となって、いつかは私が自分でできることをしたにすぎません。」(一〇六・一〇八・一八三七)偉人の効用は、われわれの本質をわれわれに明らかにしてくれることである。「われわれはこうした同志の精神を、われわれに与えられている能力のもっとも深い秘密を知るために、われわれの前に鏡のようにして置きたい。」(EL・I・一六五・「フォックス」・

一八三五）「それならば、私も勇気を出してそうなろうとしてみよう。」（W・I・一六一・一八三八）

偉人に共通してみられる一つの特質は力であった。偉人は「人々に感銘を与え、生みだす力がある。……偉人は建設的で、創造力に富み、人を引きつける力がある。……」（W・IV・七）偉人は力の湧きでる泉を見つけたのだ。偉人がどんなに自分だけに特別そなわっている偉大なるものを示そうとしても、偉人には偉人に共通した特質がある。偉人は第一級の人間、真実を主張する人間である。「偉人伝」についての初期の連続講演で、エマソンは、この力は道徳的心情《モラル・センチメント》によって生ずるとはっきりと述べた。例えばルターが偉大なのは、「霊の力だけによって」、「単純な真理の力だけに依り頼むことによって」、「〈霊的〉革命を達成した」（EL・I・一二七、一三〇・「ルター」・一八三五）からである。それゆえ五つの講演のなかでもっとも個人的なことにも触れているフォックス（イギリスの宗教家。クエーカー教の開祖。一六二四－九一）についての講演は、宗教的心情に全面的に身をゆだねることによって、才能のある者、教養のある者、権力のある者を凌駕し、「正義を大胆に主張することによって、世界のあらゆる専制、階級制度、人為的身分制度を揺り動かした」（一八三七・「フォックス」）人間について述べている。それは「アメリカの学者」についての初期の段階の草稿となっている。

しかしながら宗教的心情と行動する力とが明らかに異なるものであることを、全く見すごしてしまうことはできない。道徳的心情は確かに霊感を与えはするが、征服し、勝利するためには法悦《エクスタシー》以上のものが必要であった。行動家となるためには、技巧、人格、魅力、あるいはいかなる力であれ、他人を支配するような個人的な力が必要である。その力は、道徳的支配力としてここかしこで理論的に説明されているが、最終的には、彼には単に運命が気まぐれに与えた力にすぎないように思われた。

君の宝石が清らかな水でできているかどうかは、
私にはどうでもよいことだ。
・・・・・・・・
その光で私の目をくらませてくれればそれでよい。　（W・IX・三二・「運命」・一八四一）

彼が英雄的資質《ヒロイズム》について考える時、実際的な力には神聖さが伴わない側面があることを、極めて明確に認識していることにわれわれは気がつく。

『代表的人物』について一八五〇年に行なった書評で、エミール・モンテギュー（フランスの文芸批評家。一八二五-九五）は、エマソンの偉人観を、「古代的である」、つまり生来偉大である魂を称賛しているのだと定義し、カーライルの『英雄と英雄崇拝』のなかにみられると彼が信じた理想像、すなわちキリストのような偉業と苦難によって生まれる、キリスト教的な理想的偉人に賛意を表して、エマソンの説く安易な偉大さを拒絶した。こうした比較が正当であるかは別として、古代ローマ人が、エマソンの生まれながらの英雄の原型であることに疑問の余地はほとんどない。英雄的資質についての「大先達であり歴史家」であるのはプルタークであった。「われわれは古代の作家の誰よりもこの人に多くを負っている、と思えてならない。……一種の蛮勇が、ストア学派の禁欲主義ではなく、生きた血の禁欲主義が、あらゆる逸話のなかで輝きを放っていて、そのために彼の英雄伝は非常な名声を博したのである。」（W・II・二四八）

エマソンが、このような古代の生きた血の禁欲主義をもっとも賛美したのは、「英雄的資質」という題目のエッセイで、これは元来「英雄的資質」と「神聖さ」についてそれぞれ述べた二つで一組となっている講演のうちの一つである。「神聖さ」という題目の講演の主題は、聖人、すなわち「道徳的心情に支配されている人間」（ＥＬ・Ⅱ・三四〇・一八三八）であった。「聖人は……常に道徳的心情を法としてあがめ、それを自分個人の自己とは別のものと考え、切り離し、自分から離れたところに置き、別の名前で呼ぶ。そして道徳的心情の無限の価値は、自分という存在から生じるとは少しも考えない。聖人はこの圧倒的な価値と自らの内部にある動物的性向とを対比させ、それゆえ両者は別のものであると考え、一方を神と呼んであがめ、もう一方を自分自身と呼んで軽蔑する。」（三四二）一方英雄は、「個人的なものの集中と高揚」（三四〇）であった。英雄は「自らの〈個人的特質〉と、哲学が〈普遍性〉と呼ぶものを決して区別しなかった。……」（三四二）英雄は哲学的ではなく、活動的な人間であり、思想のない意志である。「英雄的資質にはなにやら哲学的でないものがある。なにやら神聖でないものがある。それは他人も自分と同じように織りなされていることを認めないようである。それは強い自負心を持っている。それは個人的なものが極端に現われたものである。」（Ｗ・Ⅱ・二五〇・一八三八）このように学者を精神的に理解することは、エマソンの英雄像からは定義上除外されているが、もし「神聖さは英雄的資質よりも上位にあり、英雄的資質をより正確に説明している」と述べて、エマソン自身が条件をもうけていることを心に留めるならば、それは彼の偉大なるものに対する理想の積極的要素を、部分的なものでありながらも、より明確に述べたものになる。

「……人間は戦争状態のなかに生まれている。」（二四九）自然にはある種の残忍さがある——エマソンは例として、破傷風、狂犬病、狂気、戦争、ペスト、コレラ、飢饉を挙げている——人間はこれらを耐え忍ばなくてはならない。さらにエマソンにとってより現実的であったのは、社会には、社会慣習にしたがわない者に対して残忍さが存在し、有能な人間はこれに直面し、戦わなくてはならないことであった。聖人はこのような悪を信仰によって乗り越える。しかし大抵の人間には、現実の生のさまざまな危機を乗り越えるために、いくらかの聖人的なもの、英雄的なものが必要である。彼らにとって、十分な信仰を持てるのは、長い人生のなかで、たった二、三時間のことである。残りは自力に頼らなくてはならない。英雄とは、自力に頼るだけで十分な人間のことである。

英雄に著しくみられる特徴は、揺るぎない意志を持っていることである。他人の反対にあっても、彼は自らの目的をわきに寄せてしまうようなことはしない。英雄的なものが自ら判断を下すのである。それゆえ彼は世人が思慮分別《プルーデンス》と呼ぶものを軽蔑する。人は大抵、つまらない計算をし、低級な目的をいだいて生き、世俗的利益や肉体的安楽を求め、健康、富、名声を盲目的に愛している。英雄はそのような実際的な思慮分別が何の意味も持たないような、こうしたすべてよりも上のレベルの生を生きている。英雄的資質とは、「自己信頼の精神であり、思慮分別による節度を軽んじ、精力と力に満ちあふれ、それが受ける損害などは十分に償ってあまりある。」(二五〇)エマソンは、英雄の生と一般人の生とをそれほど厳密に区別することができない。「偉大と賤少との間にはへだたりがないようだ。霊が世を治める主人でなくなれば、それはたちまち世の愚者となってしまう。」(二五三)

とりわけ英雄的資質とは力である。英雄は世を治める主人である。英雄は日常生活の思慮分別をわきに置き、自分の思い通りに物事を進めることができるような機敏さ、活力、成功を収める天分をそなえている。エマソンが特に強調する英雄の気楽さ、陽気さは、英雄が勝利を収めることの印である。「思索の時代」においては英雄は、「心情にもとづき、分別にもとづくことは決してない。そのために常に正しい。……」(二五〇)エマソンは「英雄的資質」の講演原稿を執筆する前に、ナポレオンに関する多くの書物を読んでいた。

そして世俗の人ナポレオンに関する後年のエッセイは、自らが理想とする偉大なるものとは対極にある偉大なるものの特質を、精一杯讃えたものである。

　ところで英雄の特質、特にその実際的な支配力は、徳に対して何の明白で必然的な関係も持っていない。英雄は「行為する者」であっても、善を行う人でなくてはならない、ということはない。エマソンは、ナポレオンが英雄であることを認めるようになったが、善人とは決して呼ばなかった。英雄は心の奥底で、有徳でありたいと望む必要はなく、成功したいと望むだけでよいのである。それにもかかわらず、英雄を徳の戦士と定義しているほどで、無意識的に信仰による行為をする人が英雄であるという考えが、彼の英雄観の中心となっている。「偉大さの本質は有徳でありさえすれば十分である、と思うことである。」(三五) 一般的に述べると、このエッセイをのぞくと、彼は英雄的資質と神聖さとをそれほど厳密に区別してはいない。英雄がいだいている気持は、実際には道徳的心情と同一のものであると彼は通常考えていた。結局は「有能な人間とは、普遍的精神が自由に流入するような、優れた、出入り自由な導管の組織体に他ならない。……英雄が偉大なのは普遍的特質がひときわ目立っているためである。……」(W・I・一六五・一八三八)[5] しかし英雄的資質に関する彼の「優れた導管」理論の背後には、「語る者」が「行為する者」の持つ力に対していだく羨望をみてとることができる。エマソンの英雄観には、すでにニーチェ流の「超人」が半ば明白な形で現われているのである。

「自己信頼」を通じて実際的な力を獲得するのを夢見るというエマソンの夢は、単にそれだけのもの——すなわち一つの夢にすぎない、ということは明らかであると私は思いたい。それによって彼は、自らの心のなかに、至上の力をさずけられた英雄的人格を作りあげることによって、現実世界のさまざまな困難に対処しようと試みた。英雄的人格を前にすれば困難は消えてしまうであろう、と彼は考えた。彼自身の精神の緊張によって生みだされたものは、本物の行動計画というよりは、むしろ彼が後にロマンスと呼んだものであった。不思議なことに、「内なる神」を発見したことにより、人間の陥っている窮境からのがれる戸口が開き、閉じ込められていた精神が勢いよく飛びだして、戸口を通り抜けるように思われた。

一方人生が経過するにつれ、日常的困難も生じた。エマソンの偉大さが、慣習にしたがう生き方からはずれた信仰の力から生まれたものであるかぎりは、人間の無限性という自らのロマンスにすっかり心を奪われてしまっている間でさえも、自らの境遇の実相を認識することのできる人間として、われわれは彼を尊敬している。どこまでも自らの信仰を主張しながらも、現実世界をリアルに認識する常識も同時に働いている。というのは現実世界が存在していることに時折気がつくことで、『フィネガンズ・ウェイク』（ジェイムズ・ジョイスの前衛的長編小説（一九三九））の途方もない夢の埋め合わせをしているからである。

われわれはこうしたことを、例えば彼が思慮分別と呼ぶものを彼が称賛したり、軽蔑したりするところにみるのである。彼の常識は、英雄的資質という名において、人生の現実的状況を愚かにも軽視することに反発した。生命の法則に支配されていない者は誰もいない。機敏さ、倹約、勤勉、先見、自制、勇気は、われわれ人間の誰にとっても美徳である。もし成し遂げることができるのならば、「古いものを破壊したり、新しいものを打ち建てる頼もしい巨人」(九・一〇三七)となることは大いに結構なことである。しかし無分別な天才は、「ピンで刺し殺されてしまう巨人のように、疲れ果て、何もせずに」(W・II・二三三)死んでしまう。健康、食物、気候、社会的地位などに用意周到な配慮をすることは、自由を得るためのまず第一の現実的条件であり、避けては通れない人間修養である。常識は、ささいなことをうまく処理するのを身につけられないような人間には、何も偉大なことをなすのを期待することはできない、ということを教えている。

しかしこのような思慮分別は理念ではない。それは良識という徳である。彼は「思慮分別」という題目のエッセイにおいて、思慮分別と英雄的資質とをどのように調和させることができ、また調和させるべきなのかを示そうと試みたが、理念的なものを一瞬の間でも「経験」すれば、彼の主張は打ち砕かれてしまいがちであった。ヴィジョンと道徳的心情に満たされた神聖な瞬間が忘れることができないのは、一つには思慮分別を必要とするような存在の全領域を越えたところに彼を高めるように思われたからである。思慮分別は現世の神ではあるが、人間が偉大で幸福であるのは、エマソンの信条によれば、現世を足で踏みしめながらも、思慮分別を越えた霊の世界に生きる時だけであった。

常識的に考えれば、彼の生活が、半分は思索、半分は日常的生活という学者の二重生活となるのは避けられないことであった。しかし彼の信仰はそれ以上のものを保証した。彼の信仰の核心と力の全体は、彼を日常生活の束縛から救いだしてくれる新しい生の原理を啓示した。常識によって生が二重で「なくてはならない」ということを認めることは、無限の力を持つ「魂」を発見したことによって、自らに開かれたように思われた解放が空しいことを認めるのと同じであった。したがってそれは、彼がゆっくりと、少しずつ、そして全く不承不承認めるようになったものであった。もし自由が自己の偉大さを全面的に信じることだけにあり、またもし実際彼が講演の時だけ偉大であって、行為の点では偉大でなかったならば、新しい信仰によってどのように彼は解放されたであろうか。自らの経験の二重性は、生来わがものとする権利を持っていながら、入ることのできない王国を垣間見ることしかできない羽目に彼を陥らせた。これは、彼には最初は消滅しつつある例外のように思われ、次には人を当惑させる途方もない矛盾のように思われ、そして最後には、自らができるかぎり受けいれるようにならなくてはならない、不条理な運命のように思われた。

「内なる神」の力によって、社会に霊的革命を引き起こすような偉大な人物に再生するという宗教的熱情にあふれたヴィジョンもまた、このようにして彼の青年時代の思想のダイナミックな要素である。一八三三年頃、そうしたヴィジョンが支配的になるにつれて、彼の日記の一連の記述は、突然新たな希望が湧いてきて彼の想像力をとらえたかと思うと、また消えていったり、大望をいだいたり、また捨てたりで、ふらついた変わりやすい内容のものになってくる。征服したり、勝利を収めたりする偉大さは、最初は自らに与えられた格好の機会であり、またいくらかは自らの義務であるようにも思われた。人は誰でも「発見と善行の生活を送ら」(W・I・三一・一〇四二)なくてはならない。しかし彼はまた、こうした考えは単に信仰が度を越えたものとなったにすぎず、自らが通常送っている学者の生活が、自らの運命となるであろうということを常に知っていた。この頃彼が解決を迫られていた重要な問題は、自らが偉大な人物になることではなく、むしろ偉大な行為をしたいという自らの夢を、いかにしていくらかでも事実と接触させ、経験と折り合わせるか、ということであった。

第四章

理想実現の方法

行為者になりたいという、エマソンの漠然としてはいるが強烈な大望を経験という試練にかけたことが、一八三〇年代後半から四〇年代初頭にかけてニュー・イングランドに起こった社会改革運動の波が、彼のためにしてくれた主要なことであった。改革者たちは、彼がまさしく義務であるとみなしている行為を彼に行うように求め、また行うだけの力があると主張した——しかし自らの大望の実際の姿を突きつけられると、彼はそれを行うことは自分に適してはおらず、また行いたいとも思わず、自らの信仰によって道筋がつけられてきた、魂の解放そのものまでもおびやかすことに気がついた。その結果、彼が新しい状況下において旧来の価値観を守るように自らの信仰を順応させると、信仰の趣が全体にわたって変化した。こうした変化は改革だけによって引き起こされたものではなかった。彼独自の信仰は、時が経過し、経験を積めばそれだけで相当に弱まらざるを得ない至福千年説と、歩調を合わせるようになっていた。実際のところ、われわれが理解しているように、彼が青年時代にいだいていた希望を動揺させるような事情が他にもいくつかあったのだが、そのうちに改革運動が生じたため、行動の問題を解決しなくてはならなくなり、青年期の希望を早くに修正するようになったのだ。

エマソンが熟知していた行動は説教者としての行動であった。社会における自らにふさわしい役割は、彼が雄弁と呼んでいたことで、霊感を受けて真理を他人に伝えることである、と彼は思っていた。「……三十分間の講演中に、――おそらくは二、三の文によって、――大勢の人々に、自分の考えを捨てて、人生の方向を変えるように説得することが雄弁の目的である」(W・X・二八二・一八四四)と彼は考えていた。こうした大望は一八三〇年代の初期に特に強くなっていたが、一方依然として、時には彼の古い教会を「真理という小さなチャペル」(L・I・四〇五・一八三四)に取りかえたいとも望んでいた。そして「他人には口にすることができず、皆が受けいれなくてはならないことを口にする喜び、すなわち雄弁というすばらしいものが、私のものになるであろう」(JMN・IV・三三四・一八三四)と彼は想像した。そして時折、「次第に人が否応なく受けいれざるを得なくなるような〈説得力〉が発達し始める」(JMN・V・九七・一八三五)のを感じた。ここにいくぶんは期待をこめて求めることのできた偉大なるものの一つの形態があった。「もし私が人々に、彼らの心の奥の確信に耳を傾けるように説得できるならば、もし私が彼らのその確信を表現し、具現することができるならば、それこそ真の生というものであろう。真の生とは人の姿をしていることではなく、人としての行為をなすことであろう。」(JMN・IV・三四六・一八三四)

一八三八年の「神学部講演」が、こうした自らの個人的な使命感と、彼が自覚していた以上に、感情の面で深く関係していたことを明白に示す証拠もある。この講演はおそらく他のどの講演よりも彼の思想に深く根を下ろしたもので、心霊的宗教について述べているが、彼の牧師職辞任もこの心霊的宗教のためなのであった。講演の内容は一八三三年の日記に明確に記されており、一八三五年までにはすでに、彼は「〈心霊的で伝統的な宗教〉についての講演の原稿を書き、出版する……」（L・I・四三一・一八三五）意志を固めていた。この講演は、彼が同世代の人々に伝えなければならないと思っていた、あの信じずにはいられない真理に、他のどの講演よりも近づいたものであった。「道徳性についてより優れた洞察をもって語る人が現われる時、その人が誰であれ、それは新しい福音である。奇跡であろうと、なかろうと、霊感を受けていようと、いまいと、その人はキリストである……」（JMN・IV・三八三・一八三四）と彼は書いているではないか。

彼は「神学部講演」に対する敵意ある反応に心を痛めていた。(1) 外面的には冷静で、楽しんでいるようにさえ見えたが、日記で何度も弁護していることからも解るように、内面は明らかに動揺していた。彼の講演に対する批判は、講演の内容には限界があることを軽々しくは無視できないことを、現実世界が彼に極めてしんらつに示唆したものであった。矛盾した事実、内なる神の信仰は本来常に経験の侵食を受けることになっており、それによって彼は、自らが動いていると言った山が、いまだにいつもの場所にあることを常日頃思い知らされた。講演に対する批判は、彼の思想の静かな世界に事実がぎこちなく侵入したものであり、今までになかったような果敢に反抗しようとする活力を彼に与えた一方、最終的には理想と現実とを同一視しようとする力を徐々に衰えさせた。

彼が激しく直接的に反応したことは、社会に対してふたたび挑戦的になったことにみられる。書斎に一人閉じこもりながら、「魂」の尊厳を辱められたことで立ちあがり、彼の批判者に反論しながら次のような予言をした。

……世界は罪の夜のなかにある。それは雄鶏の鳴き声を聞くことがない。東の空に灰色の筋が浮かびあがるのを見ることがない。光線が初めて射し込む時、社会は恐れと怒りで揺れ動く。誰がよろい戸を開けたのか。その男に災いあれ、と人々は叫ぶ。人々は間違えて、射しこんできた光を闇と呼び、自分達は以前は光のなかにいたと断言する。恐ろしいことを言う男を前にして、人々は身震いし、逃げ去ってしまう。

……暴れ馬は調教師のささやき声を聞いてきた。狂人は監視されてきた。人々は話をする男のことを忘れようとし、話をする前の、彼らの心のなかの目立たない場所にいたのと同じ場所に彼をもどそうとする。

……しかし無駄、無駄、全くの無駄である。それは人々が遠くに聞いた最初の嵐の音にすぎなかった――それは「革命」の最初の叫びであった――それは地震の前触れ、震動であった。今でさえ社会は、一つ二つの思想がまんなかに投げいれられたために揺れ動いている。……それは今は少数の人にのみ影響を及ぼしているにすぎない。……しかしステート街、ウォール街、ロンドン、フランス、そして全世界の運命は、それらの思想によって広く知らされ、そうした数少ない思想が現われた後の「魂」が進行してゆく過程で示される。（JMN・VII・一二六―一二七・一八三八）

この一節は、ピューリタンの子であるエマソンの心のなかにくすぶっていた黙示録的な炎が、大爆発を起こした結果記されたものである。

しかし日記に記されたその部分全体が暗示しているように、そうしたきわめて攻撃的な内容の記述をするように駆りたてられた理由の一つは、ある種の衝撃を受けたことにより、自らの確信が動揺したためである。何年か後になって、引用した一節が萌芽となって創作されたに違いない「ユーリエル」という詩において、彼は寓意的に、また皮肉を込めて、講演のあとの騒ぎを回想している。この詩の持つ重要な点は、私が明らかにしたいと思っている次の二点である。すなわちユーリエルの言葉の革命的性格と、それに続くユーリエル自身の背信である。

講演それ自体には、少なくとも言葉の上では、ユニテリアンの聴衆を立腹させようとする意図は全くなかった。おそらく自らの目的が大胆なものであることの埋め合わせをするために、彼は無意識のうちに、外面的形式に取って代えようとしていた内面的生活が、秩序正しく、道徳的なものであることを強調した。「神学部講演」で唱導した心霊的宗教が意図したものは自由であり、ただ単に高度な法則ではなかったことが「ユーリエル」で明らかにされている。詩のなかではユーリエルは、新しい秩序の発見者ではなく、あらゆる秩序の破壊者となっている。

「一なるもの」が低い口調で、
・・・・・・・・・
列をなすものに対して、
神託を告げる。
「自然には境界がない。
宇宙全体は円をなしている。
一方向に延びても無駄で、光線はもどってくる。
悪が恩恵を与え、氷が燃えるだろう。」（W・IX・一三―一四）(2)

確かにこの詩の口調には皮肉が込められている。ユーリエルは人前で真実を語ってしまうような、ユニテリアン一家の命とりになりかねない子供である。年老いた軍神たちは正しい。ユーリエルのような危険分子はすぐにも免職させなくてはならない。エマソンは、善と悪とをはっきりと区別する体裁のよい定義づけを皮肉を込めて受けいれ、偽りの社会の慣習に取って代えようとして実際に唱導した、より高い秩序を故意に無視している。しかしそうしながらも、彼が講演のなかでうまく言いつくろってごまかしてきたこと、すなわち自らの信条が現実の社会秩序を破壊するものであったことをはっきりと表現している。ユーリエルはあらゆる世俗的権威の敵であり、自らの背信が引き起こした混乱を楽しんでいるのを、読者は詩の行間から読みとることができる。

さらに彼の背信は悔い改めでは決してない。彼をひるませているのは、自らが無力であるという認識である。おそらく彼は自ら進んで話そうとはしないであろう。おそらく彼は「あまりにも聡明になりすぎた」のであろう。しかし社会が彼の言うことを聞くのに耐えられないことはたしかである。彼の時は熟してはいない。彼は因習にしたがった社会の外側の自由な世界、外部世界の孤独のなかにいる。彼にせいぜいできることはといえば、自らが天使ケルビム（九天使中の第二階級に属し神の知恵と正義を表わす）のように社会をさげすんでいることを時折ほのめかして、社会の安定を揺り動かすことぐらいである。このようにしてこの詩は、エマソンが自ら挑戦している社会に対していかに心底からの反感をいだいているかを、はからずも伝えている。ユーリエルの真理は、自然の無生物的な力と結びついて、発する言葉は、社会を動揺させると同時に、彼を超自然的で非人間的な存在に変容させる。彼の他の著作でも同様であるが、この詩においても、われわれはエマソンの理想主義の冷たい核心に触れ、そこにはいかなる社会も成り立ち得ないものが存在するのを感じるのである。

彼のように精神の世界にひたすら生きた生においては、外部世界と本気になって関わるたびごとに、その影響は長く続いた。というのは彼は生のままの事象と関わった後に、それを徐々に自らの思想組織に同化していったからである。ボストンの教会を辞任したことはきわめて重要な事件であったが、この辞任ほどではないにしても、「神学部講演」もまた重要であった。そうしたことを通じて彼は、世間の人々が真理のためだからといって、自分達がいだいている考えを捨てたいと思ってはいない、ということを否応なしに知らされた。「アメリカの学者」において、エマソンは新しいモーゼ像を示した。「ユーリエル」は、砂漠の方を好むような人々を率いている、モーゼについての皮肉が込められた寓話である。これから後は、人間を約束の地に導く英雄的学者というエマソンのイメージは、次第に孤独な観察者のイメージへと変わっていき、大衆に顧慮されることも、大衆を顧慮することもなく、まだ実現されていない世界を霊感を受けて垣間見た自らの体験に黙ってしたがうようになった。

有神論者、無神論者、汎神論者には、
好きなように定義し、議論をさせておくがよい、
熱烈な保守主義者よ、熱烈な破壊者よ、――
しかし汝は、喜びを人に与え、自らも喜びを味わう者、
争いを知らず、罪悪を知らぬままに、
やさしいサーディよ、汝の詩のことを思え……(W・IX・一三三・「サーディ」)

「神学部講演」事件後の状況は、一八四〇年代末から五〇年代初頭にかけて、ニュー・イングランドの一部の人達がとりつかれた熱狂的な改革運動の波を受けて進み、ある結論に達した。現象としては、エマソンはそれを歓迎し推進した。「理想社会とは常に、ただ単に夢、歌、豪華な思想にすぎないのであろうか。そして現実に生きている貧しい人々のために理想を実現しようとすれば、かならず心に不安が生じ、外部からはひどい嘲笑を受けなければならないのだろうか」（JMN・VII・二四・一八三八）という疑問をいだかざるを得ない時でも、エマソンは改革者に向かって次のように言うことができた。「私としては、われわれの広い国のいたる所で、社会を騒がしている運動が、さまざまな形で急速に広がっているのを見るのはとてもうれしい。戦争、奴隷制度、酒、肉食、女中奉公、大学、宗教信条、そして今では金銭までを熱心にあくことなく攻撃する人たちがいるが、これらは廃止されるか、もしくは法律により規制されなくてはならない。」（一二五）

彼はしばらくの間、「われわれの全社会機構——国家、学校、宗教、結婚、商業、科学のすべて——が、われわれ自身の魂に根ざさずに、皮相的な生、すなわち〈名目だけの生〉になってきていることを常日頃感じていた。(3)」改革とは、「これらの結果を私自身のためにその本来の姿にもどしたり、私自身のなかに根拠を持たない教会、学校、国家、社会を受けいれない。……」ようにさせてくれるものすべてに対して彼がもちいる名称となった。「私は日常の習慣すべてを、それを生みだすもととなった思想にまで還元し、私の理性が納得することが全くできないようなことは何もしたくない。」（W・I・二四八・一八四一）

しかし夢と現実との間のギャップは依然として残った。彼は信仰を飛躍させようとは決してせず、実生活においては英雄的な生を避けていた。彼の改革論を読むと、時が経つにつれてますます、改革の企て全体が本質的には虚構であると心のなかで思うようになっていたことに、われわれは気がつくのである。このようにして一般的な理念としての改革には深く共鳴しながらも、同時に現実に行われている改革すべてに対しては、次第に失望感を強めていったことが解る。具体的な改革計画に対する彼の気持を典型的に示しているものとしては、ブルック・ファーム（ボストン郊外のウェスト・ロクスベリーで一八四一年から四七年まで続いた超越主義者たちの理想主義農場）共同体に参加することを拒絶したことが挙げられる。

この拒絶は一見意外なことであった。というのは、超越主義の避難所というブルック・ファームの根本理念は、あらゆる改革のなかでもエマソンにとってもっとも魅力的なものであり、学者《スカラー》は思索のみで生きるべきではなく、肉体労働にたずさわることで、土や自然と本来の関係を結ぶべきであるという、彼が「農園の教義」と呼んだものであったからである。机に向かって座ることに慣れている知識人が戸外で時を過ごし、適度に体を動かすべきであるというこの分別ある考えは、エマソンにとってはそれ以上の意味を持っていた。まず第一に、それは彼にとっては、自らの生と外部世界との関係における「完全さ」という自らがもっとも強く望んでいたものに近づくための手段に思われた。その教義は、単純な自給自足の生活という理想を示していた。人間は、自ら努力して、自らの欲望を必要最小限度までそぎ落とさなくてはならない。もちろんこうした理想は完全な形では決して実現できるものではないであろうが、それに近づくために一歩でも前進することはできよう。そして一歩ごとに見せかけの生から自由になり、神聖で神秘的な生の深奥に近づくであろう。『ウォールデン』はこうした考え方から当然出てくる成果であり、ソーロウの「単純に、単純に」という言葉はその標語である。しかし生活を単純にし、土との本来の関係を取りもどすことは、ブルック・ファームの目的でもあった。『ウォールデン』とブルック・ファームは、エマソンが、「改革しようとするあらゆる努力において、バネともなり調節器ともなる力は、人間には無限の価値がひそみ、誠実に求めればかならず現われるという信念、個々の改革はみな障害の除去を目的としているという信念である」（二四八―四九）と記した時、自らが示した目的を達成するために、どちらかを二者択一すべき手段であった。

しかしエマソンにとっては改革の目的が自立であったとするならば、目的が同じであるとしても、彼がブルック・ファームに参加しない決心をした理由が理解できるのである。「社会という名を聞くと、私は強い不快感を覚え、羽ペンの羽が逆立ち、先がとがる。」（L・II・三六四・一八四〇）「私は現在の牢獄から出て、もう少し大きな牢獄に移る気はしない」（JMN・VII・四〇八・一八四〇）と彼は記している。「私はあらゆる牢獄を打ち破りたいのだ。」リプリーの計画は、彼が必要としていた、多くを所有しない単純な状態にいたるには、かなりの回り道に思えた。(4)「私はまだ自分の家を征服してはいない。この家は私をうんざりさせ、後悔させる。このとやの囲みを解いて、潰走の身をバビロン攻囲と見せかけて行進するのか。」結局彼にとって重要な改革とは、道徳的、個人的なものであった。

ブルック・ファームに反対した理由は、あらゆる共同体の改革計画に対してもあてはまることに彼は気づいた。それはすべてが外面的であるということである。「いわゆる〈改革者たち〉は内面的な生活を肯定しながら、それに頼らず、外面的で、卑俗な手段に訴える。」（W・I・二七六・一八四一）彼らの目的は中途半端で、下劣な村や犬小屋のために全力を使い果たす。彼らは自分自身ではなく、数を拠り所として共同体や、博愛主義的な団体に集まる。こうした改革に近づいた時、エマソンは参加を呼びかける声を聞かず、自分自身が

「突かれ、押され、縛られ、二分され、四分され、あらゆる面で心の均衡を保てなくなっている」(J・VI・三六・一八四三)のに気がついた。そして彼ははげしい勢いで心の聖域に引きかえした。「自分一個の誠実さが神聖であるという気持を伝えられるような十分に力強い言葉が、私には思いつかない。」(W・I・二七九・一八四〇)

このようにして行動すべきものとされている義務を公然と拒否することが、自らに強いられていると彼は思った。実際、「これらの改革は……われわれ自身の光であり、視力であり、また良心でもある。改革とは、われわれとそれらが矯正しようとする邪悪な制度の間に存続している関係を指摘するものにすぎない。」(三七六・一八四一)しかしそれらの改革で部分的、表面的でないものは一つもない。そしてこのようにして思想の世界を現実化しようとする小手先だけの改革は、早計であることは明らかであった。「多くの熱心な人々が相次いで、こんなやり方で実験を試みるが、こっけいな姿をさらけだすだけのことになる。……なおいけないことには、私の見るところでは、こんな試みが成功した例は、彼らのいう成功の基準に当てはめてみても、人類の歴史において、ただの一度もなかったのである。」(W・III・八五)それゆえやむを得ず彼は無為でいることに同意しなくてはならない。ヘンリー・ナッシュ・スミスは、エマソンが「時代」についての講演で、改革運動関係者を行動家と学者に分け、学者となるために行動家を拒絶する時、彼は偉大な行為という理想をはっきりと否定している、と指摘している。

しかし学者は改革者でもある。「矮小な〈現実〉と過大な〈理念〉との間の著しい差異」(W・I・二八五・一八四一)を強く感じる点では行動家と同じだが、学者はそれだけではなく、この差異を小さくしようとする実際上の試みがすべて不十分であることが解り、ふたたび観察することに後もどりしてしまう。「人々は行動したがらないのではない。彼らは行動したいという気持でいっぱいなのだが、何をすべきか解らずに何もできないでいるのだ。」（二八三）エマソンは、こうした学者の受身的な無力さには、行動家の多忙な無力さに対するのと同様に、同意はしないであろう、と読者は思うであろう。そして彼が無条件に学者を是認していないことはたしかである。学者には人間なら本来持っている確固としたところがなく、解決のできない難問をかかえているために、ある種の愚かしさが見られる。学者の生活は、思索の青白い色を帯びて病的になり、自然に発する行為や喜びが失われ、倦怠と憂鬱《ゆううつ》に悩まされている。

しかしエマソンは行動家よりも学者を高く評価している。「私は両者のうち、思索家の方を好むと告白する。」（二八五）その理由は「思索家の不信心は、より偉大な〈信仰〉から生じている。……」からである。思索家の目的と望みは、霊的な原理に完全に身をゆだね、それゆえより高い生活と行動の様式はどんなものでも、まず行動家の自己刷新によって生まれると考え、社会を改革するために低級な方策をもちいることを差しひかえる。「彼らの欠陥は、彼らの意志が知的理解の域で停止してしまい、まだ〈愛の源泉〉の霊感に触れていない点である。」「しかしこれははたして誰の欠陥であろうか」（二八六）とエマソンは問いかける。少なくとも思索家には、あらゆる力の源泉が何であり、どこにあるのかは解っている。しかしながら学者は、行動家と同様に、自分にも偉大になる可能性があるという意識と、社会革命が迫っているという意識によって支えられている。彼は書斎に閉じこもって学問に精をだし、ランプの芯を切り、待つ。「慎重に考えたあげくやむを得ず、勇敢にしかも冷静に役目を怠るのは、偉大な忍耐である。いっそう高く深い敬虔な心持でいるからこそ、現在の役目を怠るのだ。人格をけがすのが不本意で、孤独になり無為でいることに賛同するところに、珠玉をつくる世紀が誕生する。」（二七八）

エマソンは学者にもどり、「時代」についての連続講演の四番目の講演「超越主義者《トランセンデンタリスト》」において、よりくわしく学者の特徴を述べている。この講演はその題目のために、エマソンとその友人である改革運動家一派の人達が何をしていたかを最終的に表明したものであるかのような、不自然に作りあげられた権威を得てしまった。その講演は実際「超越主義者」という語を作った人と時代について多くのことを語っているが、十分に理解するためには、私が述べようとしてきたことを念頭に置きながら読まなくてはならない。このようにして読んでみると、彼は明らかに「次善の策」を述べている。霊に生き、英雄のように人を導く学者は、現実には存在しないように次第に思われてきたので、エマソンはその代わりに、学者にもっとも近い代理人――いわば補欠人名簿に載っている学者――について述べている。彼が最大の賛辞を呈するのは、今までと同様、強い精神の持主、英雄に対してだけであることを繰り返し明らかにしている。超越主義者は、人間の消極的な半面にすぎない。彼は空の茶わんではあるが、少なくとも茶をたっぷり入れられる用意ができている茶わんである。

超越主義者の性格には自発性が欠如しているという点に、エマソンはすぐに不満を覚えた。どういうわけか偉大なるものに対する自らの信条のために、彼は袋小路に迷いこんでしまった。「もしわれわれが毅然とした態度をとって、『潔白とわかっていない食物や織物を、私は飲食したり、着たり、手を触れたりしないし、生き方が公明でもなく道理にも合わない人は相手にしない』と言うとすれば、われわれの生活は停止状態となるであろう。」(二四七・二四一)改革者がしたように、一つの悪習に反発するのは理にかなっているが、われわれの生活から「あらゆる」悪習を根絶しようとすると、「否」を唱えるという人を無力にしてしまうような慣習以外には何も残らなくなってしまう、ということになりかねない。

ここでわれわれは、「超越主義者」と同じ連続講演のなかでエマソンが取り扱った、保守主義者の問題に注意を向けてみよう。「偉人伝」についての連続講演のなかにバークが加えられたように、おそらく適度な多様性を持たせようとして加えられた「保守主義者」と題する講演において、彼は保守主義者についてかなりの同情を寄せて述べている。保守主義者とは事実を尊重する人のことであるが、当時エマソンも事実を尊重することをおぼえ始めていた。保守主義者の欠点は信条を持たないことである。保守主義者もまた半人前の人間である。しかし保守主義者が述べることのなかには、限界がありながらも、議論の余地がないもっともな点もあり、それは改革者が見落としてしまいがちなことである。

保守主義のもっとも良いところは……「不可避」ということである。……ここには人々が「運命」と呼ぶ事実があり、その恐ろしいほどの運命、運命の背後にある運命は、「良心」があれこれの運命を支配するという考えによって解決されるべきものではなく、「普遍的経験という事実に抵抗する場合、人間の能力は正しく発揮されるであろうか」という問題を必然的に生じさせる。……われわれすべての人間の心のなかには、改革に対するある種の理解または予感があるが、まだわれわれの人格の一部とはなっていないため、盲目的に改革に自己を投ずる人達は自らを滅ぼすのである。この方向で彼らが企てるものはどんなことであれ、失敗し、その計画を企てた人にはね返って自滅させてしまう。これは自然を超越しようとしたことに対する罰である。というのは現在存在している世界は夢ではなく、夢として取り扱えばかならず罰を受ける。またこの世界は病気でもなく、人が立っている地面であり、人を生む母である。改革は可能なこと、時には不可能なことをとり扱うが、これは神聖な事実である。（W・I・三〇二―〇三・一八四一）

エマソンは結末で、改革運動派に対する忠誠を依然として表明しているが、この講演においても改革者を半人前の人間として取り扱っている。それぞれの改革者は人間が持っている性向を誇張して示している例であり、全体にはなれず、真理の半分をとらえ、それをバランス感覚を持たずに追求している。懐疑家(5)の前触れである保守主義者という名前を借りて、エマソンは改革運動派と関わりを持った自らの青年時代の過去から次第に離脱して、人生においては理念と事実の双方がそれぞれの役を永続的に演じることに対して、よりバランスのとれた理解を示すようになった。このきわめて重要な連続講演のなかの他の講演も、「保守主義者」ほどではないにしても、彼の思想がたどった足跡を同じように示している。

オールコットはイギリスの友人レインとライトの両氏、及び「J・P・グリーブスの一二巻の写本と彼の頭部石膏模型像」とともに、フルートランズで企てた「コンコーディアム」計画（菜食主義生活団。一八四三－四三）に失敗し、英雄的な宣言をした。その後しばらくして、また自らの保守主義者についての講演から五年後に、この宣言にエマソンが答えたことは、自らも含めて、あらゆる超越主義的改革者に対する答えであった。「オールコットは、ソクラテスが裁判官の宣告に見いだしたのと同じくらい十分な理由を、州の税についての口論に見いだすことができる、と思った。それなら、言行を一致させたまえ。……そして次のように大胆に言いたまえ。『肉と霊とを真っ二つに切ってしまうほど切れ味の鋭いナイフがある。私はそれを使おう、そしてこの裏表のある、あいまいに言葉を濁す、種々雑多な、イエズス会のように偽善的な世界から出て行く』と。」（JMN・IX・四四六－四四七・一八四六）

「……そしてマサチューセッツ州《ステイト》に対する君の異議は欺瞞的である。君が本当に言い争っているのは〈人間〉の状態《ステイト》に対してである。」（四七）とても巧みでうまい表現をしているために、われわれは同意することができるが、エマソンが後年になってウェブスター（アメリカの政治家・雄弁家。一七八二―一八五二）に対してした「どのようにしてあなたはそう考えるようになったのか」という質問を、彼自身にしてみよう。超越主義者は「人間」の状態の他に何に対して異議を唱えてきたのか。オールコットの国家に対する無政府主義的な異議についてのこのエマソンの所見には、新たな懐疑論が現われているのがみられる。それに対して善人のオールコットが当惑したとしても無理もないことであった。というのは彼が、「人間」の状態とマサチューセッツ州に対するエマソンの異議が、自分自身のときわめて似たものであることに気がつくためには、エマソンのエッセイ「政治」を読むだけでよかったからである。しかし「政治」は一八三七年の講演、さらに一八四〇年に加筆して再度行なった講演にもとづいており、それ以来エマソンは何度も再考を重ねていた。

　結局エマソンが行動と決別したのは、青年期に社会を拒絶したのと同じように明白で、しかもほとんど同じ理由からであった。つまり彼の自由が脅かされたのである。「私に君たちが博愛、慈善、義務と呼ぶものに参加するように求めないでくれたまえ。――それらは単なる事情、雪雲の薄片、木の葉にすぎない。――私はしかるべき理由で、いかめしく、あるいは喜んで、家で座っている。私は、君たちが行動と呼ぶようなことは二度としないと思う。」（JMN・VII・四〇四・一八四〇）特に「霊の法則」というエッセイの結論の部分では、引用した文章と同じ時期に書いた文章をもちいながら、行動という言葉に対するすばやい反論を連発している。「……何故われわれは〈行動〉という言葉を聞くとおじけづかねばならないのか。それは感覚の迷いだ。――それだけのことである。どんな行動でももとをたどれば、すべてが想念であることをわれわれは知っている。」（W・II・一六三・一八三九）そしてこのエッセイは、「……本当の行動は沈黙の瞬間に行われる」（一六二）、自分たちの生き方全体を改めるような沈黙における想念のなかで行われる、と論じている。彼は一八四五年にきわめて明確にとらえていたことを、次のように述べた。「近視眼的な人は行動について多くを語る。しかし……もっとも重要なことは決して行動ではなく、詩人、行動家の双方にとってどうでもよいものではあっても、われわれが〈実在《リアリティ》〉と呼んでいる中間的特質なのである。」（JMN・IX・三四三）[6]

彼は、「霊の法則」において行動の不完全さに幻滅した時に到達したと同じ地点に、すでに「アメリカの学者」の少なくとも一節において到達していた。ただしこの場合は、「霊の法則」とは反対の方向をとり、思想の不完全さに幻滅した時に到達したのだ。「……思想がもはや理解されなくなる時、……学者は、生きてみるという手段にいつも訴えます。……これは全体的な行為です。思索は部分的な行為です。……学者には、人間として生きる時が少しも時間の浪費ではない、ということが時とともにわかるでしょう」（W・I・九九・一八三七）と論じた。

こうしたことを背景にしてわれわれは、彼が「人格」と呼ぶものを次第に賛美するようになったわけを理解することができる。この「根源的な力」――「ある立派な堅実さ、……これが徳であることは、あまりに本質的で明白であるため、正しい……行為というものがこれによってなされることは当然のことに思われる。」（一四八・一八三八）――「アメリカの学者」においてエマソンが知性よりも高く評価したのは、社会秩序に果敢に抵抗せずに、むしろそれと協調する誠実さと実際的能力の結合であったが、これは発見と行動の生に対する希望が消えてゆくにつれて、ますます彼の現実の理想となってきた。改革の無益さを彼が認識するのと呼応して、この人格という「何らかの手段に訴えることもなく、その人が存在することによって直接働くたくわえられた力」（W・III・八九）[7]を次第に評価するようになり、ついには『エッセイ集・第二集』において、十字架上のキリストの「偉大な敗北」をも凌駕することになるような、「思慮分別に対する勝利」を人格に期待するほどにさえなった。しかしこの人格的魅力による行動という魅力的な考えは彼の問題を解決してはいない。それは、このような個人的特性はどのようにして育成されるのか、という問題の核心を明らかにしているだけである。

行動の問題の背後には人間の複合性というより深刻な問題がひそんでいた。これは超越主義者たちにとってもっとも重要な問題であり、それを考慮に入れないと、彼らが無為であるという世間の批判は表面的なものになってしまう。「……われわれは悟性と魂との二つの生を送っているが、その二つは実はお互いにほとんどかかわり合いがない。……一方が優勢で、あたり一面ぶんぶんどんどん騒音だらけになっているかと思うと、とたんにもう一方が優勢になり、何もかもが悠久と楽園いってんばりということになる。」（W・I・三五三・一八四二）「人間のめざすもの、つまりこのような沈黙の瞬間のめざすものは、自分の内部にくまなく陽光を輝かせること、何の障害もなく法則を自分の全存在にゆきわたらせるようにすることだ。……現状では人間は均質でなく、雑多な要素から成っていて、法則の光がゆきわたることはない。……」（W・II・一六一−一六二・一八三九）たとえわれわれが行動の問題を取りさげ、「実在」だけを求めたとしても、こうした全体性がいかにして得られ、保持することができるか、という問題は依然として残る。「今は瞬間にしか現われない特徴が、やがては一日全体のものになるだろう」（W・I・三五四）という希望には根拠があるのであろうか。

こうした全一性に達するための手段が、エマソンが「教養《カルチャー》」と呼んだものであり、彼は一八三七年から三八年にかけてそのテーマについて連続講演を行なった。「自らの〈教養〉——自らの本性を明らかにすることは、人間の主要な目的である。」（EL・II・二五・一八三七）と彼は聴衆に語った。「人間の核にある神的な衝動が、人間を駆りたててこれをさせようとする。ともかくも人間の力を生みだすことになるのは、自らにひそんでいる能力を発揮することによって、自らの力を発見したいという熱望だけである。……」理想的には世の中の教師となるべき誠実な人間は、実際には世の中の生徒となっている。特にこの時期に記されたエマソンの日記や他の著作のかなりの部分が、彼が使用できる教育施設のくわしい一覧となっている。

「教養」は、超越主義的な抗議の時期よりも、むしろ後年の思想と結びついた言葉である。彼は『処世論』において教養についてのエッセイを一篇書いている。一八六七年にハーヴァードのファイ・ベータ・カッパ学会で行なった講演は、「教養の進歩」という題目であった。『代表的人物』におけるゲーテについてのエッセイもまた教養について論じている。エマソンのもちいる教養という言葉は、自然のままの人間の粗野な自己中心主義を洗練し、その埋め合わせをするようになる感化力すべてを意味していた。しかし彼がこの「ドイツ的な用語」を覚えたての一八三〇年代の頃は、むしろ教養は、人間の野生を解放し、習慣や伝統に束縛されている状態から人間を救いだすような手段を意味していた。「高尚な意味での教養は、上品にみがいたり、うわべを飾ったりすることにあるのではなく、人間の眠っている属性が、その鉄のような眠りを突き破り、十分に発達して日のなかに跳びだしてゆくように、自然の魅力を示すことである。」（JMN・V・四二・一八三七）それは改心の方法であり、その目的は「神学部講演」において賛美された超自然的原始主義のようなものであり、「魂」を覚醒させることである。「強力な〈直感《インスティンクト》〉に、奮起し、奇跡を行うように説きつけ、求めることが、あらゆる賢明な努力の目的である。」（JMN・IX・二六九・一八四五）

エマソンは、人間は道徳的革命の一撃のもとに低級な生を終わらせ、一跳びに自分独自の本性に入るべきであることは当然のことと思っていた。曲げられたバネは、解き放されると、それ自身の力でまっすぐな状態にもどらなければならない。しかし解き放す手段は何であるのか。魂には、さまざまな働き、特に理性と意志という働きがあるが、そのどちらによって魂の解放は成し遂げられるのか。エマソンには解らず、時により理性によってなされると考えたり、意志によってなされると考えたりしている。特に一八三三年以後の十年間、彼が多くの思索を重ねたのは、道徳的、知的双方の教養の手段の問題——すなわちいかに心を浄化し、精神に霊感を与えるかという問題についてであった。

最初彼は、禁欲的な自己修養に多くを期待していたように思われる。自然な善良さは、厳格で、崇高で、禁欲的な自己否定によって養うことができた。「私は、徳は目を清めると思うし、禁欲的で、柔和で、情け深く、勤勉な人の方が、冷たく、怠惰で、食べながら議論をする人よりも、大宇宙の微妙な影響を受けやすい状態にあると思う。」（JMN・IV・八八・一八三三）それゆえ人間自らが有限の身で創造者であるという啓示について述べている『自然』の一節は、「この見解は、英知と力の根源が、どこにあるかを、私に知らせ、を示すように、徳を指し示すのであるが、この見解の上には、真理の最高の証明書が載せてある。それは、この見解が私を動かして、私の魂を清めることにより、私自身の世界を創造させるからである」（W・I・六四）と結んでいる。同じような霊感を受けるための禁欲は「文学的倫理」という講演においても説明されている。そこで彼は、学者に修練として孤独、労働、謙遜、慈悲を勧めている。「……われわれはより厳格なスコラ的規律を必要としている。それは学者自身の勇気と献身のみによって実践することのできるような禁欲主義のことである。……沈黙、隠遁、厳格は、われわれの存在の壮大さと秘密のなかに深く入りこみ、沈潜し、俗世の暗黒から崇高な道徳的本性を育てるのだ。」（一七五－一七六・一八三八）「もし学者にこのような二重の美点――すなわち訓練と霊感――があるならば、彼は健康である。」（一八二）

しかしながら結局、訓練と霊感はお互いにほとんど関係がないことが解った。健康は依然として予測することのできない奇跡であった。このため霊感を受けるための禁欲というテーマはやがて彼の思想から実質的に消えていった。禁欲は全く効果がなかった。彼が知っている倫理的生活は、霊感を受ける瞬間と、義務に忠実にしたがってもほとんど目に見える成果を生みだすことのない長い中間的な時間とに、分裂することになるのは避けようがなかった。

それにもかかわらず彼は義務にしたがった――なぜなら神の恩寵に浴している彼の状態がいかなるものであれ、これこそ良心がまず第一に命令したことであったからである。「たとえ服従と信仰の聖域に、いまただちにのぼってゆくことができないにしても、せめて誘惑には抵抗しよう。……」（W・II・七三）と彼は記した。

「もし君が人類のためになりたいという大望をいだいているとしても、なすべきことを知ることはきわめて難しい。しかし明らかに人類のためになることは君の義務を果たすことである。」（JMN・V・三四・一八三五）これが彼の運命であったと言ってもよいであろうが、時間と有限のなかを漂い、遅れたり待ったりする変則的な人生において、彼にとって一つの錨となったのは、幼少の頃に学んだ、古くからある、基本的な道徳律であった。「最後まで公明正大に生きよ」と彼は後年になって友人宛の手紙に書いている。「もし神々が過ちを犯したとしても、われわれが過ちを犯すことはないであろう。」「われわれは永久にいつも清廉さに頼ることになる。いつもただ清廉さに、――自らの行いを改めること、われわれ人間にできることはこれだけである。」（W・X・三〇八）

知的な教養は禁欲的な自己修養よりも見込みがあるもののように思われた。ここで彼は「教養の手段は人間の連関的な特性にある」ことに気がついた。教養は魂を外部世界から引き離すことになるのだが、それと同じ外部世界がまたあらゆる部分において教養の手段であった。「人間は不思議なことに、すべての事物と関係しているので、どこに行ってもかならず人間の感覚を誘い、新しい意味を与えるものに出会う。」（EL・II・三〇・一八三七）「自己信頼という冷たい、高慢な信条をあまりにも頑固に固守することによって、真実を不当に扱うことのないようにしよう」と彼は自らの心に銘記した。「……神以外の何物も自立していない。人間は多くの類縁性を持っていることによってのみ強力になる。[8]」「非我《ノット・ミー》」は、「アメリカの学者」の一節によれば、「魂の影、あるいは別の自我」（W・I・九五）であるから、人は「自我の自我」を覚醒させるための手段を見いだすために、ひそかにそれに頼ることができる。

エマソンが外部世界に反抗していることと、教養を得るために外部世界に依存していることの違い、を識別するもっとも単純な方法は、彼が前者においては主に組織化された社会を、後者においては自然を念頭においていることを指摘することである。自然が時折強力な直感《インスティンクト》を駆りたてて奇跡を行わせることがあることは疑問の余地がない。精神が高揚した神聖な瞬間を彼はいく度か経験し、それを『自然』に記しているが、そのなかでも「透明な眼球」(一〇)の一節は最も有名である。しかしエマソンが自然のなかで喜びを感じる瞬間は、ワーズワスと同様、年をとるにつれて回数が減り、激しいものではなくなっていった。彼はやがて「……この喜びを生みだす力は、自然のうちにあるのではなく、人間のうちに、あるいは自然と人間の調和のうちにある、ということはたしかである」(一一)ということもまた理解するようになってきた。自然はせいぜい「人間の内部に神的な魂が存在するか、しないかを見つける示差温度計」(JMN・VII・三九二・一八四〇)にすぎなかった。天来の忘我恍惚状態が、自然のなかで激しい詩的な喜びを感じることによって生まれるであろうという幻想を、彼は一八三六年には大事にしていたのだが、一八四四年までには消えてなくなってしまっていた。「われわれが〈自然〉に対して求める糧は、自然がわれわれを忘我恍惚状態にするということであるが、自然の美しく、きわめて崇高な情景のなかにいても、私は自分の願いとは別のことを考えたりしてしまうが、これはどうしようもないことである。……」(JMN・IX・六八・一八四四)

しかし若い頃には、『自然』の「言語」に関する章に示されているように、彼は自然にもっと特別な期待を寄せていた。自然は精神を強壮にするだけでなく、それ自体で意味があり、知性に語りかけるものであった。聖書の権威と関係を断ったばかりのこの回顧的なピューリタンは、自然のなかから新たな福音、神の永遠の啓示を読みとろうとした。「自然は言語であり、われわれが学ぶ新しい事実はすべて新しい言葉である。

しかしすべてを考慮にいれて、正しく理解するならば、自然は言語であるばかりでなく、著しく重大な意味が込められ、いたる所に遍在する書物にまとめられている言語の総体である。私は、新しい一連の名詞や動詞を覚えるためでなく、自然という言語で書かれている偉大な書物を読むために、自然という言語を学びたいと思う。」(J・III・三七・一八三三)

しばらくの間エマソンは、自然という言語の解明者としてのエマニュエル・スウェーデンボルグ(スウェーデンの神秘主義者・自然科学者・哲学者。一六八八―一七七二)とその信奉者に心が魅かれた。スウェーデンボルグ主義者のエマソンに対する思想上の影響は、サンプソン・リードの『精神の成長』を一八二六年に読んだことに始まり、それから約十年後には頂点に達した。『自然』には、その後のいかなるエマソンの著作にみられるよりもはるかに多くのスウェーデンボルグ的な響きがある。しかしそれ以後の彼はスウェーデンボルグの限界を次第に意識するようになる――「アメリカの学者」のスウェーデンボルグに関する一節と、『代表的人物』のスウェーデンボルグに関する一節とを比べてみると、エマソンの熱が冷めていることがはっきりと解る。そして『代表的人物』出版と同時に、ニュー・イングランドのスウェーデンボルグ教会の人たちは、エマソンと彼に代表される超越主義を公然と拒絶し始めた。

エマソンを引きつけたのは明らかに照応《コレスポンデンス》の教義であった。スウェーデンボルグはこの照応の教義を聖書解釈の手段として発展させたが、それは容易に詩の領域にも適用することができ、またそのことはスウェーデンボルグ自身によって保証されていた。「全自然界は精神界に照応しており、ただ単に自然界一般のみならず、自然界のあらゆる部分が照応している。それゆえ精神界から生ずる自然界のあらゆるものは照応物と呼ばれる。……地上の動物は一般的には感情に照応しており、温和で役立つ動物は好意に、どう猛で役立たない動物は悪意に照応している。特に家畜やその子は自然的な人間の愛情に、羊や小羊は精神的な人間の愛情に、一方鳥は、種にしたがって、自然的な人間又は精神的な人間の知性に照応している。」（ＥＴＥ・Ｉ・三二）等々。エマソンはこの万物照応を説く自然象徴主義という考えを一歩進めて、自然は言語であるばかりでなく書物であり、清められた心は、他のいかなる啓示も介在することなしに、霊的真理を自然から直接読みとることができる、という結論を容易に導いた。それゆえ「万物が……われわれに福音を述べている。」

しかしながら自然は無言の福音であるという考えが、いかにエマソンの真理を渇望する精神に合うものであったとしても、彼はすぐにスウェーデンボルグ主義者達から吸収しつくしてしまった。すでに一八三五年に、彼はエリザベス・ピーボディ（アメリカの教育家・作家。一八〇四－九四）宛の手紙に、「スウェーデンボルグが考えだした多くの連想のなかに閉じ込められていたくはない、とあなたがおっしゃったことに私は同意します」（Ｌ・Ｉ・四五〇－五一）と記している。スウェーデンボルグの字句偏重主義は、『代表的人物』においてエマソンの批判の対象となった。「ぬらりくらりしたプロテウスの体はそう簡単につかまえられるものではない。物質のなかで、それぞれの分子が、かわるがわるにあらゆる組織を循環してゆくように、自然のなかでも、個々の象徴がそれぞれ無数の役割を果たしているのである。……〈自然〉が打ちあげる波を、しばりつけようとする頑固な思いあがりに対して、〈自然〉はすみやかに復讐を加える。〈自然〉は字句にこだわってはいないのだ。」（Ｗ・Ⅳ・三二）彼は、自然の意味を常に固定し、書き記すことができるという考えをすぐに捨てた。しかし自らがつかもうとしさえするならば、自然の外観の背後のどこかに、重要な究極的な意味が隠れているという漠然とした意識は、彼の自然観にしつこくまつわり続けた。「自然愛――それは自然の持つ英知の予感に他ならないのではないか。人間にとって言語になろうとしている自然。」（ＪＭＮ・Ⅶ・四二三・一八四二）

自然の意味に関するより広範囲にわたる探究は自然科学を通じて行われた。エマソンは、当時の科学上の諸発見、特に地質学や生物学のような、勃興しつつあった科学における発見に対して、強烈な関心を同時代人と同じようにいだいていたが、彼の精神は科学的とは言えなかった。彼は当時の一般読者が手に入れやすかった普通の科学書を読んでいた。すなわちJ・F・ハーシェル（イギリスの天文学者。一七九二－一八七一）、キュビィエ（フランスの博物学者・古生物学者・比較解剖学の先駆者。一七六九－一八三二）、フンボルト（ドイツの自然科学者・地理学者。一七六九－一八五九）、プレイフェア（スコットランドの自然科学者。一七四八－一八一九）、そして後になってライエル（イギリスの地質学者。一七九七－一八七五）の地質学、さらにカービーとスペンス著『昆虫学』（イギリス人の二人によって一八一五－二六年にかけて四巻にわたって出版された昆虫学の入門書）とその他の教科書、『実用知識双書』、『アメリカ実用知識双書』、ラードナーの『小型版百科全書』のような一般向けの文庫全集、『イギリス学士院会報』やその他の定期出版物を拾い読みしたことは言うまでもなく、ブリッジウォータ宗教論文集（ブリッジウォータというイギリスの牧師が残した遺言により、彼の資金で出版された宗教書で、八名が書いている。一八三三－四〇）のなかのいく篇かも読んだ。ガリレオ、ニュートン、ラプラス（フランスの天文学者・数学者。一七四九－一八二七）、ラマルク（フランスの博物学者・進化論者。一七四四－一八二九）、リンネ（スウェーデンの植物学者。一七〇七－七八）、デイビィ（イギリスの化学者。一七七八－一八二九）、オイラー（スイスの数学者。一七〇七－八三）などの科学者たちは、彼の広い範囲にわたる偉人たちのなかで高い地位を占めていた。

彼は何のためにこのような文献を読んだのであろうか。ヨーロッパ旅行から帰ったばかりで、いくぶん気まぐれな生活を送り、前述した書物の多くを読み、彼自身と同じように科学を学んでいるアマチュアのグループに講演を数回していた時、彼は一度ならずこのなぜかという問題を自らに問いかけ、自分にもすべてはわかっていないことを最後に告白している。「……どんな説明をしてみても、自然研究に対する私の信念を十分に説明することはできないように思える。だから自然研究自体を証拠として研究の動機を大胆に強調しなさい。お前は〈自然〉を愛している、そしてその神秘を知りたいのだと言いなさい。そして忍耐強い観察と処理がしやすい実験を重ねることによって、自然の神秘を知るお前の力を信じるのだ、と言いなさい。」（JMN・IV・二九一・一八三四）彼が科学者の書物を読んだのは、そのなかに自然を知るための何らかの手がかりを見つけたいと思ったからである。

彼の手に入った科学に関する書物の多くは、なかでもブリッジウォータ宗教論文集は極端な例外だが、多少とも護教的な性格を持っていて、無神論だという非難から科学を守ろうとしており、神の計画が存在することの証拠を示すために、科学的事実をいつも精神界にも適用することを勧めていた。こうした半ば宗教的な雰囲気のなかでは、エマソンは、科学を啓示のごく初期のものとして扱うことが容易にできた。彼の基本的な科学観は、彼がコウルリッジの影響を受けて、「科学の人間性」（EL・II・二三）と呼んだものであった。自然は、人間の深層の意識が「具体的な姿をとって現われでたもの」であるから、人間は心のどこかに、自然現象のすべてを理解することのできる力をそなえ持っている。それゆえ真の科学は、自然理解のために事実を収集ずることと同様、人間が知っている現象の背後にある「理念」を自らのなかに見いだすことであった。事物のなかに真の統一的原理を見いだせば、単なる事実が多くても少なくても、それは取るに足らないものとなるのであった。ゲーテは総合的で、反ニュートン的な自然学者であり、業績の大部分は統一的原理を明示することにあったので、「純粋で創造的な〈理念〉のかすかな光が現われるのをいつも待ちかまえている」（JMN・IV・二八八・一八三四）人という、エマソンにとっての理想的な科学者となった。

したがってエマソンは概して、科学上の業績の基礎となっている根気が必要とされる実験には共鳴せず、その代わりに科学者が道徳面、精神面において改心すべきであると主張した。科学者は熱烈で清純この上ない愛情をもって自然に接しないうちは、知性だけでは自然を理解することは決してないであろう、と彼はスウェーデンボルグの言葉をもちいながら、『自然』で述べた。信仰と愛情をもって研究することは自然研究家《ナチュラリスト》の義務である、と彼は青年時代の講演原稿に記した。(9) また一八四〇年に彼が述べたように、「科学はいつでも、人間の正しい向上と平行して進んでいる。……」(W・III・一四)

科学をこのように考えていたので、科学の研究は、エマソン的な意味での教養を豊かにするのに多少の望みがあったかのように思われる。というのは教養によってもたらされるとされている人間の精神的向上は、科学を真のものとするために必要であったからである。しかし実際には彼は、偉大な直感をなだめ、口説くことでは、科学にあまり期待していなかった。むしろ「自然科学の最大の役割は……人間自身を解明すること(10)」、すなわち人間の本性が分裂した状態にあることを、それを回復するのではないにしても、理解するのに役立つことである。科学者は、真の講演家と同様、「道徳性と博物学を調和することのできる人、不幸、熱病、負債、気質、思考習慣、嗜好を解明し、どんな解明をするにしても、人を〈全体〉から切り離すのではなく、〈全体〉と結びつけることのできる人である。……」(JMN・VII・二七七・一八三九)「全体」と合一するというめったにない瞬間においては、このような問いかけは消えてしまった。しかし一般的に言えば、彼が述べたように、「私は無知ではあるが、それと同時に私にはこのような全知が生まれつきそなわっているのだ。」(JMN・VIII・三八・一八四三)「一なるもの」についての知識は「多くのもの」を説明することはなかった。「〈宇宙〉を生成させる〈理念〉をわれわれは全く持っていない。……」(JMN・IV・二八七・一八三四)このため後半生においては、自然を新たな統一的観点からとらえる進化思想が彼の想像力を引きつけることができた、とわれわれは考えてもよいかもしれない。彼は、科学が「われわれの話相手となっている退屈な人や事物を〈第一原因〉の輝きに結びつける……生きたきずなを明らかにする」(JMN・IX・一八七・一八四五)かもしれないという自分の期待をはっきりとしたものにしてくれるものとして、進化思想を無批判に受けいれた。

言うまでもなく、エマソンが望むような自然観は得られなかった。彼が自然に感化されて得ようとした霊感は、はかなく偽りのものであった。人間は自然と同じ無意識の状態に没入することも、また自然を解明することによって、意識を通じて自然を征服することもできなかった。彼は自らの失望感を神話に登場する人物になぞらえて表現した。自然は人が通るたびごとに謎をかけるスフィンクス（ギリシャ神話：胸から上部は女でライオンの体に翼をそなえた怪物）であった。自然は研究されるたびごとに意味が変わるプロテウス（ギリシャ神話：姿を変える能力と予言力で名高い海神）であった。自然の愛人は、一見豊かに思える自然の意味が、つかまえようとするたびごとに遠のいてしまうことに当惑するタンタロス（ギリシャ神話：小アジアの一地方の王。神々を冒瀆したため冥界で永久の飢渇に苦しんだ）であった。[11] 自然は、人間が入ることを禁じられている魔法の環であった。古い空想物語に登場する人物のように、「宇宙の貴夫人」は昔からの挑戦を繰り返した。

私の意味が一つでも解る者は、
私のすべてを支配する。
（W・IX・二五・「スフィンクス」・一八四一）

しかし彼には、自然にかけられている呪文を解くためには、単にぶらぶら歩きまわる詩人が意のままにすることができるよりも強力な魔力をそなえた英雄が必要になるであろう、ということが解っていた。自然には、自然の主人であるという人間にふさわしい権利を持つように、常に無言のまま人間をいざなう役割があるが、それを受けいれるように教える力まではない。ある講演で彼が要約して述べたように、「生きた〈魂〉を伴なっていることが教えというものすべてに絶対必要である。」（EL・III・三六・一八三八）

しかしこれと同じ致命的な欠陥が教養を身につけるための手段すべてにもあった。例えば「修養」についての講演で、彼は人間と書物とを人間にとっての二人の教師であると語っている。しかし自然と対立するものとして、人間を啓発するものと考えられる書物と人間にも、同じように予測できないところがあった。エマソンは、霊感を与えてくれるという理由だけで、彼によれば「光を得るために」、書物を読み、うまくゆくこともしばしばあった。しかし書物はしょせん紙に書かれた黒いしるしにすぎなかった。書物は読者の生と結びついてのみ生きたものとなり得た。「諺にもあるように、『インド諸国の富を持ち帰るには、インド諸国の富を運び出さねばなりません。』……頭脳が引き締まっていて、活動し創案する時には、われわれがいかなる書物を読んでいようとも、そのページはさまざまな暗示で光り輝くのです。」(W・I・九二-九三・一八三六) すなわち、魂が書物を照らすのであって、書物が魂を照らすのではない。

人間、すなわち同時代の人々との会話はさらに不確実な手段だった。「だから私は友達を、書物を取り扱うように扱う」(W・II・二四・一八三九) とエッセイ「友情」に記した時に、エマソンはそのことを要約して述べた。まさしく——書物に対するのと同じように、友人と心を通わせるためには、「ただ私どもの内なる性質を彼らの内なる性質と同じ水準まで高めること」(二一二) が必要であった。最終的にはすべてが本来の教師とも言える直感《インスティンクト》に立ちもどった。「私が友人にしようと骨折り、手探りし、試している人たちは、理解し合おうとたえず努力しており、理解し合うこともあれば、し合わないこともある。けれども私は最後にはうんざりしてくる。友人が私の知性や愛情に与えてくれるものはわずかで、つまらないものであることが多い。しかし思念にはそれ独自の動きがあって、それは私から借りられるのではなく、私に伝えられる。そして私はそ

のペガサスの翼に乗って、世人の頭上を飛び、見下ろす。」（JMN・V・四七六・一八三八）

教養を得るための手段についてのすべては、「一日はかぎりなく豊かな深淵ではあるが、無言で空虚である」（JMN・IV・二八三・一八三四）という日記のなかの一文に要約されている。一三年後にエマソンがこのテーマについて書いた詩「日々」は、彼が朝いだいた願い事をかなえることができなかったことに対する、後にまで残る後悔の念を明らかに示している。しかし、朝の願いが現実になり得るのはただ魂の聖なる高揚によるのだが、この詩は、自責の念が暗に示されている点で、魂の聖なる高揚の何ともならぬ気まぐれをいつも黙認するようになっていた、当時の彼の気持を表現してはいない。

しかしわれわれが、彼が最終的には教養に絶望したと考えるとしたら、彼の気持を誤解することになる。一日はかぎりなく豊かな深淵であった。堅固な世界がすっかり霧のようにすっと消えてゆき、その後には生きた魂が現われるかもしれないという期待を日々いだいていたために、絶望ではなく、いつも新たな希望をいだくことができ、またそれが報われることもしばしばあった。われわれが、日々が過ぎ去っても、自らはそのまま変わらないでいることに気がついたとしても、それでも年月は、日々が決して知ることのない多くのことを教えてくれると信じることができる。船が航跡を残して進むように、「人生においても、職業、娯楽、そして過ちでさえもが、大行列をなして進み、われわれ自身に恥ずかしい思いをさせながらも、幾分かの英知は確実に与えるのである。」（EL・II・一四六・一八三七）より高い世界は、われわれが眠っていてそれに気がつかない時でさえも、呼吸している空気のようにいつも存在している。それがわれわれに影響を及ぼさないことがあり得ようか。「あらゆる瞬間が、そして自然のあらゆるものが、人間を教育する。知恵が、あらゆる形態の中に注ぎ込まれているからである。知恵は、血液としてわれわれのなかに注ぎ込まれている。これが苦痛となってわれわれをけいれんさせた。快感となって、われわれのなかにしのび入った。退屈で憂うつな日々で、あるいは楽しい労働の日々で、われわれを包んでくれた。われわれはずいぶん時が経つまで、その本質が何かが分からなかった。」(W・III・一六六)

第五章

円環

一八四〇年頃、エマソンは思想上かなり不安定な時期に入り、そこから彼のエッセイのなかでもっとも興味深いいく篇かが生まれた。エッセイや日記のなかの数多くの記述は、若い頃からの信念のあり方が予期せぬ修正を迫られ、自らが認識するようになったさまざまな真理が互いに激しく、つねに衝突し合っているということに、彼が心を動揺させながらも気づいていたことを示している。このような新たな心の状態は、例えば『エッセイ集・第一集』のなかの、彼の気持に大きな動揺がみられ、読者をも動揺した気持にさせるエッセイ「円環」の特徴となっている。「円環」の大部分は、このエッセイ集のために新たに書かれ、彼の思想の前期と後期の境界に位置していて、思想が転換期にあることの証拠となっている。

「知性は絶え間なく向上する」という「円環」の主題は、彼にとっては決して新しいものではなかった。次男のエドワード・エマソンが示唆しているように、「円環」は詩「ユーリエル」と結びつけて読まれるべきである。というのは「円環」も「ユーリエル」と同様、新しい思想の持つ破壊的な力を賛美しているからである。両者はともに事実上、「偉大な神がこの地球上で思想家を自由にさせる時は、用心しなければならない」（W・II・三〇八・一〇四）と述べている。両者はともに、自らの思想の爆発的な特質に対する自負心を表明しているし、またもし人々が一度でも彼の言葉に耳を傾けようとすれば——自分には大混乱を引き起こすことができるだろうと考え、うっかり表に出してしまう喜びの心持を表明している。こうして「円環」は、彼が記したなかで、もっとも革命的な内容のものの一つとなっている。「私は万物を揺さぶるのだ」（三一八）と彼は警告のつもりで述べるが、誰もがそこに自負心の響きを聞くのである。

しかしながら思想には社会の日常性を破壊する力があることを賛美しているのと混じり合って、それほどの確信はみられないもう一つの特徴——自らの思想に永続性はないという新しい自覚——がある。彼自身の信念もまた動揺していた。自らを改革者とみなしているかぎりは、容易に受けいれることのできた、どのような信念、制度も究極的なものではない、というなじみとなった主義は、自らの信念の一部が実質を失っていることに気づいた今となっては、彼にとって別の意味を持ちはじめた。「われわれの人生は、いかなる円環のまわりにももう一つの円環が描けるし……いつも真昼どきに新しい朝が現われ、淵の下にはさらに深い淵がのぞいているという真理を学びとるための徒弟奉公である」（三〇二）と彼は書きだしている。——この告白は、彼が若い頃の日記に次のようにミルトンから同じところを引用しているのを思い起こす時、われわれはその大きな力を理解できる。「……日常の生は幻想が無限に続いていて、われわれ自身が正気に返ったと思ってからずっと後になって、光がわれわれに射しこみ、それまでまともな時を過ごしてはいなかったということがわかる。真昼どきに新しい朝が現われる。」（J・III・三三九-四〇）そしてまた、若き友W・E・チャニング（アメリカの詩人。一八一八-一九〇一）の言葉で、彼がよく引用するようになった次の詩句を暗示しているかもしれない、ということにも注目していただきたい。

たとい私の小舟が沈むとしても、
それは、あらたな海へ向かっただけ。　（W・IV・一八六）[1]

少し後になって、明らかに自分に向けられた、次のような忠告にわれわれは気づくのである。「新しい普遍化（generalization）を恐れてはならない。事実は粗野で物質的に見え、あなたの精神理論を卑しいものにしそうだというのか。事実に逆らってはならない。あなたの物質理論を、ちょうど同じ程度に洗練し、向上させるのに役立つのだから。」（W・II・三〇六）これは同時期の日記に記された次の同じような懇願を思い起こさせる。「自然が発達するのは無限の変形による。思想と制度よ、昨日のさなぎを脱いで君たちが現われでたように、今日のさなぎから現われでるしたくをせよ。」

「われわれの心のなかに形成される新しい思想は、長い薄明期があった後に現われでてくる。」（JMN・VII・五二四・一八四〇）

その結果活動的な魂がふたたび強調されることになる。彼に革命的な立場をとらせた――積極的な力がすべてである――という力の思想は、消極的な力、すなわち境遇が半分を占めるということを次第に認識することによって、今度は揺り動かされることになる。その結果として、彼は一時的に、瞬間を洞察することに自らがもどっていると感じている。「いかなる事実も私にとって神聖ではない。冒瀆的でもない。私はただ実験するだけだ。背後に〈過去〉を背負わずにどこまでも探究する者だ。」（W・II・三一八・一八四〇）同じような精神で彼はそのことをエッセイ「自己信頼」に書いていて、後になって「くそいまいましい首尾一貫！」（JMN・VII・五三四）と書いたほうがよかったと述べた。重要なのは思想ではなく思索することである。真理が不滅でないことは、精神に不滅の力があることで償われる。「勇気とは自己回復の能力にある。そのために人は側面を攻撃されることなく、他人の軍略に敗かされてしまうことなく、どんな境遇にいても、ちゃんと立っている。こういうことができるのも、ひとえに彼が真理に関する過去の知識よりも真理そのもののほうを好み、真理がどの方向から来ても、これを機敏に受けいれるからだ。人間の定めた法律、社会との関係、キリスト教、世界なども、いつ変えられ、消滅してしてしまうかもしれないと、大胆不敵にも確信しているからなのだ。」（W・II・三〇九）

「今生きていることだけが役に立ち、生きてきたことは問題ではない。……思想も徳も永続せず、今新しいものによって活気づけられなくてはならない。」（JMN・VII・五二八・一八四〇）[2] 現在に生きることを勧める、というエマソンが以前からいだいていた考えを、このようにより個人的に、しつこく力説しているために、「円環」には他にはみられないような彼の動揺した心の状態が投影される結果となっている。彼はさしあたり、一般的に言って彼の特徴とは言えないロマン主義的思想、すなわち努力それ自体を目的とする理想、ブラウニング的な「無限を求める努力」という道徳的理想の調子を響き渡らせるようになる。人生とは、「人間の力では絶対に掌握できず、あらゆる成功を鼓吹すると同時にあらゆる成功を断罪する〈到達不可能なもの〉、逃げ足の速い〈完全なもの〉」（W・II・三〇二）の追求である。「今の自分よりもさらに自分を高め、これまでの自分の高さよりも一段高いものにしようとする絶え間のない努力……」（三〇七）が必要とされた。人は、どんな犠牲を払っても、成長し続けなくてはならない。そうしなければ未完に終わるしかない。

「円環」にみられる心の動揺は、彼の「魂」の概念それ自体にさえ影響を与えている。「円環」という題にふさわしく、彼の後期の進化思想に顕著にみられる「世界霊《ワールド・ソウル》」が持つ絶え間のない創造的活力がこのエッセイを支配している。「円環が絶え間なく生まれつづけている間も、絶え間のない創造者のほうは動かぬままだ。……それは永遠に、おのれ自身に劣らないほど大きく優れた生命と思想を生みだそうと苦心するが、結局無駄骨おりに終わってしまう。作りだされたものが、もっとよいものを作る方法を示すからである。」（三一八）「世界霊」の常に創造しようとする努力は、人間に努力することの手本を示している。魂のなかに生きること、自然にしたがうことは、常に創造を続けることであり、止まったり、休んだりすることでは決してない。「自然界ではあらゆる瞬間が新しく、過去は常に呑みこまれ忘れ去られる。これから来るものだけが神聖なのだ。確固たるものは、いのち、変化、生気を与える精神だけだ。……人はしきりに落ちつきたがるが、落ちつく場所を持たぬかぎりにおいて、人には希望があるのだ。」（三一九―二〇）

「円環」には、エマソンがこのエッセイを書いている時にかなり動揺していた形跡がみられる。しかし「円環」で述べられている意味での希望が彼にあるかどうかはさらに疑わしい。永遠の創造者は常に生きていて、その働きが変化するだけである。しかし有限の身での創造者である人間の根本的な欠点は、自らの創造力を保持できない点にある。「罪はただひとつ限界を知ることだ。」（三〇八・一八三九）――しかしこれは神の恩寵の力が及ばない原罪である。限定しようとする本性は発展しようとする本性と対立し、二つがお互いに作用し合って、さまざまな生の様式が形成される。「円環」においてエマソンは、発展的な力が希望のもとであると強調している。しかし全体としては、彼の経験の重みが、もう一方の限定しようとする本性の方に影響を与えた。人はそれぞれ自分にはより大きな可能性があると信じている――しかし同時に人はそれは自分の力では及ばないことも知っている。「ああこの弱い信仰、この意気地のない意志、大きな満ち潮が大きな引き潮に変わるこの哀れさ。私は自然のなかの神だ。私は塀の陰の雑草だ。」（三〇七・一八四〇）

信仰が弱いということは、エマソンの最大の幻滅で、偉大な行為という理想に及ばないという彼の不満と関係しているとはいえ、それ以上に深い幻滅であった。魂のなかに神が顕現するのを経験すると、この経験が「一種の遍在万能の力を与えてくれる」ように見え、「この遍在万能の力は時間が続くことを求めず、精神の力が時間など問題にせずに、為すべき仕事に応じているのを知っている。」（三一七）こうした経験は本来、当然のこととして、一時的なものであって、長い間には人をじらすような将来の約束と過去の輝かしい思い出を与えるだけである。そうした経験は人を境遇、すべての限界、時間から超越させはするものの、同時にそれ自体が時間、限界、境遇の支配を受けており、どうすることもできない干満の法則にしたがっている。時間と経験はエマソンにその支配力を尊重するように教えている。彼の超越主義は次第に根本的な経験主義に屈服しつつあり——そこでは人間独自の「魂」の経験が含まれ、強調されているにもかかわらず、経験が「実在《リアリティ》」に対して優位に立つことを実際《プラグマティック》的に認めている。

こうした後期の経験主義の中心には時間に対する新たな敬意がみられる。元来、彼が期待してきた革命のなかには、時間に服従することからの解放があった。彼は一八三八年に、「偉大な人間は、時間の王国をのがれ、時間を支配する」（JMN・V・四九三）と日記に記している。彼が伝統に反逆したのは、自らを歴史に縛りつけている引綱を断ち切り、時間の王国ではなく、時間を超越した神的な生と直接触れ合って生きたいと願ったからである。「人間は……大自然とともに時間を超越して現在に生きるのでなければ……幸福になる

ことも強くなることもできない。」（W・II・六七）

「瞬間には永遠が凝縮されている」（JMN・V・三〇）と彼は一八三六年に記した。この言葉は時間を超越した現在に生きたいという彼の大望にひそんでいる矛盾を鋭く指摘している。彼は永遠に没入したいとは望んでいなかったが、「永遠の今」に生きたいと望んでいた。彼は最初「永遠の今」を、回転している輪の中心が静止しているように、平衡と自足が永久に続く状態であると考えていた。しかし実際には、彼の意味する永遠とは瞬間であったので、瞬間ごとに永遠は彼のもとを急いで去ってしまった。彼が時間を越えた現在に生きたいと熱望することは、現在刻々と過ぎてゆく瞬間は、過ぎ去ったばかりの瞬間に支えられることも、これから訪れようとしている瞬間に助けられることもない、今までにない決定的な時であることを意味していた。最終的にはエマソンは、「永遠の今」という考えが誤りであることを認め、また日常のささいなことは言うまでもなく、神と合一した状態も含めて、自らの生が時の経過とともにあることを、そしてまたそうでなくてはならないことを認めるようになった。

一八四〇年代以降、彼は時が絶え間なく過ぎてゆくことを強く意識し始める。彼にとって意味があるのは、「円環」で讃えたような絶え間なく創造を続ける旋回運動というよりは、むしろ過ぎ去ってゆくものすべてのものの流れとしての時の経過である。彼がこのように時が絶え間なく過ぎてゆくことを嘆き悲しむことがよくあったのも無理からぬことである。「もし世の中がほんの一瞬でも待ってくれたなら、もし一日が、時として過ぎずに、太陽と星、老齢とおとろえ、負債と利子、権利と義務などがすべて一時停止して、穏やかな夢うつつの状態になってしまうような休止、停泊地、休暇となる、暦に挿入された余分の日となるようなことが時折あり得るとするならば。……しかしこの世の中は先へ先へとたえず前進を続け、金剛石をすり減らしているのだ。」（JMN・VII・四三一・一八四二）すべてのものがはかなく消え、移ろいやすいものであることを、彼は「経験」というエッセイで、われわれ人間の状況のもっとも醜い面であると嘆き悲しみながら述べている。

しかしF・O・マシーセンは、「日々が想いをかなえることなくいつの間にか過ぎてゆくことを残念に思っている最中でさえも、エマソンは自らの人生の進路が正しいことを疑ってはいなかった。自らの運命を心の奥底で受けいれたことにより、それとは反対の気持が湧きでた。それは時の流れに答えて大きくなろうとする気持である[3]」と指摘している。万物が流転することをこのようにして受けいれたことをもっともよく表現しているのは、おそらく「二つの川」という詩である。この詩は「思索」という即興的に書かれた散文を薄めてできあがったものにすぎない。

「マスケタクィット川よ、お前の流れる音は快く響き、雨のしらべを繰り返し歌う。しかしお前が地上を流れるように、お前のなかさえも流れている静かな川の流れはさらに快く響くのだ。

お前は両岸の間に閉じ込められているが、私の愛する川はお前の水のなかを流れ、岩の間を流れ、空気を貫き、光線もまた貫き、闇を貫き、男たちを貫き、女たちを貫いて流れている。

私は、冬のなかに、夏のなかに、人々のなかに、動物のなかに、激情と思想のなかに、その川があふれ、永遠に流れてゆくのを耳に聞き、また眼でながめる。それを聞けるものは幸いなるかな。」（W・IX・四八七・一八五六）[4]

彼が霊的生命は時間の支配下にあることを認めることは、特に心の一部では以前からそのことを知っていたために、大した譲歩ではないと思えるかもしれない。「光の法則は気まぐれに伝達されたり、反射したりするものであるが、魂の法則もまた同じである」（JMN・IV・八七）[5]と彼は一八三三年に日記に記し、次のワーズワスの詩句を引用している。

魂が登ることのできる高みに、
とどまることは至難の業。　（『散策』第四巻）

四十年後彼はエッセイ「霊感《インスピレイション》」において、「われわれが望んでいるのは、それが継続することだ。それがわれわれのもとに一条の閃光となって訪れ、それから長い暗黒が続き、また一条の閃光となる」（W・VIII・二七二‐七三）ことを認めている。以前と同様に、「霊感」において、彼は霊感を養う方法を探し求め、そのために九つの修練と環境が好ましいと述べている。霊感を得るための「方法」を探し求める際には、信仰と懐疑論がつねに混じり合い、両者が占める割合が変化するだけであった。しかし小さな変化が大きな相違となった。

そうした変化がどの程度のものであったのかは、「霊感」において、彼が霊感を得るために必要であると主張する基本的な条件のうちの二つが健康と若さであることに気がつく時、より明白なものとなってくる。「われわれは自分の若さを大切にしなければならない。年をとると、われわれの計画を実行するための熱が欠乏してくる。善意、知識、手段という武具一式はすべてそなわっているのだが、かつてはかならず発生した熱がその努めを果たさない。そして、この気まぐれな燃料が供給されるまでは、すべてがうまくゆかない。」（二七六）そしてまた、「健康は第一の芸術の神である。……」（二七九）と述べている。それゆえ一八四五年に彼は、かつて英雄的資質《ヒロイズム》について述べたように、天才《ジーニアス》について次のように述べている。「天才とは健康、すなわち才能を行使するのみならず、才能と戯れる余裕のあるあの〈最高の状態〉という完全な能力のこと

である。」（JMN・IX・二六九）

彼は、霊感の根源が自然にあることをほとんど認めるまでになっていた。「霊感」に彼が記したように、「若さとは半動物的な活力であるように見える。あたかも、茶、酒、海の大気、山、親しい仲間、書物や談話に暗示された新しい思想などが導火線に火をつけ、空想と明確な知覚力をよびさますかのようである。」（W・VIII・二七六）一八四〇年代には、彼はますますひんぱんに、行為を行う力が湧き起こるのは、神の霊感が流入するのではなく、活力によるものであるとみなすようになった。もっとも神の霊感が流入することについては期待をこめて語り、活力についてはほとんど半病人のような口調で語ってはいるが。「社交性がないという自分の致命的な欠点は……陽気な活力がないことからくるのだ。活力なんてものは、神が死人をよみがえらせたまうようなもので、この世にあるものとは思えぬほど縁遠いのだ。私は他人がこの活力の助けを借りて行為をすると聞くと、こわくなる。」（JMN・IX・一八・一八四三）直感を駆りたてる方法を、決してひるむことなく探し求めるエマソンの姿には悲哀がある。というのは彼には同時に、そうした直感は自分のものにできない活力から発するものであることが解っていたからである。こうした口調は詩「バッカス」にもあることに気づく。それは一八四二年の日記の次のような皮肉な記述に要約されている。「自分の活力は乏しいから、豊かな社交生活で人生を浪費することはできない。そんなことをしたら、自分は三ヶ月以内に肺を患って死んでしまうだろう。だから自分は今はこうした独身のような生活をして、力を節約しているのだ。きっと若々しく見える老紳士になるに違いない。」（JMN・VII四六三）

エマソンが若さに自然にそなわっている元気と霊感とが近しい関係にあることを認めたのは、驚くほど若い頃で、「人間生活」に関する連続講演の六番目のもので、彼の講演のなかでもっとも啓蒙的なものの一つである「抗議」という題目の講演においてである。ここで彼は、すでにいくぶん回顧的になりながら、現実に対する自らの抗議を詳しく説明している。彼はその抗議を自らのものではなく、「青年」のものとして語り、われわれはその講演から、青年の社会に対する抗議はかならずしもエマソンだけのものではないと推論するのである。彼はすでに青年の一途な熱意を共有するにはあまりにも年をとりすぎている。彼は「社会の老練家」、「風変わりな」、「途方もない」青年である。しかしエマソンの口調には優越感はなく、むしろ羨望がある。「〈青年〉の活力は社会を刷新し、永遠の希望、たえず立てなおそうとする努力となる。……社会が青年の〈抗議〉にしたがうことができるならば、社会にとってよいことだ。……しかし世の中はそうした抵抗を大切にすることにはそれほど深い関心をいだいていない。……」（EL・III・九〇・一八三九）「青年だけが世界を支配している。というのは青年は世の中を自由な足取りで歩いているからである。……青年一人一人の魂は……まさしく〈魂〉を象徴的に示している。」（九三）

講演「抗議」は「円環」と一緒に読まれるべきである。というのは「抗議」は「円環」の前ぶれとなっているからである。「円環」においてもエマソンは、幼児や青年を、「自分自身を価値のない者と思い、四方八方から流れよってくる教えに自分自身をゆだね、鋭敏で、大志をいだき、敬虔なまなざしを天にそそぐ者」（W・II・三一九・一八四〇）として称賛している。「円環」においては、若さとは創造的活力のある状態のことである。すなわち「老齢だけがたった一つの病気のように思われる。……私どもはそれをいろんな名前で呼んでいる、——熱病、不節制、狂気、愚鈍、罪悪など。こういうものはすべて老齢のとる形態である。それらは休息、保守、順応、無気力であって、清新さでも、前進でもない。私どもは日ごとに白髪になってゆく。」「円環」においては、老若は生年月日の問題ではなく、二種類の生を区別する霊的原理となっている。魂とともにある時、われわれは若く、魂から離れる時、われわれは時に支配される。しかしこうした隠喩は、魂が時に支配されていることを拒絶する瞬間、時に支配されていることを思い起こすのに、効果的なものとなっている。たとえ魂が存在するところには常に若さが伴うとしても、青年期とは魂が存在することをもっとも愛する時期である。時は信仰に敵対している。同様にエマソンは、詩「日々」において、朝の望みについて語った時のように、朝と夕とを比べている。「輝かしい時がこの病的な肉体に監禁されているのをやめ、自然と同じように自由になること、それこそが朝である。」（W・I・一六八－六九・一八三八）

「円環」においてはエマソンは時を拒んでいる。「この老齢などというものは、人間の精神に忍びよったりするべきではない」（W・II・三一九）と彼は主張する。「その必要はないと思う。私どもが絶対者と語っているかぎり、私どもは年をとらず、かえって若くなる。」そしてこの文章のもととなっている日記の記述は次のように続いている。「人間が年をとるなどということがあり得るだろうか。私はこの狂気じみた肉体に対して責任を負うつもりはない。肉体はこの世の波を受けながら人間を運んでゆく船であり、その船材にはふじつぼがついたり、乾燥腐敗したりして、二度と航海はできないであろう。しかしわれわれが知っている老人のなかには、希望が持てない時でも、かくしゃくとしている人たちがいる。そういう人たちに向かって、こういう訴えをすることを認めることはできない。われわれは〈聖霊〉の機関となった人間を知っているではないか。」（W・VII・四五一・一八四〇）(6) 詩「世界霊」にも同じように年をとることを否定する響きがある。

今でも春になると心がうきうきする
六十《むそ》の声を聞いても、

愛は心を新たに目覚めさせてこのように躍動させる、
そしてわれわれは老いることは決してない……
（W IX・一九）

何と勇ましい言葉だろう！　しかし「抗議」においては、「老齢」が人生で演ずる、これとは異なったそれほど愉快ではない役割について述べられている。「抗議」は若者が世の抵抗に直面するのを説明しようとしており、そうすることによって「人間の堕落」についてのエマソン流の見解を詳しく述べている。というのはエマソンが非難するとすれば、社会や奴隷のように卑しい現実についてではなく、霊感を補う力、個人が生来持っている力が、衰弱していることに対してであるからである。

世の中は若者にどんな顔をいつも見せているであろうか。奇妙なことにそれは「人間の堕落」である。……

……どんな行為にもどこか病的で引っ込みがちなところ、すなわち自賛することをためらったり、考えなおしてみたりするところがある。若者はうまくやると、自分はうまくやったと言う。だが見よ！　これこそが病気の始まりなのだ。彼は自分自身の「過去」にわずらわされる。彼の過去の時間が現在の時間の抵当に入れられる。「昨日」が「今日」を害するものとなる。……

このように「立ち止まること」は致命的である。感覚は立ち止まるが、魂は立ち止まることがない。魂の世界ではたえず前進が続いている。天才は回顧することがない。徳には追憶がない。これが人間の掟である。休みなく生きよ。もしオールの手を休めたり、立ち止まったりするならば、堕落する。現在考えている人だけが賢いのだ。人間は筋肉を絶え間なく動かし、調節することによってのみ、自らの足で立つのだから、現在の急務のために自らの経験すべてを今生かしている人が、賢いのだ。……

こういった老齢、心の硬化、脳の脂肪、退化、こういうものこそ「人間の堕落」である。（EL・III・八六–八九・一八三九）

「抗議」において、エマソンは「円環」におけるのと同様に、「魂」の生は休むことのないものでなくてはならないことを認めているが、一方では、人間が神の一部となることをさまたげているに違いない「老齢」に支配されているために、こうした生を送ることができないこともまた認めている。われわれはこの講演において、ともかくも霊感に高まってゆく自らの力を、長い間にゆっくりと衰微させていってしまう時の力に、彼が気づき始めていたことが解る。これは個々の瞬間的な霊感が、時の力でたちまちのうちに消えていってしまうことよりも、もっと無慈悲な時の力であった。年をとってゆくという過程は、自らに生まれながらに与えられている特権を失いながら、長い時間をかけて落ちてゆくことである。エマソン自身の自伝として読むならば、この講演にはかなり辛らつなものが含まれていることが解る。

このように時と運命に服従することによって、エマソンが状況と呼ぶものすべてが、彼にとって「魂」に匹敵するような実在性を帯びるようになってきた。真の自己をまず自らの内にある神的「自己」と同一視し、残りを一時的で表面的な外殻としてしりぞけることにより、彼は真の自己とは、神的な潜在力と人間的な限界とを合わせ持った、矛盾した自らの人間性全体のことであることを認めるようになった。「それにわれわれが神を受けいれる存在であるという事実があるとするならば、神にできないことなどあるだろうか！」（JMN・V・四九‐一八三八）

「しかしそうではないのだ。新しい考えが浮かび、われわれを元気づけ、輝かせたとしても、それはわれわれを有頂天にすることはないことが前もってはっきりと解ってしまう。われわれが変わることには限界がある。時はわれわれが存在しているなどという幻想を、耐えがたくやつれたものにしてしまうようだ。」（四五〇）F・I・カーペンターが賢明にも述べたように、「エマソンは自らの忠誠を、純粋な思想の世界から経験の世界に変えた。(7)」

この変化は、エマソンが生が合理的であることを、いかなる意味においても実質的に信じることを止めたことを示している。つねに「個人」の問題に困惑していたので、彼は自分自身が抜けだすことができないほど矛盾に巻きこまれてしまい、矛盾しているかどうかで、言葉が本当であるかどうかを試すほどになっていた。「われわれは矛盾をできるかぎり調和させなくてはならない。しかし調和と不調和のために、途方もない不条理がわれわれの思索や言語に入りこんでしまう。どんな文によっても完全に真理を包含することはない。そしてわれわれが公正であり得るただ一つの方法は、自らを虚偽にゆだねることである。……全宇宙にはただ一つのものしか存在しない。すなわち造物主と被造物、精神と物質、正義と邪悪という、この昔からある〈両面〉である。それに関しては、どんな風にでも肯定し、また否定することができるのである。」（W・III・二四五‐一八四三）ひとたび自らの若い頃からの希望が果たせなかったことを認めると、彼は人間の置かれている状況が、本質的に不条理であることをいつも当然のこととして受けいれた。

しかし若い頃からいだいていた勝利に対する夢が果たされなかったことを誇張して述べてはならない。経験のすべてが反対しているとはいえ、「魂」の生を送る見込みは残っていた。彼は当面の期待がなくなると、不確かな未来に訴えた。彼は覚悟していた位置まで整然としりぞいた。個人は英雄的な生に高まってゆく手段を探し求める——が無駄に終わる。彼は日常の仕事をひかえ、障害物をもうけるのをやめ、しかるべき時に「力」があふれてくるのを待つ。何も起こらない。その時何をすべきか。「われわれの哲学は〈待つ〉ことである。われわれは〈忍耐〉しながらしりぞいて、しばしば打ちくだかれた希望を、より大きな永遠の幸福に変える。」（JMN・XI・二五・一八四八）「忍耐です、——忍耐しなくてはなりません」（W・I・二五）というのは「アメリカの学者《スカラー》」の忠告でもあった。超越主義者も「忍耐、なおも忍耐」（三四五）という同じ教訓を学んでいた。これは「経験」に関するエマソンのエッセイの最後の言葉でもあった。「忍耐また忍耐を重ねることによって、私達は最後には勝利を収めることができるであろう。」（W・III・八五）「われわれは詩的な生が実現された例を一つも知らない。それゆえわれわれが言うことはすべて高慢に聞こえる」ことを彼は認めなくてはならなかった。しかし「私の魂には、昼は暗く見えず、大義が失われているようには思われない。……忍耐と真実、自らの冷淡に対し、自らの欠如に対して忍耐をすれば、言葉は少なくとも役立つに違いない。……たとえわれわれの眠りが長く、たとえわれわれの敗走が短いものであったとしても、またたとえわれわれが、コウライウグイスや極楽鳥のような羽根を持たず、スズメなどの平凡な鳥の羽根を持ち、色をしているとしても、たとえわれわれの趣味と訓練が現世的なものであるとしても、そうしたことにつつましく、喜んで耐えなさい。……おそらく成就されていないものはすべて準備されているか、これから成就することになっているのである。」（JMN・VIII・一〇三―〇四・一八四一）

　そしてこのように彼が自らが長い間眠っていたことを認めている背後に、われわれは依然として若い頃からの挑戦のつぶやきを聞くことができる。人間の偉大さを信じるエマソンの信念は消滅したのではなく、地下に追いやられたのである。たとえ現実が不可避の力を持つことを認め、運命が存在することを信じるようになったとしても、彼は自らの主張をこの自らが認めた事実に適合させようとすることは決してなかった。彼は自らの経験に限界があることを認めたが、退位させられた君主のように、王位に就く方法が全く解らないにもかかわらず、主権を放棄していなかった。「……〈運命〉というものがあってはならない」と彼は前述の日記を記した一年後に記している。「この言葉をもちいているかぎり、われわれが無能で、まだ自分自身になっていないことを示している。……この〈神性〉が心に燃えるように輝き、際限なく予告をしてくれることによって、あらゆる〈力〉を私に与えてくれるのだが、私は明日という日が今日と同じように来て、自分は小人で、小人のままであることを知っている。つまり私は〈運命〉があることを信じている。私が弱いかぎりは、〈運命〉について語るであろう。神が私をすっかり満たしている時はいつも、私は〈運命〉が消えてゆくのを見るだろう。」（JMN・VIII・三八・一八四二）

彼が偉人に対して衰えることの決してない関心をいだく理由の一つは、自分には活力がないためにできないと思っている現実の世界での成功を、「来るべき者」である自分が収めるのを見たいと希望しているからである。現実の世界での成功を代わりの自分が収めることを希望するのは、彼が現在魂の領域では勝利者になっているという事実があるからである。たとえ現実に譲歩したとしても、心のなかで燃えるように輝き、彼にすべての力を与えている「神性」に影響を与え曇らせることはあり得ない。エマソンは、チャールズ・キング・ニューカムのあの「宗教的知性」のことを念頭に置いていたが、エッセイ「礼拝」において次のようなベネディクト（聖ベネディクトゥス。イタリアの修道士。ベネディクト修道会を創始。四八〇？－五四三？）の言葉を引用した時、自分自身についても語っていた。

「私は自分が負けたと思うまでは決して負けてはいない。……今までに戦ったすべての戦いにおいて、その一戦一戦で一度も武器を持ってのぞんだことはない。そして実際には負けてきたが、一度も負けたと思ったことはないし、また戦ったと思ったこともない。いずれその時が来ればきっと戦うだろう。そして勝つのだ。」（W・VI・三四-三五・一八五一）[8]

「自分はいつも〈負け〉ているが、〈勝つ〉ように生まれついているのだ。」（JMN・VIII・二二八）

第二部　運命

第六章

懐疑家の哲学

　エマソンは人生が悲劇であるとみなすのを拒否したにもかかわらず、人間の境遇には限界があることを認めることが、自己同一と偉大なるものとを求めた彼の最初の冒険的生《ロマンス》が挫折したことを意味しているかぎり、彼の人生観は悲劇的と呼ばれるのが適当と思われる。人間は神々ではないことを認めるように強いられることは、悲劇的な運命とは思われないかもしれないし、また彼はそのことを気持よく受けいれた。しかし人間の可能性を考えると、自由と支配という生まれながらの権利を与えられないことは真に悲劇的な発見であった。「僕はすべての牢獄を打ちこわしたいのだ」と彼は述べ、そしてしばらくの間自分がまさにそうしようとしているかもしれないと思っていた。今では、これまでも心の奥底ではたえず自己の自由を肯定していたにもかかわらず、エマソンが常にそうであったように、人間は運命のひき臼の回転のなかに閉じこめられたままなのだということが理解できた。

　こうしたエマソン独特の悲劇的な意識、すなわちわれわれの生は常に栄光を約束してはいるが、われわれは決してそれを知ることはない、という悲しい認識は、彼のいくつかの詩にきわめてはっきりと示されている。例えば詩「日々」において彼は、自らの運命を示しているに違いない朝いだいた願いごとと、わずかな薬草とりんごとを対比させながら、かすかな罪の意識を引きずっていることを示している。詩「ユーリエル」は真理の預言者としての自らの過失を寓話にしている。エマソン的な絶望は詩「世界霊」に現われている。

ああ！　われわれにとりついている妖精が、
　われわれの性急な望みを欺く。
妖精は光輝く神々のことをささやいて、
　われわれを窮地に陥れるのだ。

(W・IX・一七・一八四六)

それは詩「バッカス」の主題でもある。

注いでくれ、バッカスよ！　思いだす力を持つ酒を、
私と私のものが失ったものを取りもどしてくれ！
・・・・・・・・・・
急いで老人の絶望を取り除いてくれ、——
理性は自然のロトスでずぶぬれになり、

長年の記憶は消えている。
・・・・・・・・
これが取り消したものを酒に取りもどさせてくれ……　（一二七）

それはまた詩「美を讃える歌」の主題でもある。われわれはたまたまそれをエッセイ「友情」にも見つける。それは「カスティリアのアルフォンソ」の神々に対する苦言のもとになっている。

それは一八三七年の不況をきっかけとして書いたと思われる詩「まるはな蜂」にもっとも興味深い形で現われている。

・・・・・・・
人間の賢者よりもはるかに賢く、
黄色い半ズボンをはいた哲学者よ！
美しいものばかり見、
おいしいものばかりすすり、
お前は運命や心配を馬鹿にして、
籾《もみ》がらはすてて、麦粒だけを食べる。
激しい北西の風が吹きすさみ、
海を陸もたちまち遠くまで冷えきってしまう時、

お前はとうに深い眠りに入っている。
お前は苦痛や貧窮をよそに眠ることができる。
われわれ人間を苦しめる貧窮や苦痛などを、
お前の眠りは笑いものにしている。
（四〇・一八三七）[1]

この詩では自然と夏とが牧歌的に賛美されているにもかかわらず、基調は悲劇的である。これと対照的なものとして思い起こされるのが『自然』の結末の部分である。「夏が南からやってくると、積もった雪はとけ、大地の表面は緑となる。このように前進する精神は、行く道を飾りたて、自分の目にふれる美と、自分を魅了する歌とをたずさえて進む。美しい顔、暖かい心、聡明な話、英雄的な行為を自らの行く手に引き寄せ、ついに悪はもはやみられなくなるであろう。」（W・I・七六－七七・一八三六）ここにはスウィフト（イギリスの風刺作家。一六六七－一七四五）のフウイヌム（『ガリバー旅行記』に出てくる理性を持った馬）を思い起こさせるような皮肉がないとは言えないにしても、エマソンはまるはな蜂の永遠の夏を賛美している——人間をかならず訪れる冬とは何と異なることか。この詩における季節の均衡は、彼の後年の人生態度を常に特徴づけるようになる、信仰と懐疑との特殊な混合をまさしく示している。同時にここには苦しみによって学ぶという考えは全くない。賢人は、「魂」にとっては、欠乏と苦悩は一時的なもので、実在するものではないことをよく知っている。それにもかかわらず欠乏と苦悩はわれわれを常に苦しめ続けるのである。

人間は世界を約束されている——それは常に更新され、守られることの決してない約束ではあるが。信仰が要求するものと観察される事実とを比較してみる時、エマソンは両者が根本的に相違しているのに気づく。

その結果として、若い頃「合理的キリスト教」に対する疑念を駆りたてた懐疑論を思い起こさせるような何物かが現われてきて、超越主義による解決に疑念を差しはさもうとする。(2) 彼が人間の限界を認めたことで、信仰を根本的に調整するのが早まったのである。

この新しい経験主義的なエマソンの信条が主として表明されているのがエッセイ「経験」である。このエッセイにおいて、彼は「心を正直にして」、人間の状況をできるかぎり正確に書き記した。しかし「経験」という題目さえ、条件つきであることが暗示されているのをわれわれは忘れてはならない。「魂《ソウル》」はあらゆる経験と矛盾していると彼は常に主張してきた。それゆえ「思慮分別《プルーデンス》」や「家庭生活」などのエッセイと同様に、「経験」という題目も、これがより低級なテーマであることを何らかの形で暗に示しており、このエッセイのなかでいく度かエマソンは立ちどまり、自分の述べている経験に限界があったとしても、それは自らの「魂」の信仰に影響を及ぼすものではないと指摘している。「魂」の信仰こそは直接的な直感にもとづいているために、それ自体が根拠であり、それに反するいかなる経験によっても揺り動かされることはない。「経験」は「〈自己信頼《セルフ・リライアンス》〉の実験に関する中間報告」と呼ばれても差しつかえがない。「私は一四歳のときの、いや七年前の、未熟者ではない」(W・III・八三) と彼は結末で書いていて、その口調はもはや「自己信頼」を自信に満ちて熱心に説くものではない。ここでは彼は、自らが依り頼もうとしている自己が、自分でも調停も統制もすることのできない、相矛盾した一連の諸条件によって支配されているのに気がついている。

このエッセイが論じている人生の七人の主《あるじ》たちのうち四人は、魂に内在している神的な力が働くのをさまたげるように作用する条件である。「実在《リアリティ》」がこのような障害を打ちやぶり、不意をついて魂を驚かせるなどということは、人生には常に存在する奇跡であるが、あらゆる奇跡と同様、予測できず、説明できず、めったにみられないものである。

本書の研究の全体の方向が示しているように、また日記が裏付けているように、このエッセイの主題はエマソンにとって、自らの信仰を直感することに次ぐ重要性を持っている。それはあたかも彼が挙げる論点が、個人的にはどうでもよい単なる思弁的な論点にすぎないかのような、信仰の問題で反対の立場も公正に検討しようとする、多少とも形式的な試みなどでは決してない。日曜の説教で、否定するのが目的で異論を唱えることがあるが、そのようなことではないのだ。（W・IV・一七三）あらゆるものがますます漂い流れるようになるなかで、エマソンは、自らが何物であるかを見きわめ、また少なくとも自分がどこに向かって進み、自分に何が起こっているかを知るために、自らの運命を制御する手段を手にいれようとしていた。彼には、自らが提起する問題に対する解決策は常に自らの手中にある、すなわち「魂」はいつも変わらぬ避難所である、ということが解っていた。「たとい私の小舟が沈むとしても、それは、あらたな海に向かっただけ。」（一八六）しかしなぜ沈まなくてはならないのであろうか。なぜ「さまざまな力をあつめて吹きまくるこの嵐のなかで、こなごなにひき裂かれてしまう」に違いない舟に乗って、ともかくも出港しようとするのだろうか。「われわれに必要なのは、われわれが住むこの大波に浮かぶ船、……水もりがせず、しかも人間の身体に合った船である。……」（一六〇・一八四五）それならば人間のあるべき姿ではなく、現実の姿を学び、この明細にしたがいたまえ。経験の哲学を打ち立てたまえ。

エマソンが、「魂」の信仰をいだいていたにもかかわらず、着実にこのような経験の哲学を打ち立てるための材料を収集していたという証拠は、手紙や日記におけるのと同様に、他のエッセイにもないわけではない。その問題に対して彼は関心をいだき続けていたために、『代表的人物』のなかのモンテーニュに関する章において、それを明確に表現し、折り合いをつけようとふたたび試みたのである。

このエッセイを書いた意図は、かならずしも「経験」を書いた意図と同じではない。それは表面上は彼個人の経験の報告ではなく、彼の思想のドラマに新たに加わったもの、すなわち「懐疑家」[3]の哲学を述べたものである。懐疑家という名は、彼が懐疑家が作りあげたと考えた経験の哲学に対して、疑念をいだいていたことをより一層強く想起させる。というのは懐疑家はもちろん伝統的には信仰の敵であるからである。懐疑論は半分の真理であり、信仰の基盤となっている事実を無視するものであった。懐疑家は、保守主義者の直系の子孫であり[4]、保守主義者と同様、不完全で、不誠実であった。

同時に保守主義者と懐疑家は、確固とした自ら自身の前提の上に立っていた。エマソンは、学者《スカラー》という英雄類型のなかに、自らの革命的野心を具現化したのとちょうど同じ様に、今度は学者の信仰に対していだいていた自らの疑念を懐疑家の口を通して述べた。このように自らのより危険な思想が生ずるもとと考えられた架空の「別の自己」を創りあげることにより、エマソンはそうした思想に対する責任をまぬがれると同時に、それを表現することができたのである。しかしながら、超然とした態度をとっていたとはいえ、懐疑家の疑念を彼は依然としていだき続けていた。彼の懐疑論は、彼の反超越主義を細心の注意を払いながら要約したものである。彼が懐疑論という名称をもちいたのは、自らの信仰を保持し続けていたことを示しているが、それでも彼が懐疑思想を取りあげたことは、前の場合と同様に、自らの信仰が経験していた事実に適合しようとしたことを明らかに示している。

ある程度まではエマソンは、自らの信仰が懐疑論であると思っていた。彼の「学者」と同様、彼のより深い信仰は不信仰から始まっていた。この懐疑という言葉の持つ意味は、モンテーニュに関するエッセイに見え隠れしながらわずかに示されていて、このエッセイがあいまいな印象を与える大きな原因となっている。そこでは彼は、懐疑家という語を、自分自身がなろうとし始めていた、伝統に対する反逆者という意味で使っていることが時折あるように思われる。「偉大な信者はいつも不信心者とみなされ、頑固で手に負えず、空想に走って神を信じない、まことに取るに足りない人間だとみなされる。唯心論者は、一連の懐疑を通じて、その信仰を表明せざるを得ないと思う。」(一八一) この一節で示されている懐疑論はユーリエルの懐疑論である。

一八四〇年代に彼がいだいていた懐疑論の概念は、「ヒューム」と「ユーリエル」的な意味での両極端な懐疑論の中間にある。懐疑家は「物質主義者」と「抽象主義者」との中間に存在する。こうした両極端を拒絶した時、エマソンのもっとも激しい軽蔑は「嘲笑家」、すなわち純然たる物質主義者に向けられる、とわれわれは思うかもしれない。しかしながら、より興味深いことには、彼は物質主義者と対等の地位を与えている抽象主義者をも拒絶している。ここではエマソンは、超越主義者、改革者、信仰を持つ人一般を常識的にみている。こうした遠近法で描かれた見方が懐疑家のものであり、エマソンのものではないとしても、「アメリカの学者」の途方もなく大胆な主張を引きたてるのには役だっている。

抽象主義者の第一の特徴は尊大であるということである。「この天才たちが、かつて見たり願ったりした理念の姿を思い起して、現実を見くびって、理念の優越を主張するのも、不思議なことではない。幸福な天才にはあらゆる技術が身にそなわっていることを知った以上、それを表現しようと余計な苦労をどうしてするのかと彼らは言い、夢を追いかける乞食のように、まるでその心にやどるこれらの価値が、すでに実体を与えられているかのような言動をするのである。」（一五二）しかし何とこれらのものすべてが熱病的なものであることか！「学者階級は、自らの犠牲となっている。彼らはやせて青白く、足は冷たく頭は熱い。夜も寝むれず、昼間は邪魔が入らないかと恐れる——つまり、青白く不潔で空腹な利己主義者である。もしも彼らに近づいて、その心にどんな奇異な考えをいだいているかを知れば、——彼らこそ抽象主義者であり、夜も昼も何事かを夢想し、何らかの尊い体系を真理の上に築くならば、きっと社会は尊敬してくれるだろうと期待しているが、実際にその体系ができあがってみると釣り合いがとれず、それを実際に適用してみると正当でなく、そしてその体系を作ったご本人には、それに形と生命を与えるだけの意志の力がすっかりなくなってしまっているのだ。」（一五五－一五六）

　これはオールコットのような人物について述べたものと考えられないこともないが、エマソン自らを風刺したものでもあることは明らかである。抽象主義者を「夢を追いかける乞食」になぞらえることは、「自己信頼」のなかの「……世間にあるときは一種の飲んだくれではあるが、ときどき目を覚ましては理性を働かせ、自分は本当の貴公子であることに気づく人間」（W・II・六二・一八三七）という、それとは逆の意味を持った一節を想起させる。思想の力、現実の世界に優越した理念の世界の力——これ以外に一体何を彼は常に主張してきたのだろうか。しかし懐疑を心にいだく時のエマソンにとっては、思想は単に——思想にすぎないものとなった。「さあ妄想を捨てたまえ。……たくましい男性的な生活を送ろうではないか。……現実の世界に

生きる男女と交わり、ひょこひょこ跳びまわる幽霊たちと交わるのはよそうではないか。」（W・IV・一五九・一八四五）

人間は理念のみによっては生きることができない。懐疑論は、超越主義が破産したことが契機となって促進された経験主義哲学の、遊び半分の実験以上のものである。永遠の「然り」と永遠の「否」との間にはさまれて、エマソンは、「無関心の中心」にいて、懐疑論とはどのような心地がするものなのかを試そうとしている。[5] 議論が終わり、投票となると、エマソンはこれまで通り神を信じる人たちの側に立って票を投じる。しかし初期の超越主義では自らのすべての体験を包含することができなかったために、彼は、もし議論の最終決定が経験となり、信仰ではなくなったとしたら、人生はどのような様相を呈するであろうかという、超越主義と均衡をとるための仮定上の問題を自分自身で解決しなければならなかった。

何よりもまず、現実的な経験主義は「演繹的」な主張を避けようとするであろう。懐疑論は理論だけでは十分ではないことを認めていた。というのはあらゆる陳述にはそれと相反する陳述があり、一つの心情が浮かぶと、別の心情がそれに続くからである。より深く考えると、懐疑論は、信仰だけでは、処世の問題、また人生をいかに説明したらよいかという問題を解決することができない、という認識にもとづいていた。「この変幻自在のプロテウスのような人生が、どんなに精妙でとらえがたいものかを知っているのに、どうしてごくつまらぬ遊びなどというふりをするのか。」（一五七）懐疑論は事実に忠実であることを重視するであろう。「われわれに必要な哲学は流動の哲学である。……ちょうど人間の体が住居を建てる時の見本となるように、人間の魂が、われわれの体系の見本とならなければならない。」（一六〇―六一）

懐疑家の人間の魂に対する考え方は、超越主義者の尊大な自己中心主義《エゴイズム》とは途方もなくかけ離れたものである。「……一方の側には、おびただしい数の、疲れを知らぬ兵力が配置され、もう一方の側には、このちっぽけで、思い上がった、攻撃を受けやすい、まるで標的のオウムのような人間がただ一人、ありとあらゆる危険のなかに、頭をひょこひょこと上下にふりながら入りこんでゆくという、このとうてい勝負にならない戦いでは、われわれ人間は、大した利益を得ることはできない。」(一六〇)「一方が霊性の深淵に向かって開け放たれている」(W・II・二七三・一八三七)者、神と一体化し得る人間に代えて、エマソンは、時と状況の流れに漂い、いわば四方八方に開かれているもの、神と人との中間の人格性というものを考えだした。これは「経験」において彼が人生の主《あるじ》たちと呼んだいくつかの標識によってのみ方向を指示される。彼はこれらのものを説明することができなかったが、できるかぎり観察し、調停することだけはできた。こうした守護者たちの点呼を取って確認することにより、懐疑家は人生哲学にもっとも近づくことができた。

「経験」も「モンテーニュ」も、懐疑論の根本的立場は「〈幻影論者〉(D・ヒュームなどの一派)がとなえる説」(W・IV・一七七)である、という点に同意している。人間の状況は現実世界から切り離されなくてはならない。「……人間の魂は、その対象に触れることがない。私たちと、私たちが話を交わそうとめざしているものとの間では、船も通わぬ海が静かな波を打ち寄せているのだ。」(W・III・四八)「私たちは夢から夢へと運ばれ、幻想は果てることがない。」(五〇)東洋の聖典を読むことによって、彼の超越主義が形成されたわけではなかったが、人間を世間、他人、根底にひそむ「実在」、から切り離す「どきりとさせるような通商関係禁止法」に対する自らの狼狽《ろうばい》の気持を表現するのに役立った。「……われわれは、神そのものは実体であるが、神の方法は幻影だということを、われわれの教育事情の定理あるいは定説として、受けいれるようになるかもしれないのである。東洋の聖者たちは、ビシュヌ神(ヒンズー教でブラーマ、シバと並ぶ大神の一つとされる保持神)の偉大な幻惑力の権化として女神ヨガニドラの存在を認めたが、彼らによれば、この世界全体は、この女神のために、全く何も知らないまま、惑わされ

ているのである。」（W・IV・一七八）

しかしエマソンの心をもっとも不安にさせたのは対象の非実在性ではなく、自我の非実在性であった。人間自体が幻想であった。「私たちは、幽霊のように、自然のなかをしのび歩く。自分のいるべき場所がどうしても解らない。」（W・III・四五・一八四三）夢ではなく夢見ることが、肯定したいと思う衝動を抑制するのに決定的なものとなる。「私たちは、自分から苦悩を求める気持になることもある。少なくとも苦悩のなかで、真実というものを、真理の尖った峰や尾根を、見いだすことができるだろうと望むのである。……しかし他のものもみな同じだが、悲しみもまた表面にたわむれていて、私を真実に導くことは決してしない。……今私たちに残っているのは死だけだ。私たちは不気味な満足感を抱いて死の方を眺めながらこう言う――少なくともあそこには、私たちをはぐらかさない真実があるのだ、と。」（四八―四九）

われわれは疑念をいだきながらもエマソンに敬意を表して、彼は本心からこうしたことを述べているのではなく、現在の自分の運命よりも好ましいものとして、苦痛や死を思って、不気味な満足感を感じるような心情は、実際にはいだいてはいなかったのだと主張する必要があるだろうか。おそらくこれが彼の本心であったと主張した方が、彼の人間性を賛美することになるであろう。彼がそうした理由は明白ではない。割れ目があって、そこを通じて一種の幻覚がときおり彼の生を満たすことがあり得たのは、無力であった若い頃のことであった。彼は運命に屈服することによってその餌食となった。「幻影論者」のとなえる説に込められている真の皮肉とは、「自由な行動といっても、ただの空念仏にすぎない」（W・IV・一七七）という考えである。われわれ人間は自らの運命を支配してはいない。われわれは自らの性格を変えるための行動を起こすことさえできない。われわれが自らが成長したことを経験したとしても、それは自らの力によるのではない。さまざまな経験をしたとしても、おそらくわれわれは変わらぬままであろう。「われわれは、かご馬車に乗せられて通りを運ばれてゆく幼児と同じ様に、まじめな顔をし、何も知らずに、運命の力によって人生の道を運ばれている。」（JMN・V・三九三・一八三七）

懐疑家が疑念をいだくことの根拠はすべて、人間はこのような必然に支配されていることをさまざまな形で認識していることにある。「次から次へとすばやく移り変わる変移」が存在し、人間は時の流れに支配されている。エマソンはこれを幻覚の神秘とさえ呼んでいる。というのは、それは事物だけでなく、気分もまた連続していることが必然であることを意味しているからである。「人生とは、ひとつなぎのガラス玉のような一連の気分に他ならない。私たちがさまざまな気分のなかを通り抜けてゆくと、それらは色とりどりのレンズであることが解る。それらのレンズは、この世界を自分の色で彩り、それぞれ、自分の焦点に映るものを私たちに見せるだけである。」（W・III・五〇）信仰心が起こるとわれわれは信じ、懐疑心が起こるとわれわれは疑う。時間、自然、そしておそらく消化がわれわれの精神生活を支配しているのであり、われわれが支配しているのではない。こうした気分になると、エマソンのような誠実きわまりない人間は、「私はいつも不誠実である。気分が変わってしまうことをいつも知っているからだ」（二四七・一八四四）と書くことができた。

さらに気質――「ガラス玉をつなぐ針金」（W・III・五〇）の力がある。気質もまた、「幻想の体系のなかで大きな役割を演じて、目に見えないガラスの牢獄のなかに私たちを閉じこめてしまう。」（五一－五二）衝動や自然の感情に駆られたりするわれわれの経験はみな迷妄であり、われわれは決して人間としての限界を越えることはない。「気質というものが時間と空間と状況のいっさいを支配していて、宗教の炎をもってしてもこれを焼きつくすことはできないという結論に対して、人間は朝のうちは抵抗するけれども、夕暮どきが近づく

につれて、これを受けいれるようになる。」(五三)

この最終的な幻想説は、行動家ではなく、学者、詩人、思想家になろうとするエマソン自身の気質からくる必然性にもとづいていて、彼自身の状況に特別あてはまるものであった。われわれは、彼が語るのをみてきた超越主義的な空想物語《ロマンス》全体を、自分自身をこうした事実と調和させようとする英雄的な努力とみなすことができる。彼は次のように独り言を述べた。思想は世界を揺るがすことができる。思想家は最高の行動家であり、人間のただ一人の本当の主人であり、指導者である。思想家が孤独なのは、失敗をしたり、欠陥があるからではなく、特別の運命を担っていることの印なのだ。思想家が自分だけの想念をいだくのは、神が人間に啓示するための手段なのだ。さらに言うと、あらゆる人間が、学者でさえも、自らの内に、人間の持つあらゆる限界を越える偉大なるものの種をやどしている。思想は行為の前兆となる。しかし懐疑家はこうしたことすべてを信じなかった。これは抽象主義者に典型的にみられる傲慢さのためと考えるからである。懐疑家を通じて、彼は自分自身と敵対することになる。

思想家は通常の社会のたくましい、男性的な生活との関係を断たれているが、「実在」からもまた切り離されている。「知力には中休みがある」――それは人間と「魂」の間の中休みである。それゆえ懐疑家が疑念をいだくもう一つの理由は「知力の軽薄さ」(W・IV・一七四)[6]にある。知力は観察するが、崇拝することはなく、信仰の生まれる瞬間に特徴的にみられる魂の激しい高揚ではない。[7]しかしもし行動はもちろんのこと、思想が信仰と折り合いが悪いならば、学者が実際生活において節制しなくてはならないことを正当化するものは何もなくなってしまう。傲慢な態度をとって学者のせばめられた運命をさらにせばめることのないようにしよう。

禁欲的に偉大なるものを追求するという学者の倫理は、人間は無限の可能性を秘めているというエマソンの信仰にもとづいていた。それゆえ懐疑家の、運命と幻想の存在を認めるという彼とは反対の態度は、懐疑的な倫理を持つように彼を駆りたてた。それは改革者のうぬぼれた主張に対する反駁である。改革者の目的は人間の内にある無限の価値を解放することであった。しかしこれは、エマソンにとっては、霊から肉を切り離そうとするのと同じであり、ただ混乱と不条理をもたらすだけであるように思われた。「いかなる生き方や行動に対しても反対がある。現実的な叡知が結論として引きだすのは、われ関せずの態度である。……人生は知的なもの、批判的なものではなく、強靱なものだ。人生の最大の幸福は、自分の見いだしたものを疑いを持たずに享受し、世の中とうまく調和することのできる人びとのものである。」(W・III・五九・一八四三)

懐疑家の倫理は、理想の生ではなく、現実の生にもとづいている。懐疑家がまず第一に指示することは、「考えることに夢中にならないで、どんなところでも自分の仕事をせっせとやりなさい」ということである。彼は人間には常にさまざまな限界があることを知っている。「人間の生活は、力と形という二つの要素から成っており、人生を甘美で健全なものにしたいならば、たえずこの両要素の釣り合いをとっておかなければならない。この二つのどちらかが過度になると、それが不足している場合に劣らず害悪を流すことになる。……人間はすばらしいけれども始末に終えぬ存在である。彼が歩いてゆかねばならぬ道は、髪の毛ほどの幅しかない。賢者でも叡知が過度に働くと、愚者になってしまう。」(六五―六六) エマソンは、偉大な人間になるか、あるいはつまらない人間になるか、という自滅的な超越主義の倫理に代えて、中庸を求めるアリストテレスの均衡の倫理をもちいる。「私は人間の力が、極端にはしることにあるのではなく、極端をさけることにあることを知っている。……持ってもいない能力を、さも持っているようなふりをして、一体何の役に立つというのか。……なぜ徳の力を誇張するのか。まだその時でもないのに、どうして天使であろうとするのか。このような糸は、あまりたかく巻きあげられると、ぷつりと切れるものだ。……私は、秤が正しい目盛りを指すようにしておきたい。」(W・IV・一五六・一八四六)これほどまでに幻想によって支配されている世界のなかで、なぜ人間の能力を超えた現実にもとづいて生きようとするのか。「私たちはものの表面の上で生活している。本当の生活技術とは、表面の上を上手に滑ってゆくことである。」(W・III・五九)

それゆえエマソンはまた、時間を超越して生きようとする努力を、人間にはできないものとしてしりぞける。懐疑家もまた現在に生きようとするだろうが、「永遠の今」が存在したらと空想のなかで望むことなどせずにそうしようとするだろう。「私たちの仕事は瞬間瞬間にかかわっているのだから、瞬間を大事に使おうではないか。今日の五分間は、私には、来るべき至福千年における五分間と同じくらい貴重なものだ。……空想のなかに生きている人間は、手がぐにゃぐにゃ震えて、まともに労働することのできない酔っ払いのようだ。いわば、空想の嵐のなかにいて、これを安定させるには、私の知るかぎりでは、現在という時間を尊ぶことしかない。」(六〇)人間が手にいれることのできる現実は、瞬間瞬間を正直に生き抜くことのなかだけにある。「現在の瞬間を完璧にし、道を一歩歩くごとに旅が終わると思い、できるだけより多くのよき時間を生きること」(六〇)が懐疑家の叡知である。「目前の時々刻々を充たすこと——それがすなわち幸福なのだ。刻々を充たして、後悔したり満足したりする隙間を残さないことが。」(五九)

懐疑家は、「神学部講演」ではエマソンが認めなかった、人間に生来そなわっている自由と道徳的完全との区別を明確に行い、躊躇することなく自由の方を選ぶ。われわれは今いる場所で私心のない正義を行えば、自らの義務を果たす。天上的完成を望むあまり、あとに延ばし、調べ、願望したりすると、自由をすっかり失うことになる。「私たちが知っている自然は、決して聖人君主ではない。……自然の寵児ともいうべき、偉大なるもの、強いもの、美しいものは、私たちの掟の子ではない。日曜学校から生まれるのでもなく、自分の食物を秤にかけてはかったり、掟をきちんと守ったりもしない。」(六四) 同じ精神で彼は自らに天才がやどっていることを信じる。思想、文学は決して崇高なものではなく、彼がたずさわるように生まれつき運命づけられているものであった。彼に自らの好みにしたがい、目前の時を充たすようにさせようではないか。「人生そのものは、泡であり、懐疑であり、眠りのなかの眠りである、という者がいる。それを認めるがいい。いや彼らの好きなだけ認めてやるがいい。だが、神の寵児である君よ、君個人の夢に心を留めたまえ。……君の生は、束の間の境地、一夜の天幕にすぎないことを知り、病気のときも、健康なときも、君に割り当てられた仕事を果したまえ。」(六五) これは依然として自己信頼ではある――しかし信仰ではなく経験にもとづき、超越主義を乗り越えた、自然主義的な自己信頼に今ではなっている。

†

哲学として、倫理として、懐疑論は、エマソンの思想において重要な役割を果たしていたが、自分自身は決して懐疑家ではないと強調しようと彼は気を配っている。享楽主義者マリウス(古代ローマの将軍・執政官)が、キリスト教というより純粋な霊的息吹がまだ彼の異教的世界に影響を及ぼしていないというだけの理由で、当時の異教を追い求めることができたのと同様に、懐疑論は、「大霊」という逆説的な観念に束縛されていない自然人、エマソンの考えによれば、モンテーニュのような自然児にのみ可能な哲学であった。しかしながらエマソンはモンテーニュのような自由は持ちあわせていなかった。懐疑論は仮の休息所であり、神秘主義の諸問題から一時的に逃れる場所となったにすぎない。神秘主義と神秘主義の諸問題がふたたび生じた時、懐疑家は屈服し、学者が最終的には勝利を収めた。「私は、さまざまに雑多な事実をもてあそび、またいわゆる懐疑論と呼ばれるあの浅薄な見解をとりもする。しかしこれらの事実や見解が、懐疑論を不可能にするあの秩序に統一されて、私の前にやがて現れるだろうということを、私は知っているのである。」(W・IV・一八三)

懐疑家の徹底的に実際的な知恵は、もっとも決定的な事実を無視している。過去にもとづいていた経験の哲学は「思いもかけないこと」に対して弱点を露呈する。彼の均衡を重んじるすっきりと整理された哲学からは道徳的心情が抜け落ちている。しかしそうした事実こそが懐疑論の限界なのである。「ためしにどんな気分をもってきても、この心情にかなうことはなく、またあらゆる反論に、さらに気分の重みを加えて対抗してみても、びくともしない。道徳的心情は、どんなものであれ、あらゆる反論をなんなく打ち負かしてしまうのである。」(一八三)このように懐疑論は人間の信仰の問題からの、一時的で非現実的な逃避であることがはっきりとする。それはエマソンの思想上の矛盾の解決というよりはその結果である。懐疑論は、彼がますます経験を重視し、人間の実際の弱さや無意味さを鋭く認識するようになったことを示している。しかしそれと同時にまた、若い頃からの経験に対する軽蔑、「魂」のみを尊重した純然たる自己中心主義もともに存在している。

こうした気分の二重性は、いままで引用してきた懐疑論的なエッセイそのもののなかにさえ現われている。たとえば「経験」の題句の結末がどのようなものかを注目してみたまえ。

丈高き守護者たちの足元を、
ひときわ小さな人が、
当惑した面持ちで歩いていった――
彼の手をいとしい「自然」が取った。
強く、やさしい、最愛の「自然」は
ささやいた。「最愛の人よ、心配しなくともよい、
明日には彼らはまた別の顔をするだろう、
汝こそが創始者なのだ。彼らはみな汝の一族なのだ。」(8)　(W・III・四三)

懐疑論の不自然な謙虚から彼は観念論《アイディアリズム》に急に立ちもどる。われわれの内には「神」がやどっているという若い頃からいだいてきた確信が事実と矛盾していたとしても、それはより一層頑固に妥協を拒むものになり、より一層あからさまな独我論に近づいたものとなった。

同じような反転は、彼が主観性と呼んだものを論じた「経験」のなかでも起こっている。その部分が彼が若い頃いだいていた確信をいかに忠実に反響させたものであるかは、その構成が『自然』の「観念論」と「精神」の二つの章の構成を、短縮した形で、そのまま繰り返したものとなっているという事実から解る。ここで彼は現在幻想を体験していることの原点、すなわち彼が「バークリー哲学」を垣間見て夢中になった時の精神状態にもどっている。彼はその後「バークリー哲学」を『自然』のなかで観念論の教義に発展させて詳細に論ずることになった。「バークリー哲学」は当時は彼を世界から切り離し、自然を支配し、自らを

「魂」に結びつける——すなわち彼の現実感覚を結果から引き離し、「原因」に移しかえるのにはよい手段に思われた。今では自分自身の思想により、自らの内面にやどる「神」からさえ断ち切られ、運命の主人ではなく奴隷となって、自ら恐れていたように、「私の知覚というすばらしい迷路に置き去りにされて、あてどもなくさまよう」（W・I・六三・一八三六）ように思われる。そのときバークリー的な懐疑が懐疑論の別の形となる。それは救済の手がかりではなく、むしろ「人間の堕落」である。「自分が生きているのだということを私たちが発見したのはとても不幸なことだが、いまさらどうしようもない。その発見は〈人間の堕落〉と呼ばれている。それ以来私たちは、自分の持つ道具に疑いをいだいている。自分たちが直接にではなく、媒介を通してしかものを見ていないこと、自分たちはいわば色のついた、ゆがんだレンズで、それを矯正する手段も、その誤差の量を計算する手段も持ちあわせていないことがわかったのである。おそらくこれらの主観というレンズは一種の創造的な力を持っているのであろう。おそらく対象などというものは存在しないのであろう。」（W・III・七五—七六）

　しかし警告なしに節の途中で、若い頃の革命がもう一度習慣にしたがってたやすく達成される。観念論は唯心論《スピリチュアリズム》へと変容する。「人間の堕落」が彼の救済となる。「絶対的な自然に根をおろした、偉大な、成長して大きくなる自我は、あらゆる相対的な存在に取って代わり、人間の友情や愛の王国を滅ぼしてしまう。」（七七）「魂は双生児ではなく独り子なのであって、時間のなかでは、また外見においては、子供の姿をとって現われるが、一種の運命的な、普遍的な力を持っていて、〈共生〉を許さない。」（七八）もう一度若い頃のように倫理上必然の結果が出てくる。「……そして私たちは、私たちの体質的な必然から、私的な観点から、あるいは自分の気分で染めあげて、ものを見るという傾向があることを述べておかねばならない。しかも神は、このような荒涼とした岩間に住みたもうのである。そのような必要から、自己信頼という美徳が、道徳のなかでもっとも大事なものとなる。私たちは、どんな中傷を受けようとも、この清貧を固守しなければならない。そして、さらにたくましい自己回復を重ねることによって、行為の突撃をくりかえした後に、私たちの存在の軸をさらに確実にわがものにしなければならない。」(八二)

エマソンは「個人こそが世界である」という自らの救済の福音を繰り返し述べる。この主張は圧力を受けてますます非妥協的なものになってゆく。次の一節では、どんなことがあろうとも個人主義を貫こうとする意志が静かな口調で語られている。「自然、芸術、人間、文学、宗教、さまざまなものがつぎつぎにころがりこみ、神とはわれわれの観念の一つにすぎない。自然も文学も主観的な現象であり、どんな悪も、善も、私たちが投げる影である。」(七六) 観念論は、霊的な生へいたる入口ではなくて、最終的な避難所となってしまった。われわれは、マーク・トウェインの『不思議な少年』の「何も存在しはしないのだ。すべては夢なのだ」(9) という絶望的な結末を予感する。幻想、運命、連続、限界、「実在」——

明日には彼らはまた別の顔をするだろう、
汝こそ創始者なのだ。彼らはみな汝の一族なのだ。

若い頃の尊大さがこのように突然ふたたび現われることによって、趣が変わったことは、感銘を与え、またきわめて意味深い事実である。自己の無限性という彼本来の主張は、自己の限界の認識と明確にここで対比され、その結果、彼の自己中心主義は、初めて現われた事実というよりは、最後の手段のように思われてくる。彼は否定をしたこともなければ、また否定するつもりもないだろうが、自己中心主義が使いものにならない信仰になりつつあることは明らかである。ここでは彼はこの主張を、いつもそうしてきたように、自らが運命に屈服するのと戦うためにもちいている。しかしそれによって彼が安心できるのは短い間のことだけにすぎない。彼の立場は、永続的な解放を自己中心的な反抗にはもはや見いだせず、ただ黙従にのみ見いだすことができるものになっているからである。

第七章

運命への黙従

「懐疑論を受けいれることができない人たちもなかにはいるものだ」（W・IV・一八〇・一八三四）とエマソンは「モンテーニュ」に記している。「……彼らが、思索に身を投ずるのも、もっともなことである。神の世界に入れることを確信しているからである。」同様に「経験」においても、彼はあらゆる経験と相反する「力」が存在することを何度も強調し、理念《アイディアル》の世界に対する自らの確信が衰えてはいないとふたたび主張している。しかし彼は気質上、信じることや、（彼がいく度もこれらのエッセイのなかでしていると思われるように）、懐疑家に教義の上で反対し、「正義のために嘘をつくこと」だけでは不十分なことを知っている。自らいだいていたあらゆる疑念を解決するものとして、彼はかつて自らの信仰を過度なほどまでに熱烈に主張したが、それによって懐疑論に対してどのような解決策を見いだすことができるであろうか。

彼の解決法がもっともよく述べられているのは「モンテーニュ」の結末の箇所である。そこで彼はほとんど注釈を加える必要がないほどまでに、次のように明確に述べている。

……燃える思いを持った若者なら誰でも、自分には能力がないと嘆くものだ。彼らは神の摂理《プロヴィデンス》を、少々けちではないかと責めたてる。神はあらゆる子供に対して、天と地を示し、すべてを自分のものにしたいという欲望を起こさせた。それは荒れ狂う果てしない欲望であり、宇宙が、遊星でくまなく満たされたいと願うのにも似た切望であり、悪魔が飢えて、人間の魂を食いたいと願うのに似た叫びであった。ところが、それを満足させるものとしては、——それぞれの人間に、一日につき生命力の露がたった一滴、たった一粒、——宇宙大のコップのなかに、生命の水がほんの一滴あてがわれるだけである。……どの家のなかにも、どの乙女の、どの少年の心のなかにも、あるいは天の高みを憧れるどの聖者の魂のなかにも、この裂け目が、——理想的な力を望んでやまない気持と、みすぼらしい経験との間に、大きく口をあけているのだ。

真理には、伸縮自在で、とても把握することのできない膨張的な性質があるため、われわれを救いに駆けつけてくれる。人間は、一段大きな普遍化を試みることによって、現在の境遇から自分を救う。……ものは一見あることを言っているようで、実はそれと反対のことを言っているのだ。外見は不道徳でも、結果は道徳的なのだ。事態は堕落し、人々は意気消沈するばかりで、悪人が世にはびこり、正しい人間を打ちたおすように一見見える。しかし正しき大義は、殉教者だけでなく、悪漢たちの手によっても押し進められるのである。……世界精神は泳ぎがうまく、嵐も波もおぼれさせることはできない。法などは無視してかえりみないので、どの時代の歴史をみても、天は下劣で、卑怯な手段の方を好んでいるように思われる。長い年月を通じ、世紀を通じ、悪の力を通じて、玩具や原子を通じて、一筋の偉大な慈愛に満ちた動き（a great and benevolent tendency）が、さからいがたい勢いで流れ続けているのだ。

変化流動するもののなかに、不変のものを求めたまえ。いままで尊敬していたものがたとえ消え失せてしまっても、尊敬の念を失わずに、それに耐えることを学びたまえ。人間がこの世にあるのは、自ら働くためではなく、働きかけられるためであり、深淵の下にはさらに深淵が口を開け、意見はさまざまにめぐってつきることはないが、最後には「永遠の根源」のなかに、いっさいのものが包みこまれることを学びたまえ、――

たとい私の小舟が沈むとしても、
それは、あらたな海へ向かっただけ。（一八四一八六）

自然信仰者は、無力な自己に対する信仰を、すべてを決定する運命に対する信仰に移し変えることによって、自らの信仰を守る。「内なる神」が力を出し惜しみするので、彼は自らの信仰の望みを「宇宙の神」にかける。社会の愚かさと皮相さ、改革の無益さ、自らの無力さ、こうしたもののすべては受けいれることのできるものである。というのはそれらは、邪悪な力によってさえも大義を実現する、一筋の偉大な慈愛に満ちた動きがつくりだしたものであるからである。もし希望の実現が引きのばされたり、希望が失われたりしたとしても、確固とした信仰がそれに取って代わることができる。もし抗議をしても無益だとしても、抗議の必要もない。

このように自らのしばしば打ちくだかれた希望を、より大きな永遠の善に移し変えることによって、エマソンは後半生を感情面で平穏に送ることができるようになった。そうすることによって彼は、若い頃の自己中心的な思想形成によって生まれたジレンマから自らの信仰を救い、敗北を勝利に変えた。彼はこの転換を、自らの超越主義という命題と、懐疑論という対立命題とを、両者を調停しようとする統合によって結びつける、一段大きな普遍化であると考えているように思われる。それはおそらくより規模の大きなものとなってはいるが、統合とは明確に言えない。それは若い頃の個人主義と自己信頼《セルフ・リライアンス》とを意味のないものとしている。しかし同時に、この普遍化は、経験というきびしい事実を、あい変わらず偽りとしている。しかも、この自説を一見真実らしく見せるために、実現はされていなくても、人間に能力があることを裏付ける証拠をあげているかと思うと、それもしていない。自らを自由にする「力」を駆使することができずに、彼はその力を常に補足してきた「法」を頼みとして、ふたたびこれにしたがうようになる。(1)

彼の若い頃の思想の基調が革命であるとするならば、後年の思想の基調は黙従と楽天主義である。「魂《ソウル》」の名において、世の中に激しく反抗することから、物事を、世の中も「魂」も一緒に、相対的にありのままに受けいれるようになった。人々に運命を超える力を教えるよりも、運命をいかに最大限に利用したらよいかを教えるようになった。

彼の黙従を示すものの一つは、自らの運命に満足するようになってきたことである。彼の抗議の基盤となっていた希望は、自らが持っているものを超えた偉大なるものから生じたものであった。しかしそうした輝かしい可能性があると彼が思うことで心を動揺させている背後では、すでに最初から自らの境遇を基本的には楽しんでいたのをみてとることができる。牧師職辞任、先妻の遺産、再婚、コンコードの家、講演者、文筆家としての成功、こうしたことすべてが、自らの力量と性向に著しくうまく適合した生活を送ることを可能なものとした。もし彼がもっとすばらしい生について思いをめぐらすことがしばらくの間許されるならば、そのような生も可能となった。一八三四年に彼が、「私は、私自身と私が持って生まれたものに対して、神に感謝するつもりだ。……私は生まれつき静かな人間で、〈時間〉を厳重に節約したりはせず、また激しい苦痛を感じたりすることもない。私は、苦痛をよそおうようなことはすまい。だから、私の生涯を一つの長い感謝たらしめよう。私は自分の直感を信頼しよう」（JMN・IV・二六二）と日記に記した時、まちがいなく自らの運命を受けいれることを宣言していた。こうした基本的な自己満足が、彼が改革について語ることすべての根底にあり、また暗黙の留保条件をつけてそれを修正していたのであるが、これがおさまるにつれて、自己満足が彼の第一の人生態度であることがはっきりとしてきた。

こうした人生態度が現われるのと呼応して、若い頃いだいていた社会に対する反抗心が弱まってきた。どういうわけか、彼の不安は一八四〇年代に目に見えて小さなものとなり、彼は外部世界と妥協するようになった。彼には、自らが社会に参加してもなお自由を保持できること、自分自身になるだけのために、巨大な世界を征服したりする必要はないことが解ってきた。こうした社会との和解は、実際、行為の面での英雄的な生の探究が行きづまった結果、無理になされたものであるが、彼の思想のとる方向が目に見えるものになっていくことの兆候でも原因でもある、より深い意味での適合的態度をわれわれは問題にしているのである。歳月、成熟、静かで落ち着いた生活を長い時間をかけながら取りもどしたこと、仲間がますます彼を尊敬するようになったこと、こうしたことすべてにより彼の不信は弱められ、自らに敵対する社会とは大抵は架空のものであることが解るようになってきた。

しかしながらエマソンが社会や物事の秩序をありのままに受けいれるようになってきたからといって、彼本来の自由に憧れる気持が全くなくなってしまったと思ってはならない。それどころか、彼自身の考えでは、そうすることによって成功により近づいたのである。というのはそれに代わるような望みはともかくあり得ないからである。彼の若い頃の夢は「最善なるものは真実である」（J・II・四五・一八三二）という熱烈に信奉していた仮定にもとづいていた。後年の思想は「次善なるもの」を是認するという点に特徴がみられる。完全な自由には手が届かないことは明らかであるとしても、彼が見いだした人間の運命は、それでもなお、自らを自由にする適切な手段を与えてくれることが解った。エマソンが見いだした二つの主要な次善の手段とは、「自らの天分《ジーニアス》にしたがうこと」と「観察者の習慣」——「職業」と「知性」であった。

†

個人の職業の原理を適用することによって、エマソンは社会の秩序を受けいれようとしたが、自らの自由を放棄しようとはしなかった。われわれは、あの自らの秘密を打ち明けた講演「抗議」(2)に、このことがもっともよく示されているのをみることができる。この講演の主題は、若者の社会に対する抗議であるが、講演は抗議では終わらず、反抗している社会といかにふたたび和解することができるかについて、さらに続けて述べている。

……若者が社会に対してこのように敵意ある態度をとっていると……友達にはきわめて好ましくない人間となる。不満だらけで、独善的で、扱いにくい人間であるうえに、自分一人きりになっても楽しくない。

……しかしそれは……一時的な状態にすぎない。それは社会が大いに尊敬に値するものと思われている間、社会が影響力を持ちすぎて、権威を振りかざしながら社会を支持するように強く要求することで、若者を威圧している間――また若者の魂が別の、反対の方向を向いている間だけ続くにすぎない。若者はこうしたお互いに相いれない多様性にびっくりして、しばらくの間どうしてよいか解らない状態になり、どうしても社会を受けいれることができないという態度を見せて、社会に反抗することができるだけである。……

一方もし若者がとってきた戦闘的な防御の態度が、内面からの衝動によって生まれるならば、もし彼が社会から魂に目を転じて、魂を崇拝するならば、……彼は永遠の若さを得る。……そうすれば彼にはいかに生き、働くべきかがすぐに明らかになる。きわめて自然に自分自身の進むべき道が目前に開けてくる。自らの目的が現われてくる。彼の目的は単純なものとなり、彼にものを言えず、無力にしていた社会に対する恐怖心は消え、自分の能力にしたがって働き始める。彼は抗議することを卒業してしまった。今や彼は社会を肯定し始める。あらゆる技術は肯定するものである。新たな仕事をするたびごとに、ますます平穏でうれしい心持になる。……

それゆえ一般的に言って、真面目な若者の人生におけるこの危機は、きわめて恐ろしい、痛ましい様相を帯びて出現するのだが、われわれが驚いたり、困惑したりする必要など何もない、と考えてよい。そうしたことは魂が社会に現存する腐敗に直面する時にはかならずあることなのだ。その時若者は、自分が魂の要求を満たそうか、それとも世の中のしきたりにしたがおうか、と自問する。なんらかの形でこうした問いかけは若者なら誰でも行う。返答を迫るこの問いかけを、誰も避けるわけにはいかない。しかしなぜ、青白い不機嫌そうな顔をして、そこにちぢこまって座っている必要などあるのだろうか。またなぜこのような見せかけの、実に哀れな様子をしながら、このように社会に不満をいだき、見下した態度をとるのだろうか。

何も恐れることはない。もし君が魂にしたがうつもりがあるならば、したがいたまえ。君自身の仕事をなそうとすれば、それが許されるであろう。社会が恐いものだとしても、君が君自身の法則を受けいれさえすれば、恐いものではなくなってしまう。その時すべてが吉兆となる。運勢はすべて吉となり、人は皆味方となる。人生のすべてに秩序と美がそなわる。　（EL・III・九九―一〇三・一八三九）

「君自身の法則を受けいれなさい。」――これこそ超越主義者の気張った、おおげさな拒否的態度に対する率直な解答、すなわち、「愛の泉」から生まれる霊感が働かないならば、いかなる手段によっても対処することはできないであろう、人間を超えた支配力が存在するという主張ではないだろうか。「もし君が魂の法則にしたがうつもりならば、したがいなさい」という穏やかな指示にわれわれが当惑するのももっともである。しかも結局彼は、この講演のなかでさえも、そうすることはできないことを述べなくてはならなかった。本来の「自己《セルフ》」を信頼しようとしても、彼は自由にはならなかった。彼は自分が無力であることを認めざるを得なかった。それならば自由な生を得るための秘訣とは一体何であろうか。この疑問にエマソンは穏やかに答えている。なあに――自己信頼《セルフ・リライアンス》さ。「しかし自己信頼はまさしくその秘訣である――君が自分が不完全なのだと思う必要がないようにするためには。もし私が真実ならば、行動力が足りなくても、無力であっても、いかなる技術や労苦よりもはるかに優れたものになるであろう、と私は思う。」（JMN・VII・五三一・一八四〇）

これが一年にもならない前に、「限界には無限の力があることを認めても、決して何も得られなかった。不滅の行為はみなこうしたおせっかいな規則を踏みはずしたものだ」（三九〇・一八三九）と記したのと同じ人間の言葉である。エマソンはあたかもSelf-Relianceの大文字を小文字に変えても何の変化もなく、「内なる神」の発見などはなかったかのように、いかさまきわまりない奇術にふけっているように思われる。彼はそうすることによって、若い頃の激烈さを実際以上に愚かしく見せようとしている。彼は若い頃は今思っている以上に危機に直面していた。しかしこのように言葉をあいまいにすることによって、彼は敗北するのをなんとかまぬがれて、自らの信仰と平静さとを守ったのである。

彼は、自らの個人的特質に引きこもるためのできあいの道筋を、伝統的な職業思想のなかに見いだした。依然としてニュー・イングランドを支配していたプロテスタントの倫理によれば、神は各人を特定の仕事に召し、徳の道は、自らの職業を見いだし、力の及ぶかぎりその職に励むことにあった。エマソンは、自らの人生行路が因襲にとらわれないものであったために、不利な立場に立っていたが、「汝の天職を見いだせ」という、自らが行なった説教の命令を果たそうとして最善を尽くした。自らがしたがうべき確立された手本はなかったので、彼は自分自身でそれを作りださなくてはならなかった。前述の講演を行なった前年に記したように、「人には皆自分自身に与えられた職業というものがある。才能とは召命である。……人は誰でもこの自分にしかできないことをなす力に対して召命を受けていて、それ以外に召命を受けることはない。」（W・II・一四〇-一四一・一八三七）ヘンリー・ナッシュ・スミスは、エマソンが教会の牧師職を辞した後の思想上の苦悩が、いかに自らの職業を見いだそうとする必要性から生じたものであったか、またいかに学者《スカラー》という概念が、自らの職業を定義しようとしてさまざまなことを試みたものの主要な一つであったかを明らかにした。

その試みは、彼が有限の身で創造者になりたいという望みと、そのためにあらゆる特定の能力を超越したいという望みとを同時に持っていたために、複雑なものとなった。結局人間にとってただ一つの職業とは「人間」になることであった。偉大なるものは、あらゆる方向で障害にぶつかることはないだろうが、ただ一つの方向だけは例外である。偉大なるものはいかなる方向にも障害を認めないだろう。そのように理論上は述べられている――しかし経験により、このような全的な人間になろうとする望みは弱まった。「……われわれは現在このような、片寄っている、片目の半人前の人間である。そしてわれわれの現実の姿と理想の姿との間には大きな隔たりがある。」（J・III・三三一・一八三五）「人間は一人もいませんし、また今までも一人もいませんでした。」（W・I・一九五・一八四一）この「袋小路」からの逃げ道を職業という考えが示してくれた。もし人は誰でも自分にしかできないことをするように召命を受けているとすれば、それぞれに片寄っているのは当然のことである。このために個々人が類のない存在であるという理想は、偉大なるものは普遍的であるという理想と、彼の思想においては相並んで進展することになり、彼がエッセイ「唯名論者と実在論者」において率直に認めたように、目的の衝突を生みだした。「私は、人間は皆部分的な存在で、自然は人間を、自尊の念により一つの道具としてしっかりとつなぎとめ、宗教や学問に傾かないようにしている、と主張する。……しかし私はこれに加えて、人間は皆普遍的な存在であるとも主張する。……」（W・III・二四五・一八四三）

彼の「普遍的天才《ユニヴァーサル・ジーニアス》」は、偉大な行為を行うことによって、自らが立派な人間であることの努めを果たすように彼に求めた。一方彼の個人的天分は、どんなことがあっても自分自身の法則を受けいれるように彼に求めた。一八四三年に記した日記においてエマソンは、自らにとっての良心の問題すべてを論じ、不信心を自らの内面から除き去った。「人生に存在する二つの党派とは、信仰心を持つ人たちと信仰心を持たない人

たちのことである。……」（JMN・IX・六二・一八四三）

「しかし不信心はきわめて深刻である。誰がそれをまぬがれることができよう。私は名目上は信仰心を持つ人間であるが、財産にしがみついている。私は信仰心を持たずにパンを食べる。……私の天分は、銀行の株を所有したり、貧しい人たちが苦しんでいるのを傍観するといった、堕落した心を持つ私に、そのまま何もしないでいるようにと大声で呼びかける。しかし一方〈普遍的天才〉は、これは不名誉なことであると教え、殉教者、救済者としての務めを果たすようにと私をさし招く。」

「これもまた信仰である。このように実践をせずに、自分の仕事だけをすることも。というのは自らの天分にしたがうのは信仰の〈特殊性〉であり、しだいに私は信仰の〈普遍性〉にたどりつくのである。」（六二）

わずか三年後にはこうした道徳上のディレンマはすっかりなくなってしまった。「全体的なものに法則があるように、各個人には天分がある。個々人の天分にしたがうことは……信仰の特殊性である。全体に向から動きが個人的なものの利益になる、ということに気づくことが信仰の普遍性である。」（W・XII・八七・一八四六）(3) このような信仰の普遍性に対する考え方に明らかな変化がみられることにより、彼の信仰の基盤が、内部の「力」から全体に向かう動きに移ったことが解る。これは彼の黙従の基礎となった変化である。

小文字の自己信頼では十分でないと彼が思うようになったのは、希望と同様に恐怖のためであった。彼を「自己信頼」という夢に導いたのは、応報に対する漠然とした恐れであり、「自己信頼」は彼に、いかなる社会への敵対心や現実生活上の不幸が起こったとしても、それを乗り越えさせ、どんなことにも耐え得る、自由な支配力を与えることになった。自らの希望が和らぎ、根本的な恐怖が静まった今、彼は「私は夢を見ていたのだが、自分にはそれが解っていなかった」（J・VII・一七六・一八四六）ことを理解し始めていた。これをもとにして、一八四四年に行なった講演「ニュー・イングランドにおける改革者たち」の結末の部分で、殉教者や救済者の務めに対して、慎重に言葉を選んだ決別の辞が述べられる。「自分の天分に従順であるのが、束縛から解放されるただ一つの力である。われわれは隷属の状態や劣等感から脱したいと思って、自分の欲望を抑えようとしたり、水を飲んだり、草を食べたりして暮らす。あるいは、法律を拒否して牢獄に入る。が、これはすべて無駄なことである。自分の天分に従順であり、素質に合うもっとも自由な活動をする時にのみ、天使は人間の前に姿を現わし、彼の手を引いて、あらゆる牢獄の独房から連れだしてくれるのだ。」（W・III・二八四－八五・一八四二）

カーライルの英雄崇拝とはごく近い関係にありながら、それとは著しく対照的に、エマソンの偉大なるものに対する崇拝は常に民主的であった。人間は皆潜在的な力においては平等であり、ある人のなかにある「魂」は他のすべての人のなかにもあった。これは能力の民主主義であり、崇高ではあるが、観念のなかにのみ存在し、現実にはあり得ないものである。今や彼は無能力という第二の民主主義を認めた。もし人は皆片寄っていて、類のない存在であるとするならば、誰も他人を支配する力を持っているなどと主張することがないであろう。各個人が独自の性質にしたがっているとするならば、普遍性は人を惑わす交替と称してもよいものによってのみ実現され得るであろう。「普遍性が第一の形で阻止されると、その第二の形はあらゆる方角から現われてきて、多くの点は相次いで頂点に集まり、交替の速力によって新たな全体が形造られる。」（二四三）「人生を私たちが求めるような均整のとれたものにするためには、もちろん社会全体が必要になる。まだら色に染められた車輪が白く見えるためには、急速に回転しなくてはならない。」（五七）

偉人による調停がなくなると、エマソンの社会哲学は社会共同体的なものにならざるを得ない。その代わりとなったものは、思いもよらない懐疑論、ホッブス流の自然状態であった。社会は、そのなかで各人が、自分自身には自らの役割が見えたり、理解することができなくても、自らの役割が割りあてられている有機体とならなくてはならなかった。役割を分配したり、調整したりするのは、「計画を作りだす存在」の仕事であって、人間には理解し得ないものであった。こうした考えを十分に理解してゆくにつれ、彼のテーマは、人間は普通は正気でなくなっている、というものになった。人間が完全になれないのは、欠陥や障害があるためではなく、度を越えているためであった。「誇張はこの世界ではつきものだ。自然が生物や人間を世界に送りこむ時は、かならずそのものに固有の特質を少々多すぎるくらいにつけ加えておく。」（一八四–八五・一八四二）「誰でも全く正気というわけではない。誰でも自分の性質のなかに愚かしいところがあり、頭の方に血がちょっとかたよりすぎているのだが、これは確実に、自然が大切だと考えたある一つの点にその人間をしっかりとつなぎとめるためなのだ。」（一八七）社会が正気を保っているのは、人間の狂気がお互いに中和し合った結果であった。人間は、「哲学者にはなれず、むしろきわめて愚鈍な小児であり、部分に固執するために、このうえなくばかげた方法でいっさいのものを見、どんな時でももっとも近くにあるものの犠牲になっている。」（W・I・三〇一・一八四一）

しかしもし社会が、愚鈍な小児によって構成され、ある種の集団的魂によって支配される有機体であるとするならば、革命が起きる余地は一体どこにあるのだろうか。明らかにここでは、新たな現状改変によって、社会の諸形態を打ち壊そうとする、若い頃いだいていた強力な「思索家」兼「行動家」のヴィジョンは全く説得力を失ってしまっている。

愚かな人たちが交わり、傷つけ合い、
その結果賢明で、確かなものとなる。（W・IX・七九・「オード」）

エマソンは、真の人格は、社会に対して英雄的に反抗することではなく、社会に決然たる態度で、十分に参加することのなかに現われるという、懐疑家の論法を受けいれざるを得なかった。「このような人物が存在しているためには、まず秩序整然たる社会、農業、交易、大規模な施設や帝国が存在していなければならない。」（W・IV・一七二）「モンテーニュ」のなかで懐疑家が論じている信仰心のある人とは保守主義者のことである。「われわれは肯定し、結合し、保存するものなら何でも愛し、散乱させたり引きたおしたりするものなら何でも嫌う。……それゆえ……人々は……斧と鉄梃しか持ってこない改革者なら、排斥してしまうのである。」（一七〇-七一）自然は急変しない。自然の有機体はゆっくりとした成長の過程を経てのみ変化し、社会もまた同様である。懐疑論によって変わらざるを得なくなったエマソンの思想の変化の一つは、社会の変化を福音主義的な見地から見るのに代えて、有機的、進化論的見地から見るようになったことである。その結果として、彼が社会秩序を、とても現われそうにない「改革者」が建てなおさなくてはならない廃墟のなかの神としてではなく、力が発動し、それに続いて休止があるたびごとに、進化の過程の連続的段階となるような、ただ一つの成長する統一体とみなすようになってきたのは当然のことである。

事実上、人間は必然の理法にしたがっており、実質的な自由を獲得するための主要な手段は、自らの天職に励むことであった。しかしながら自らの生来の性向に盲目的にしたがうことは、明らかに自由としては疑わしいものであった。エマソンが英雄的行為について述べたように、それは非哲学的であり、「魂」と結合していれば人間はすべてを知るであろうという、自らの信仰の中核となっている主張を取りさげなければならなかった。外部から見れば、エマソンが「経験」のなかで、自らの信仰をおびやかす人生の明らかな事実のうちの一つとして挙げた、気質のとりこになっていることと区別するのはむずかしい。そこで自然のなかの「運動」の原理にもっぱら注目した、「自然」についての二番目のエッセイにおいては、各人に過剰な支配力を与える最初の推進力は、われわれに「宇宙のどこかに、ちょっとした裏切りと欺瞞がある……と思わせる。」（W・III・一九三）しかし「運動」が自然の一つの原理だとしても、もう一つの原理は「休止」であった。もし人間が部分に固執する存在であったとしても、それと同時に普遍を志向する存在でもあった。結局人間は単なる愚鈍な小児でなく、哲学者でもあった。自由を別の方向から達成するための手段は、「思想」のなかに見いだすことができた。

「浅瀬に乗り上げた船が波になぶられるように、人は死すべき命のなかに閉じ込められて、起こってくる出来事のなすがままになっている。けれども知性に識別された一つの真理は、もはや宿命の支配を受けない。私どもは真理を、心配や恐れを越えた一つの神として眺める。」（W・II・三三七）彼は実際的能力を発揮して、心配や恐れを越えたいと夢見ていた。つまり、実際的能力という手段は思想を放棄はしないが、思想を行使しなくてもよいと思ったわけだ。しかし現実生活の圧迫から実際に解放されたと思われたのは、沈思黙考にふけっている時だけであった。行為の面で、悔恨と後悔の源となっていたものは、思惟の面では、驚きの源であった。彼がもっとも熱情的になっている時でさえ、彼のある部分は「傍観という特権」を行使しながら離れ、超然としていて、「おお、私は、見るためにだけここにいるのだ」(J・VI・二七五・一八四二)と言ってあらゆる質問に答えた。

行いたいと思うことは言うまでもなく、見たいと思うことは、最初から彼にとってもっとも重要な熱望の一つであった――これは生来彼は本質的に観察者であったために、当然のことであった。彼の倫理面、実際面での大望と並び、また気質的には彼にとってはより現実のものとして、われわれは、思想を通じて自由に到達しようとする、行為とは別の努力を見いだすのである。沈思黙考の大きな特典とは彼が解放されることであり、それは「理性」を通じて神を見ること、さらに神と合一することであった。というのは「精神のいだくヴィジョンは、目の認めるヴィジョンとは違って、それは知られた事物との合体を意味する」(W・II・三三五・一八四一)からである。典型的な例は、『自然』に述べられている、「私は一個の透明な眼球となる。私は無であり、一切を見る。〈普遍者〉の流れが私のなかを循環する。私は神の一部、一分子である」(W・I・一〇)という、森のなかで体験する忘我状態である。行為による救済は、現象を征服し克服する英雄的行為を意味していた。思想による救済は、「根源的存在」との合一を通じて、現象という外見上の現実から超脱することを意味していた。

このように「魂」のために忘我状態になることによって外部世界を拒絶することは、若い頃も、年をとっても、エマソンの精神に繰り返しみられた強い傾向であった。心配、気がね、困惑、他人との人生観の違いなどのために身動きできなくなって、彼は再三「内なる神」と合一しようとして、深い安堵感を感じながら退却し、地上の埃を足から払い落とした。こうしたことは、「この土の塊を光輝くエーテルに分解し」（JMN・V・一三・一八三六）、彼を解放して「世界それ自体が溶解し、魂とそのなかにやどっている〈神的存在〉だけが残る」（JMN・IV・三八三・一八三四）ような、「神聖な」孤独に招きいれることができたという点で、理想主義が彼に与えたぞくぞくさせるような喜びの体験であった。

「今は固定していると思えるものが、一つずつ、熟れた果実のようにわれわれの体験から離れて、落ちてゆくはずだ。風が誰も知らないところへ吹き飛ばしてしまうはずだ。風景、人物、ボストン、ロンドンも、昔の制度や一抹の霧や煙と同様に一時的なものだ。社会もそうだし、世界もそうだ。魂はじっと前を見つめ、行く手に世界を一つ創造しては、背後にいくつも世界を捨ててゆく。魂には日付もなく、儀式もなく、位格もなく、特色もなければ、配下もいない。魂が知っているのは魂だけだ。……」（W・II・二七四・一八三八）筆者は、あたかも宇宙からの声が人間の企てることすべてに宣告を下すかのような、こうした適度な冷たさを持つものを文学では他に知らない。ここでふたたび『不思議な少年』のことが思い起こされるが、そのなかではサタンは、エマソンにはみられない苦々しい幻滅を腹話術で語っている。奇妙に思われるかもしれないが、こうしたエマソンにもっとも近い現代の作家は、おそらくT・S・エリオットであろう。

……緊張し、時間に縛られた顔々
気を散らして狂気を紛らし

空想ばかりで意味は空っぽ
心を集中しないふくらんだ無感動な顔
人と紙切れとが、冷たい風に舞う……
夕闇のロンドンの丘を吹き抜ける風にのって、
ハムステッド、クラークンウェル、キャンプデン、パットニー、
ハイゲート、プリムローズ、ラドゲート。……

(『四つの四重奏曲』(4))

しかしエリオットは、エマソンの超然とした態度に同意して、日常生活が一抹の煙や、風に吹かれる一枚の紙にすぎないという発見を歓迎しているわけではない。このような時にはエマソンは、空気が人間が呼吸するには薄くなりすぎているような高い領域に入っているのである。

「情念の及ばぬ高みにのぼった魂が……万物が順調であることを知って心を静める」(W・II・六九・一八三八)幻視の瞬間を持つことは、思想家のみに許された特権であった。しかし沈思黙考によっては、エマソンが抱えている問題に対する解決法として、たえず世界に対して神秘的な死を育むことに専心することができなかったという点で、限界と危険もまたあったことは明らかである。

こうしたものの一つは、彼が「モンテーニュ」のなかで、知力の軽薄さと呼んだものであった。聖人のように「精神」のために世界を拒絶すると、気がつかないうちに、それほど神聖であるとは思われないもう一つの精神状態と一つとなっていった。その魅力は、「魂」のなかに逃げ込みたいという彼の望みと大いに関

係があったが、また彼を拒絶しもした。というのは世界に対してこのように勝利を収めた理由は、英雄であるならば想像できるように、征服しようとする意志があったためではなく、戦場から撤退したためであったからである。彼は「魂」の幻《ヴィジョン》を見ることによって、人間の日常的生活との関係を超越してしまった。このように確保された安全のなかに身を置きながら、彼は振り返り、観察者のもつ平静さで、人間生活の奇妙なもつれや、自分の欠点に対してさえも熟慮しながら、世界を見渡すことができた。

こうした撤退による勝利という手法については、彼は一八三七年の日記で次のように詳しく説明している。「勝利はいかなる〈魂〉であれ、〈理性〉の味方となって自らに敵対し、人格、名前、利益から自らの〈自我《ミー》〉を引き離し、〈真理〉と〈正義〉にもどすことを学んだ時に常に得られる。そうすればつまらぬことで面目を失い、敗北し、思い悩み、落胆し、消耗している時でも、心の緊張を一時も決して解くことなく、よく耐える。そして侮辱されたという気持や悲しみがなくなるやいなや、こうした現象すべてを書き留め、現象としての美を見通す。そして神のように自分自身を監督する。……観察者の習慣を守り、できるだけ早く自らの人格との関係を断ち切り、自分と〈宇宙〉とを一体化させよ。〈時間〉と〈偶然〉に手荒に扱われるようにせよ。蹴られれば蹴られるほどよい。それによって勝負全体を見通し、究極の法を悟ることになる。」（JMN・V・三九二）このようにして彼は、「勝利を収めつつある敗者」となることができる、と付け加えた。それゆえ勝利を収めたいという望みが薄れてゆくにつれて、彼は観察者の習慣を養うことを常に頼みとするようになっていった。

もしエマソンがいだいていた「魂」の信仰によって、思想の孤立が、「魂」とのより高度な交わりを結ぶことになると考えられなかったとしたら、彼がいかに個人的に差し迫った状況に置かれていたとしても、思想が自分の人格から乖離してゆくのを喜んで受けいれることはなかった、ということは明らかに思える。しかし勝負全体を見通すという観察者の習慣は、「魂」を信仰することとは別のことであった。たしかに世界は言うまでもなく、「魂」は、彼の感情の入り込まない幻視のもう一つの対象となることができたし、また実際そうなった。それは感情からなる一切の生との関わりを断つことであった。エマソンはホーソーンと同様、純然たる観察の生活のなかで、人間性を喪失してゆくことを感じていた。

彼の場合、自ら苦悩していたのは、心情の死というよりはむしろモラルからの離脱という問題であった。幻視と神聖さとの間には高い次元での対立があった。二つは同一のものであるべきであるが、経験上は同一ではなかった。それゆえ「神聖さ」という題目の講演においては、聖者が「普遍者」を発見するのは、こうした倫理的霊感を与えるのは宗教的直感であるにもかかわらず、幻視の瞬間よりはむしろ道徳的心情に実際上身をゆだねることによってなされる、と彼はもっぱら述べた。一八七〇年代にまとめて行われた「知性の博物学」と題するハーヴァード大学での講演においてさえ、真実と道徳的心情という二つの「魂」の様態が、決して調和することなくふたたび現われている。「魂」を直感したと考えることは同時に徳を回復することをも示唆しており、またそうあるべきだ、という確信は、沈思黙考の生に向かって彼が自然に流れてゆくのを強力にくい止めた。

沈思黙考の態度にあるそれと関係した危険は、幻視の瞬間が一時的なものである、ということから生じた。彼の懐疑的なエッセイが明らかにしているように、このような啓示の半面は幻想であったために、「理想的なもの」に対する洞察を欠いた理想主義であると定義できるかもしれない。幻想の意識——すなわちこの世界が実在するものでないことを知ってはいても、より大きな実在が存在することを現実の経験によって知ってはいないこと――は、「根源的存在」とともに家で座っていることを決心したために彼が受けた報いであった。その報いは、一切を忘れて幻視をする能力が時とともに次第に衰えてゆくにつれて、いく度も現われては彼を苦しめることになった。そうした時には、彼は自らの思想の非現実的な生に対してもまた反発しようとする傾向があった。幻想は、懐疑家としての彼に疑念をいだかせる主要な原因となった、と述べてもおそらくよいであろう(5)。

†

結局彼は、ただ行為をすることだけで生きることができないのと同様、ただ見ることだけで生きることはできなかった。自分の職業に従事することを通じての自由も、見ることを通じての自由も、両方ともに不完全で、かぎられたものであった。前者が非哲学的だとすれば、後者は無責任であった。せいぜいある種の自由が働き得るのは、両者を交互に使うことによってであろうし、実際これがこの問題に対する彼のもっとも現実的な解決法であった、と思われる。彼が若い頃発見したように、活動的、知的力は、波動の原理によって自然に支配されていたように思われる。彼の生は、ある規則的なリズムを保ちながら、一方の波から他方の波へと動いていた。理論上両者をもっとも強く結びつけることになったのは、彼の最終的な職業上の英雄類型、すなわち「詩人」について述べた時であった。

詩人は「認識する者」でも「行為する者」でもなく「語る者」であった。ここにはある限界――すなわち力を希求しようとする望みを捨てることがあったことは否定できない。「……自然は……詩人が〈知性〉を代表することを望み、〈意志〉を代表することを望まない。……」（ＥＬ・III・三五六・一八四二）(6) おそらく将来においては、「自然のあらゆる事物を自らの象徴として……今使うことのできるこのような詩人の天才は、頭脳の代わりに手で、このような遊びを……することができるようになるだろう。」（三五四）エマソンは、芸術に対するセンスはそれほどなかったが、一八三六年に芸術について論じた時に、次のように書くことを忘れていなかった。「芸術には、個々の芸術作品よりも、さらに高い仕事がある。芸術作品は、不完全もしくは損なわれた本能の流産にすぎない。芸術は何としてでも創造したいという要求である。しかし……芸術の目的は、人間と自然とを創造することに他ならない。」（Ｗ・II・三六三・一八三六）

　しかしながら詩人という職業について述べる際に、重要な役割を果たすであろうと思われるこうした控えめな語調は、一八四〇年代になって次のように散文や詩で熱狂的に詩人を賛美するようになると、次第に衰えてゆき、ついにはなくなってしまった。「詩人はより穏やかな優しさ、より神聖な情熱、より崇高な勇気に向かって、その存在が他人よりも高く舞いあがったり、深く沈んだりする人である。詩人は他の人間すべてを劣ったものに思わせ、詩人の名前を呼ぶだけで、誉れとなり、吉報となる。そして詩人の言葉の響きは長年の間、人の心を高鳴らせ、目を輝かせ、黄金の夢で大気を満たすことになる。」（ＥＬ・III・三五六）等々。詩人は行為する者ではないという事実そのもののために詩人の威信は高まる。エマソンは、詩人は狂気の人であるという、プラトン哲学の伝統を利用している。詩人はとりつかれた人間であり、役に立たなくてはならないという普通の人間が負っている責任は免除されている。行わなくても彼が非難されることはない。生まれながらに熱狂的に語る人間で、ただ一つの義務は自らの詩を創ることに専心することである。このために一八四〇年以降は、エマソンの理想的人物像のなかで詩人は、他の英雄類型すべての影を薄くしているのではないかと思われる。他人にどのような限界があろうとも、詩人には関係がない。

確かにエマソンが詩人について述べる時には限界を認めることがない。「詩人は君主であり、中央に立っている。」（W・III・七）「詩人には……障害となるものがなく、他人が夢想するものを、直接目で見、手で触れ、あらゆる領域にわたって経験を積んでいる。最大の力を受け、またこれを与える者であるために、詩人は人間を代表している。」（六）詩人の言葉自体が行為である。「言葉と行為は、神聖な活力の、全く差異のない現われ方である。言葉は行動でもあり、行動は一種の言葉である。」（八）人間は皆、受けいれるのと同じように、表現したいと切望している。活力を解放したいと望むことは自然の欲求である。このような全包括的な意味での表現は人間の目的でさえあるかもしれない。「人間は、自分がなくてはならない行為者であることを知らなくてはなりません。自然には、お互いに他を求め合っている二つの部分がありますが、これをつなぐ輪が欠けています。天才が生まれてきたのは、このあんぐりあいた口にかける橋となり、さもなければ結ばれることのない二つの事実の間の仲立ちとなるためです。……彼が喜んで述べる思想は、彼が人間の姿をとって現われた理由です。」（W・I・二〇七・一八四一）こうした解放を詩人はもっともうまく行う。そしてこのようにして「詩人は、片寄った部分的な人間たちの間にあって、完全な人間を代表する。……」（W・III・五）語ることのなかには、知ること、行うことも含まれている。

詩人だけが解放者である。詩を通じて理想が一瞬の間現実となり得る。「黄金のように貴い言葉がひとつ、不滅の調べをかなでながら飛びだし……きわめがたいその故郷へと招き寄せ、われわれに快い苦痛を与えるのである。」（W・IV・二〇六・一八五〇）詩人だけがいかなる意味においても、多様な二重生活をきっぱり捨てることができる。エマソンは自らの詩人について語る。「そしてその報酬はこうだ。詩人にとって理想が真実《リアル》のものとなり、現実《アクチュアル》世界の印象が、夏の雨のように、おびただしく降り注いでも、汝の不死身の本性にとってわずらわしいものとはならない。」(W・III・四二・一八四三)

詩人を中心に据えたとき、エマソンは自分自身の経験に忠実であったにすぎない。詩人は疑いなく彼の代表的人物であった。あらゆる意味で本質的な点で、自分自身の巨大な影であり、自らが本当になりたい人間像であった詩人という職業上の理想において、彼は人間の可能性をある程度まで取りもどしていた。それがすべての人に当てはまる、無条件な可能性ではないと、彼はあきらめていたのであった。しかしわれわれには、詩人の勝利が若い頃の敗北の結果として得られたものであることが解るのである。このような生を「予言」することにより、彼が解放の神になり得るのは、詩的な「生」が実現されない、あるいはおそらく実現することができないために他ならない。もしわれわれが生の理想を実現することができるならば、それを言葉によって実現することは大した仕事ではないであろう。詩人自身の解放とは知力の解放である。詩人の生は詩的な生ではなく、自らの思想を禁欲主義的に推し進めることである。詩人の報酬、詩人が他人にもたらす報酬とは、自己合一ではなく、手段も結末もなく、想像力を魔法のように燃えあがらせてくれることであり、きわめがたい理想の世界を陶酔状態のなかで一瞥させてくれることである。

詩人は天使の群れの後ろに退き堕落したユーリエルである。詩人は、暗示や象徴により、より高い真理があることを予感させることによって、世界を揺り動かすことのできる、真理を語る天使たちの長である。直接説得したり、改宗させたりする力を行使することができないために、エマソンは隠された意思伝達の方法を捜し求める。しかし彼は、「私が言うような詩人をさがしても、なかなか見つからない」(三七)と付け加えなくてはならない。こうしたことの繰り返しは人間にとって――エマソン自身の力にとってはたしかに――手に余ることである。ユーリエルはもちろん、自らにとっては理想が現実となっている神である。しかし人間は、時折詩的世界を垣間見るとはいえ、永遠に解消することのない矛盾のなかで生きている。それゆえエマソンの実際の仕事は、解放の神というよりは、「特殊な印象の忠実な報告者」（JMN・VII・三〇三・一八三九）となった。「私は〈形而上学〉について書くが、私の方法はただ期待して待っているだけだ。実験を試みることさえしない。まして秘密を強引に引きだして、表に現われるのを嫌ってひそんでいる法を明らかにするために、〈決定的な実験〉を巧妙に実施することもしない。いや私は一年にたった一つ新しい事実を知るだけであるが、自ら望むことは真実を告げることだけにかぎっている。」（JMN・XI・二六七・一八五〇）人間なら誰でも同様であるが、どんなことをしてもふさぐことのできない裂目が、エマソン自らの理想の姿と現実の姿との間に存在していた。

彼が「運命」と題するエッセイで論じているように、自由は経験可能な事実であり、決して否定することのできないものである――しかしそれは、彼がかつて学者の生得の権利として主張したような全的な自由ではない。人間の自由は、人間の生における他のすべてのものと同様に、限定的、部分的なものである。そして、自由を含めて、その背後には必然がある。しかし彼は、自らより大きな普遍化を試みたために、限界があるにもかかわらず、平穏で、自足していることができた。経験上は矛盾しているとはいえ、理想と現実との神秘的合一が、理性がはっきりとした形をとって訪れる時には、依然として彼に啓示された。自らの人間としての状況との関係を断ち、精神のみの世界に生きることができず、結局は真実を告げることが自らのただ一つの仕事であり、義務をストイックに遵守することが、自らのただ一つの倫理であったその他の時には、彼は「〈あらゆる瞬間に、あらゆる原子に働いている、全体の善に向かう永遠の動き〉」（JMN・VII・一六七・一八三九）から生きる勇気を引きだしていた。こうしたより大きな善のなかに、彼自身のさまざまな運命は飲み込まれ、忘れられていった。

一八三七年にエマソンは、アメリカの「知的独立宣言」と称される「アメリカの学者」を書いた。七年後に彼は「若いアメリカ人」でアメリカの運命というテーマをふたたび扱っているが、この時はより普遍化して述べているのにわれわれは気がつく。「諸君――個人の生命にはかぎりがありますが、人類は決して死ぬことはありません――その人類を大衆と時代を動かす成果へと導く、崇高で好意に満ちた〈運命〉というものがあります。人間は偏狭で利己的です。が、〈時代精神《ジーニアス》〉あるいは〈運命〉には偏狭さはなく、かえって恩恵に満ちています。〈運命〉は人間の自由意志による計画的な活動に見いだされるものではなく、人間が意図すると否とにかかわらず、偶然起こるものに見いだされるのです。われわれが興味を覚えるのは必然性を持つものだけです。そして結局愛と善とは必然性を持ち、事物の秩序に沿っていることが解ります。」（W・I・三七一―七二・一八四四）

この講演は個人の無力さを強調することによって、慈愛に満ちた動きに重要性を与えている。「この〈時代精神〉あるいは〈運命〉は、やさしい面を秘めているとも言われますが、実はきわめて厳しい支配力です。それは個人を破滅させても全体に奉仕するので、残酷な親切さと呼ぶことができるでしょう。恐るべき共産主義者で、一切の利益を集団のためにたくわえて、個人には配当を与えません。諸君は、集団の一員としてはあらゆるものを所有できるが、何ものをも私有することは許されない、というのがその法則です。」（三七三）いまだにジャクソン主義のアメリカを、奇妙にも力づける言葉である。エマソンはしばしば全体と個人とのこうした区別をぼかし、一般的な「善」に対する信仰についてそれほど批判的な主張をしてはいないが、この一節はそれだけいっそう彼の黙従的な特性を物語っている。人間は自由に自己を改善することができると強調し続ける、当時出現しつつあった人間主義《ヒューマニズム》と均衡を保ちながらも、彼の信仰の基盤としては、若い頃の過激な自己中心主義が無条件降伏したことを暗示している。そこには「首尾一貫したカルヴィン主義者」の、「君は神の栄光のために喜んで地獄に落ちるか」という示唆以上のものがある。エマソン家に父祖代々吹き込まれている謙虚が、彼の自尊心を飲み込んでしまっている。

第八章

永遠なる牧神《パン》

崇高で好意に満ちた「運命」におとなしくしたがおうとするエマソンの態度は、自然観の変化と密接に関係しながら彼の精神のなかで育まれてきたものであり、自己中心主義《エゴイズム》を全面的に転換させたことと直接結びついている。またそれにより彼の宗教思想の内容と様相が大きく変容したために、物事の動きをありのままに信じることが、彼の信仰がとることができそうに思われる唯一の形となった。元来彼は「魂《ソウル》」を自己に内在するものと考えていた。自然はこの本来の「自己《セルフ》」が具体的な形をとって現われでたものであり、超越主義的な見方によれば、人間が創造したものでさえあった。今彼はむしろ「魂」を自然に内在するもの、人間は、自然が、最高のものだとしても最近になって生みだしたものである、と考えるようになった。人間は自然の一部として「魂」に関与するようになった。自然のなかで意識を持つ唯一の存在として、人間は自己に内在する「魂」を見、知る特権さえ手にいれるようになった。しかし人間は周囲の世界に優越する、特別な存在ではなくなった。エマソンは主観的な理想主義から客観的な理想主義へと移っていった。

このようにエマソンの思想が転換したのは、彼の「自己信頼《セルフ・リライアンス》」の夢が崩壊したためというよりは、むしろ新しい自然観、すなわち漠然としたものであったが、進化思想が彼の思想のなかに入ってきたためであった。エマソンを扱う際には、われわれはこの進化という言葉をきわめて広義に理解しなくてはならない。それは自然淘汰による種の変異を説くダーウィン説を意味してはおらず、「一連の進化が年代順的に連続して行われること、すなわち生物は無生物よりも歴史上後に出現し、段階的な上昇の階梯を経て、高等生物は下等生物の後に出現したとする考え方(1)」を意味しているにすぎない。自然の連続的進化の背後と過程には、同一のより高度の「根源的存在《コーズ》」の力が働いていた。「われわれ人類の祖先が三葉虫だったのか、あるいは神々だったのか……という疑問は……われわれがたまたま物質的なものの見方をするか、あるいは詩的なものの見方をするか、によって生まれる。」（JMN・IX・七七・一八四四）「聖書に忠実な教義は、進化思想は目に見える外観であると決めてかかるが、〈宇宙〉は、長い時間をかけて法が働いた結果、すでに完全なものとなっている。……」（二四二・一八四五）

エマソンは進化思想を突然受けいれたのではなかった。F・I・カーペンターは、新しい思想はエマソンの思想の根幹にゆっくりと染み込んでいった、と述べている(2)。アジア人の書いた書物を長年にわたって読んだ後に、彼の思想が東洋的な色合いを帯び始めたのと同様に、進化思想もまた、実際に彼の考え方に影響を及ぼし始めるよりずっと以前から、彼にとってはなじみ深い思想となっていた。人間中心的な哲学が彼が最初に出版した書物『自然』の特徴となっているが、同書冒頭の進化思想を特徴づける題句は、一八四九年の再版出版までは加えられていなかった(3)。しかし進化思想はゆっくりと染み込むようにして入り込んでゆき、彼は自分でも気がつかないうちに、自然は不断に変形し、向上しているという考え方を受けいれるようになった。

しかしわれわれは、彼が依然として、人間が自然の中心に位置していると主張し続けていることに注目しなくてはならない。人間は自然の創造者でないとしても、自然の極致であり、目的であった。新しい自然観が彼に影響を及ぼし始めた一八四一年に彼は、「人間において世界が終結するのは、理知の最後の勝利であるように思えます」（W・I・三〇五）と記すことができた。新しい自然観を確立したことが明白となった一八四四年には、「われわれは存在の全段階を、自然の中心から両極にいたるまで横切って進み、どんな可能性にも何らかのかかわりを持っている。……」（W・III・一九五―九六・一八四〇）と彼は主張し続けた。それゆえ十年後に彼は、「全動物界が、人類の発生を展示している、ハンター博物館（ハンターはスコットランドの外科医・解剖学者。一七二八―九三。ロンドンにハンター解剖学博物館がある）にすぎない」（W・VIII・八・一八五四）と述べた。

「人間が大地の子であることをエマソンが宣言しようとしたなかで、もっとも断固としたもの(4)」と言われてきた次の日記の一節でさえ、ハーバート（イギリスの宗教詩人。一五九三―一六三三）の「人間」と題する詩――この詩は、エマソンとは正反対の考えを表明しているのだが――のなかの二行(5)についての見解であり、結局のところそれほど断固としたものではない。「自然の主人である人間は偉大な行為をすることができ、それは世界が望んでいることである、……というのは人間は〈自然〉、あるいは自然の一部としての存在から生まれでたばかりだからだ。……人間は窒素の法則を知っている。というのはほんの少し前までは窒素であったからだ。人間は命を与えられた宇宙の断片にすぎない。活動力のある人間は、ほんの少し前まではできなかったことをすることができる。」（JMN・IX・二七八・一八四五）この一節が暗示していることはおそらく、エマソンの書物のなかに進化思想を示す箇所を探している者に、その本来の目的――人間と自然とが関係しているという若い頃からの彼のテーマに支持を与えること――が実際に達せられている以上に、強い印象を与える。進化思想は、自然において人間が重要な地位を占めているという、若い頃からの主張を新たに支持するものとして、彼の精神のなかに独特の形で形成される。

しかしながら主に二つの仕方で、進化思想は彼の思想の展開のなかに現われた。一つには進化思想は、自然の主人としての人間の理想的な姿と、堕落した人間全体の姿との間に存在する隔たりを説明するのに役立った。

自然のように価値ある人間は
地上には一人も住んでいない。……
（W・IX・三三・「森の調べ」・一八四一）

こうした自然は完全な秩序を保っているのに対して、人間だけが例外であるという考えは、グレイが指摘しているように(6)、彼の信仰においてはきわめて異例のものである。彼は『自然』において、プラトンにならって、「堕落」の神話をもちいてそれを説明しようとしているが、以前と同様彼の心を混乱させ、説明することができないままであった。しかし自然進化の思想が成長してくるにしたがって、理解できるものとなってきた。進化の過程がまだ十分なものではないと考えるだけでよくなった。「この実験は失敗したのでないか、そしてさらに多くの人間を造って、この罪を知らない宇宙に、これほどまでにつまらない生き物をつめ込むのは全く無駄ではないか」という疑問に、自然は（「自然の方法」においては）次のように答えている。「『私はに生長する。』すべては生まれたばかりで、幼児です。……最終的なものがあると指摘できるところはどこにもありません。しかし動きが四方八方に現われています。惑星、系統、星座など、全自然が、七月のとうもろこし畑のように生長しています。何か他のものになりつつあります。急速に変形しつつあります。」（W・I・二〇二―〇三・一八四一）

未来は人間の努力によって改良することができるとする漠然とした確信、すなわち慈愛に満ちた動きに対する彼の信仰が成長することによって得られた確信が、目に見える形をとって彼の後期の思想にゆっくりと入り込んできた。このようにして彼は、自らの超越主義思想が崩壊したことによって失われてしまったように思えるものの一部を取りもどした。元来彼は現実の人間の限界と人間に潜んでいる神性とに、うまく折り合いをつけることができた。というのは彼は、前者が一時的なものであり、未来には矛盾が解消されると考えたからである。しかし時が経つにつれて、こうした期待は消え失せ、事実と信仰の間の矛盾は解消されないまま残った。このジレンマを進化思想が緩和してくれた。それは、自らの二つの世界が、未来には矛盾がなくなって調和するというヴィジョンを、彼にふたたびいだかせた――それは若い頃の望みほど、エマソン独特のものでも、直接的なものでもなかったが、それでも彼の信仰の「基盤」となった。「……もしも悪がいま形を成そうとしている善だとすれば、制約がやがて力となるはずのものだとすれば、災厄や自分に敵対するものや重荷が、実は自分の翼であり手段だとすれば、――われわれだとて不満は消える。」（W・VI・三五）

こうした信仰をいだいたために、彼は神の意志に無条件で屈服することを無理に受けいれる必要はなく、神の活力は、

止まることなく、休むことなく、

「より良いもの」から「最上のもの」へと上昇してゆく。……　（W・IX・一八一・「五月の日」）

と気楽に考えることによって、自らの屈服を和らげることが可能となった。

進化思想はさらに深い影響もまた及ぼした――すなわち万物がたえず変化し、同時に法が広くゆきわっているという彼の考えを一層強いものにした。『自然』出版の時点では、自然に生命が充満していることを述べているが、彼の自然観は静的で、物質的なものであった。自然は精神の最終的結果であった。「神の秩序のなかでは、理知が第一で、自然は二次的です。自然は精神の記憶です。かつて純粋な法則として理知のなかに存在していたものが、今では〈自然〉として具体的な形をとっています。」（W・I・一九七・一八四一）精神は無限の多様性を持った自然の形態をとって現われ、その多様性のなかにある統一性は、自然が法にしたがっていることをはっきりと示し、自然研究家《ナチュラリスト》の好奇心を刺激した。しかしこうした形態が互いに変形し合うということは暗示されておらず、自然の基本的特性は依然として物質的なものであった。

進化思想は文字通りこうした自然観を打ち破ったと言ってよいだろう。形態と物質は双方ともに究極的な特性を失い、流動し始めた。以前は彼は物質を生命に対立するものと考えていたが、その自然の最奥部に、今や活力と変化とをみてとった。しかしこのように目の前に存在する自然の秩序が解体したことによって、法が自然を支配しているという彼の確信が強固なものになっただけであった。不動のものが消滅してゆくと、法は恒久不変のものとして残る唯一の原理となった。

進化思想は、自然を解明するのに、単純化し、統合するすばらしい思想、包括的な原理として、彼の前に出現した。それは自然の背後にはすべてを支配している統一性が存在することをドラマチックに示すことによって、自然には無限の多様性があるという考えに対して彼がいだいていた抵抗感を取り除いた。自然のさまざまな多様性は、向上的発展という思想が示す、全包括的統一性のなかに解消した。こうした自然は不断に変化しているが、その背後にはすべてを統括する同一性が存在するという考えは、「自然の方法」と自然についての二番目のエッセイ「自然」においてもっとも顕著にみられるテーマであり、またエマソンの自然哲学を集約したものとして、ジョーゼフ・ウォレン・ビーチが引用している(7)「詩と想像力」のなかの次の一節の核心的部分となっている。


最初はあてこすり、つぎには明白な暗示が与えられ、つぎにははげしくトントンと叩かれる。その意味するところは、自然においては、死を除いて静止しているものは何もないということである――万物は車に乗って移動しており、いつも何か別のもののなかに入ってゆき、さらに高いもののなかに流れ込んでゆく――物質は目に映る姿のままではない。……希薄なものであれ、濃密なものであれ、すべてのものは飛んでいる。……われわれが法則と呼んでいる目に見えない紐に、すべてのものがつなぎ合わされているのだが、この法則以外には不変のものはない。……この密かな紐すなわち法則が、動物であれ、植物であれ、天体であれ、あらゆる形態を通して、周知の力を現わしている。……

自然科学における法則の同一性と完全な秩序、「自然」の法則と思想の法則との間の完全な照応、こういうものが存在している。……

一つの動物、一つの植物、一つの物質、そして一つの力だけがあるのだ。　(W・VIII・四-五、八-九)

エマソンの進化思想についての検討において、おそらくあまりにも多くの注意が、種の時間的関係という限定された問題に対して払われてきた。こうした問題は実際には彼にとってそれほど重要ではなかった。しかしそれでもわれわれは、思想の内容と様相とを一変させるような変化が、実際に彼の自然観に起こったことを認めないわけにはゆかない。この変化は、厳密な意味での進化思想というよりは、エマソンが地質学の書物を読んだことがきっかけとなって起きた。

彼は長い間ハットン（スコットランドの地質学者。一七二六‐九八）やプレイフェアの斉一説に親しんでいたが、きっかけとなったのはとりわけライエルであった。彼は一八三六年頃ライエルを読んでおり、その頃彼の森の思想は新たな様相を帯びるようになる。そこでは「原始時代の太陽の暦、地球内部で燃える火、想像を絶するほど長い期間にわたる川や海の流れ」、「チンボラソ山（エクアドル中部、アンデス山脈中の火山）、モンブラン山、ヒマラヤ山脈」、そして「動物の静かな発生」（JMN・V・三二‐三三・一八三六）が述べられていた。自然の変化が考えも及ばぬほどに巨大で、自然の過程が狂暴なほど激しいものであることに彼は想像をめぐらせた。「『奇跡は終わった。』実際に終わったのか。……友よ、君が立っている小さな丘が、火山の活動によっていつ地表から隆起したかを教えてくれ。足元にある小石を拾い、灰色の表面ととがった水晶を見て、どのようにして、地球上の火山の噴火により、岩石が蠟《ろう》のように溶け、まるで地球が一つの燃えるるつぼであるかのように、この石の形ができたのかを教えてくれ。……私が森の高台を走り、いつそこが熱い鉄に触れてできた火脹れのように隆起したのかを問う時、地

質学や植物学はきっと、今までのこと、現在のことを私に語り、教えてくれるだろう。」（四三・一八三七）

彼の青年時代の家庭的な性質、「魂」の野菜畑は、ゴシック風の荘厳さを帯びて広がり、今までよりはるかに巨大で、一風変わったものになっていった。自然を支配している力と彼の精神との類縁性は、それほどはっきりとしたものではないように突然思えてきた。そしてとりわけ彼は地質学の書物を読んだ結果、暗黒の過去、無限の時を目がくらむ思いで見通すことができた。「地質学はわれわれに、自然がゆっくりときわめて長い時間をかけて発達してきたことを教え、また小学校的な尺度を捨てて、モーゼやプトレマイオス（二世紀半ばにアレクサンドリアで活躍したギリシャの天文学者・数学者・地理学者で、天動説を唱えた）の説の代わりに、自然の偉容を学ぶように教えてくれた。われわれは、見通しに欠けていたために、何一つ正しく分かってはいなかった。今では、岩が形成されるまでに、どれほど気長な期間が経過しなければならないかを知っている。さらにそれから岩がくずれ、最初の地衣類が岩の一番薄い表面の板を分解して土壌にし、それからはるか後に現われる植物、動物、穀物、果物のために戸を開けるのである。三葉虫が現われるのはまだずっと先のことである。四足獣もはるか先だ。人間が現われるのは、考えることもできないほどずっと先のことである。」（W・III・一七九－八〇・一八四四）

彼の若い頃の自己中心的な超越主義思想に新たな全体的見通しを与えるのにもっとも寄与したのは、このより広い見地に立った自然観であった。地質学が明らかにした自然の見地から考えると、このような自己中心主義がこっけいなほどに尊大であることは明白であった。自然はあまりにも巨大、あまりにも永続的、あまりにも強力、またあまりにも異質で、単なる人間個人に従属するものではあり得ない。こうした自然観の変化が背景にあって、自然についての二番目のエッセイ「自然」のなかで、コウルリッジから学んだ「つくりだされる自然《ナトゥーラ・ナトゥーラータ》」と「つくりだす自然《ナトゥーラ・ナトゥーランス》」との間の学問的相違がふたたび述べられている。第一の自然は五感で知覚できるなじみある自然、すなわち森や野原である。しかし第二の自然は、「自然」が「精神《スピリット》」に満たされているところに存在し、神とも区別することがほとんどできないように思われる。それは「〈働きかける自然〉、つまり〈ナトゥーラ・ナトゥーランス〉であり、活力を生みだす原因であって、この前に出ると、あらゆる自然の形態は、風に散る雪のように逃げてゆく。それ自体は隠れていて見えないが、それがつくりだすものは、数多くの群れをなして、その前を追いたてられてゆく。……しかも言葉につくせぬほど多様な姿をして。」(一七九) このエッセイの残りの部分は、「根源的存在」の別名となった自然について論じている。

しかしながら「働きかける自然」に対する信仰は、「魂」の人間性に対するエマソンの若い頃の信仰の代わりの役割を果たしたとしても、それに取って代わることはなかった。自然は結局のところ「非我《ノット・ミー》」であり、自然を崇拝することは、自らとは異質の力にしたがうことになる恐れがあった。彼は必要があれば「精神」を自然とも人間とも区別し、文字通り「実在《リアリティ》」を直接崇拝することの方を好んだ。しかし自然信仰によって時折彼の宗教的衝動が満たされたことを「自然の方法」についての講演が示している。

この講演はたしかに、もっとも矛盾を多く内包しているもののうちの一つである。矛盾の原因は、簡潔に述べるならば、エッセイ「円環」と同時期に書かれたこの講演は、新しい自然観をまだ完全には同化しない状態のまま書かれたために、彼が流動、進化する新しい自然からも、相変わらず『自然』で述べた人間中心主義的な教訓を引きだそうとしていることにあるように思われる。しかしながらここで示されている流動する自然という新しいヴィジョンを通して、キャボットが示唆しているように、われわれは彼がこの講演の原稿の一部を書いたナンタケットの海辺の海鳴りの音を聞くことができ、またそのヴィジョンはそれまで到達したことのないような信仰の高峰の上に彼を立たせるのである。

自然の不断の変化は人間には理解できないことを認識したことにより、彼は自然の活力はきわめて抽象的に発生するという考えを強く持つようになった。自然は知力によっては理解できないものであるから、われわれ人間は自然の秘密を読みとることができない、と彼は論ずる。自然には特別な原因、特別な目的など何もない。自然の生まれる原因はその無限の生命のなかにあり、自然の目的は忘我恍惚状態《エクスタシー》にすることにある。一つの全体として感じられるたえず新しく生みだされる自然の原因は、あふれでる生命の原理にあることを示していて、人間はそれを知ることはできないが、感じ、愛することはできるのである。

静かに、ひろびろと、すべてのものをいれる余地はありながらも、原子一つ割込む場所もなく、優美に続いて、万遍なく満ちあふれて、均整のとれた美しさのうちに——時間の舞踏は、相変わらず前進してゆきます。香料のかおりのように、音楽の調べのように、眠りのように、それは厳密でなく、限りがありません。時間を分解したり、解きほぐしたり、目に見えるようにしたりすることはできません。不敬の哲学者は立ち去らなくてはなりません。あなたは自然のうちに原因を求めようとするのですか。これはあれと、あれはつぎのものと、つぎのものは第三のものと、ものはすべて関連しています。あなたはこの法則を知ることができるようになるには、別の気持になってこれを求めなければなりません。すなわちこれを感じ、これを愛さなければなりません。この法則によって存在している精神と同じほどの壮大な精神になって、これを見なければなりません。これは知られることはないでしょうが、喜んで愛され、楽しみとされます。
（W・I・二〇〇・「自然の方法」・一八四二）

このような確信を強めながら、エマソンは、自然の変化という新たな考えが障害となって、自らの若い頃からいだいていた信仰が閉ざされている状況を乗り越える。自然を理解することはできない。自然は生命の不断の流れ、永遠に尽きることのない活力である。信仰とは、人間がこうした生命の流れに身を投げだす忘我恍惚状態のことである。エマソンは、人間の限界を認めることでは落ち着きを見いだせず、事物が莫大に浪費されていることをあらためて知り、存在の流れと「愛のみによって」合一することが可能であるという考えを、大きな解放感を感じながら受けいれる。果てしのない思索を断ち切り、すべての哲学を捨て、玉座に心情を通じて近づくこと——これこそがおそらく自由を得る秘訣であろう。真理と愛についての論議は、エマソンが繰り返しテーマとして持ちだしていて、理論上は両者が同一であると主張し、実際上は真理の方が重要であるという結論になるのが通例である。しかし今や彼は反知性的立場に転じている。その結果形而上学上の難題は一時的に解け、彼はさしあたり真の完成の域に達する。このような忘我恍惚状態が持続することはもちろんあり得なかったが、こうした解放の瞬間の純粋な喜びの気持が文章から伝わってきて、この講演は自然について彼が書いたもののなかで、忘れることのできないものとなっている。

†

しかしながら創造的な活力を感じ、愛することとは、崇拝のあり方としては当てにならないものであった。エミリー・ディキンソン（アメリカの詩人。一八三〇－八六）が書かなくてはならなかったように、「自然はいまだ未知の存在である。」

自然を知らない人たちを哀れんでみても、
自然を知る人たちでも、自然に近づけば近づくほど、
自然が分からなくなってくることに失望して、
帳消しになってしまう。(8)

自然が力であることが事実だとしても、自然が慈悲深いものであることをどのようにして知ったらよいのか。活力が非常に力強いからという理由で、活力を崇拝することは、サンタヤーナ（スペイン生まれのアメリカの哲学者・批評家・詩人。一八六三―一九五二）の言葉によれば、野蛮な行為である。いつなんどき、メルヴィルやアダムズのように、人はこの種の信仰の朽ちた床を突き破って、その下に存在している「宗教的虚無」の世界に落下してゆくかもしれない。

それにもかかわらずこのような生命力を崇拝することによって、エマソンの想像力は強く刺激された。彼は常に、法に満たされた自然という自らのヴィジョンと、自然には生命が充満しているという強烈な意識とを調和させ、さらに道徳的心情《モラル・センチメント》の力に見られる偉大なるものを賛美することと、物事を実行できる人間が持つ野性的な力に対する羨望とを調和させていた。「さまざまの教育制度が、その訓練強化のかぎりをつくした人々からは、古いものを破壊したり、新しいものを築き上げる頼もしい巨人は現われず、かえって無教養な野蛮な人々から、凶暴なドルーイッド（古代ケルト族のドルーイッド教の祭司）やバーサーカ（北欧神話に登場する凶暴な戦士）のなかから、ついにアルフレッド大王やシェイクスピアが現われてきます。」（W・I・九九―一〇〇・一八三七）同じ精神でこの青白い顔をした

学者《スカラー》は、「毅然とした農夫や辺境人の話」（三九・一八三六）を好み、「われわれは、洗練されていささか活力を失ったのではないか、さまざまな制度や儀式によって堅く保護されているキリスト教によって、野性的な徳の力をいくぶん失ったのではないか」（W・II・八五・一八三五）と問うた。ソーロウと同様に、彼は、神聖さ（「より高い法則」）を信仰することと、野生を好むこととを調和させていた。「野人には魅力がある。……が町に住む人間は従順で、面白みがない。」（JMN・V・四〇六・一八三七）

「偉人伝」についての連続講演を行なっていた頃には、力には精神性がやどっているという信条が彼を支配していた。力は宗教的心情が流入してきた結果として生じ、その力を得ると人間は「社会のどん底に潜んでいる無知の暴力」（W・II・五六・一八三八）とさえ対決することができるかもしれなかった。しかしわれわれは、力はむしろ自然の賜物であり、神の霊感よりは、活力によって生ずるのではないか、と彼が思い始めていることに気がつく。その結果として、（彼は道徳的心情や、それに伴って生ずる無限の力に対する信仰を主張し続けてはいるが）、宇宙の創造力と、そこから生まれる人間の活動力は、彼にとっては、霊的、道徳的意味の多くを失い、彼の精神のなかでは、むしろ経験したことのない、野生の自然が持つ原始的な力と一つのものとなった。

そのためにこうした傾向は彼の後期の思想において強くみられるようになる。もっともあらゆる力の現われを神の活力の現われの多くの形態とみなす――その例は『処世論』に収められたエッセイ「力」であるが――という厳しい条件がないわけではないが。力は粗野で生のままである場合もあるが、生命の本質である。人間はこの力とともにありさえすれば負けることはない。この力が失われると、表面的になり、不十分な存在となるに違いない。群衆や野蛮人の獣的な活力も結局のところ、こうした神的なものの一面である。というのもそうした力も、こうした神に対する畏怖から生じたものであるからである。実際人間は盲目的な力から、精密さ、技術、真理へと向かって進歩しなくてはならないのであるが、洗練されたためにこうした動物的な活力を失ってしまうと、衰退してゆく。「歴史における偉大な瞬間とは、未開人が未開の域をまさに脱しようとしている時である。……自然と世界におけるあらゆるよきものは、黒ずんだジュースがなお豊かに自然から流れでているが、その渋味や辛味《からみ》は倫理や人情といったもので抜かれている、過渡期において見いだされるのである。」（W・VI・七〇-七一・一八四七）

そして力が実際に現われることの背後には、生きている命の「根源的存在」が現に存在しているというヴィジョンがあった。エマソンの後期の信仰の柱の一つが、法と慈愛に満ちた動きにしたがうことであったとしても、もう一つの柱は、自然の途方もない創造力を前にして、畏怖の念をいだき、それに魅了されて、自らの身をそれにゆだねることであった。こうした信仰のあり方の趣はジョーゼフ・ウォレン・ビーチによってうまく述べられている。「われわれ人間が歴史のドラマのなかではいかに小さな役割しか果たしていないかを知ると、われわれ人間個人の良心にかけられている重荷が取り除かれるような気持になる。われわれが気にかけている善悪の区別も、永遠という観点からみると、あいまいで、つまらないものとなる。そしてそれと同時に、われわれの心は、普遍的で、偉大で、決して過ちを犯すことのない〈精神〉の一部であることを感じて、高揚する。(9)」

エマソンの心を高揚させた一つの感情は、ぞっとするような危機感であったのではないかと私は思う。これは、地質学と進化思想によって明らかになった自然についての解釈として、慈愛に満ちた動きという思想よりは、人を鼓舞する力がなかったし、宇宙の善意を確信する彼は、この確信を維持するために、この危機感を相手に奮戦しなければならなかった。未来の進化の段階を見上げ、世界の進化改良の確信を深めたとしても、一方では過去の自然の長年にわたる成長を振り返り、すべてが生まれでてきた「深淵」を目の前にして身震いしさえした。何と想像を絶するような「暗夜《ノックス》」と「混沌《カオス》」のなかで進化は始まったことか——野生の活力、野蛮な力、これを洗練することは、まだまだ完成にはほど遠い「改良」の仕事であった。自然は人間とは別のものであったのであり、人間個人の運命とはほとんど無関係の無慈悲な力であった。こうした考えは慈愛を必要とする彼の説を支援するものとは言えず、メルヴィルを思い起こさせるような「信仰の中心にある恐怖」を垣間見させて、冷水を浴びせるものであった。彼は一八四一年に、「自分の幸福が存在の中心にとって貴重である」（W・II・二六三）と言って、「大霊《オヴァ・ソウル》」を賛美した時と同じような確信はもはやいだいていなかった。自然が慈悲深いものであるという信念の背後には、「まだ自覚されるにいたってないとしても、より深い原因」（W・III・七〇）についての漠とした意識がある。

　これは東洋思想、特に仏教の書物を彼が読んだことに呼応して彼の思想が示すようになった傾向であり、またおそらく、グレイが指摘しているように[10]、シェリングの同一哲学をも反響させている。カーペンターとクリスティが明らかにしたように[11]、エマソンが仏教関係の書物を「読みだした」のは一八四六年頃からのことであるが、それ以後仏教について頻繁に言及していることから、深い影響を彼の思想に及ぼしたことが解る。仏教の影響力は、彼の信奉する神につきまとう人格的なものを切り離し、その神と自然が持つと思われた慈悲との密接すぎる関係を断ち切って、その代わりに、すべての現象の背後にある、未知で無名の「一なるもの」を暗示した。この「一なるもの」は、あらゆる人間的価値には無関心で、すべてのものと同一で、しかも何物とも同一でない、精神や物質よりもさらに古くて深いもの、すなわち「人間の不幸に耳をかさず、助けを求めてみても願いを聞きいれることのない巨大な運命」(W・IV・五二)であった。「インドの思想は運命に満ちている。……運命は恐るべき現実であり、われわれの庭の植木草花の間に現われでた地球の中心核である。それは人間が制御することのできない、巨大な底知れぬ〈力〉である。」(JMN・IX・三二三・一八四五)

万物は同一である、すなわちブラーマにおいては万物は同一のものとなり、個人の自由などという考えはすっかり消え失せてしまうということを、アジアが何よりも教えているのだと、エマソンには思われた。これは壮大な考えではあったが、非人間的なものであった。宗教によって人間は一体化する――個人の生を超えて「一なるもの」と同一化する――傾向がある。しかし「自然は仏教徒になることはない。」(W・III・二三六)それゆえかたよらぬ魂プラトンをなぜ彼が賛美するかというと、プラトンが生の二つの極である一と多、アジアとヨーロッパ、思考と行動――すなわち人間生活に必要な二重性――を総合する力を持っていたからである。「私たちの生の中間の領域は温帯である。」(六二・一八四二)

しかしある面では仏教は彼を強く引きつけた。それほど極端でない思想よりも申し分なく、仏教は彼が全面的に運命に服従することの苦痛を軽減してくれた。彼は、正反対の方向に身を投げだし、またこのあまねく存在する「一なるもの」と自分とを一体化させ、偽りの二次的な相違のすべてを超越することによって、彼本来の自己中心主義が徐々に衰えていったことの埋め合わせをすることができた。「私は〈つくる者〉であり、また〈つくられる者〉である。〈宇宙〉の広大さ、ミザール星やアルコル星の桁外れに長い光年も、私にとっては決して途方もないものではなく、長命でもない。……変幻万化する形態のあらゆる海を貫いて、私は真理であり、愛であり、不変の私は、時空を超えるのと同じように形態をも超える。」(JMN・VII・四二八―二九・一八四一)

彼の思想のこうした基調を示しているもののなかでもっとも有名なものは詩「ブラーマ」である。それは実際、一般的に言って、彼がよりラプソディー風の詩の語りを選ぶ時の主題となっている。次の詩は「チャニングに捧げる賦」の一節である。

超越神は
〈正義〉と〈力〉とを結びつける、
・・・・・・
それは強い種族によって弱い種族を、
白人によって黒人を、
皆殺しにする神だ。
（W・IX・七九）

また次は詩「世界霊」の一節である。

気弱いところのない愛、――
・・・・・
運命は障害者や病人を殺し、
最初からふたたびやりなおす……
（一八一九）

同様の内容は、ビーチ教授が指摘しているように、詩「森の調べ」の結末と、クライマックスの部分に示されている。

運動はさらに進行し、
世界の絶え間ない計画を作った、
永遠なる牧神《パン》は、
決して一つの形態にとどまらず、
他のものへと永遠に逃げてゆく、
波や炎のように、
宝石、空気、植物、虫といった形態につぎつぎに変形してゆく。
・・・・・・
彼に似ていれば似ているほど、ますます始末に負えない、——
燃えたつような天使、見捨てられた死体。
汝は彼に何世紀もの間会っている、
そして見よ。彼はそよ風のように消え去る。
汝は地球や銀河のなかに探し求める、
彼はまじりけのない透明さのなかに隠れている。
汝は泉のなか、火のなかにたずねる。

彼はたずねるものの本質、
彼は星の軸、
彼はへげ石の輝き、
彼はあらゆる生物の心臓、
彼はあらゆる顔形の意味するもの、
そして彼の精神は大空である。
しかも大空全体の広がりよりも深く、高い。 （五八―五九・一八四一）

さらにまた東洋思想を取りいれているこの詩と「ブラーマ」には、神のむきだしの力を示す燃える炎の前に屈服するという、昔からのピューリタンの信仰を少なからず暗示しているものがある。「われわれを支配している〈力〉……は要するに、目もくらむばかりの、恐るべき、近寄ることのできない力である。」（JMN・VII・三三二・一八三九）

このようにしてエマソンは、一方では宇宙の慈愛に満ちた動きに依り頼むことによって、自らの黙従的な態度と結びついていた無力感から自分を守った。しかしまた一方では地質学やヒンズー教の書物を読んだことにより、法と燃える炎の間に自らの思想が生きる場所があることを新たに認識するようになった。そしてこのように神の優しさの面が極度に強調されることに対する反作用として、「全能の神《オールマイティ》」の、目もくらむばかりの、恐るべき、近寄ることのできない力を前にすると、人間が昔からいだいてきた畏怖の念といったものが湧いてくるのであった。

第九章

年老いた学者《スカラー》

「私の信条はきわめて単純である」とエマソンは一八四一年に記している。「すなわち〈善〉こそがただ一つの〈実在《リアリティ》〉であり、〈善〉だけを信ずることができ、〈善〉だけをいつも信ずればよいのである。たとえ〈善〉が私を殺すことがあるように思えても、〈善〉は美しく、尊いものであり、ありがたいものである。」「〈善〉以外には、私は何も知らないし、また方法を知らない。私は〈善〉以外にはいかなる方策、処置、気にいった手段、公平な規則を知らない。〈善〉自体が門、道、先導者、行進である。ただ〈善〉を信じ、〈善〉の一部となり、〈善〉になりなさい。そうすれば〈善〉は永遠にわれわれ人間とともにあるであろう。〈善〉はそれ自体超越して存在し、統治し、算術や人間の経験によって計ることのできるような仕方では存在し、統治しないであろう。(1)」

十年間にわたって超越主義をもっとも良く体現してきた彼の生涯の一時期の輝かしい希望は、最終的にはこのような不可知論的な楽天主義に除々に煮詰まっていった。一八四四年の『エッセイ集・第二集』の出版によって、すでに彼のこうした立場はかなりの程度まで形作られていたが、イギリスで講演旅行をするために二度目のアメリカ出国をするまでには、確固とした立場となっていた。この二度目の外国旅行は、彼の思想が発展するのが事実上終えたことを示していると考えてさしつかえないであろう。一八四八年までは広い意味で思想が発展した時期であったが、それから後は思想の収穫をしたのである。

われわれはもはや彼の後年の著作のなかに、青年時代の現実と自らの思想を真剣に調和させようとした時にいだいた、困惑や大げさなためらいの気持を見いだすことはない。超越主義にとっての核心的問題、彼の青年時代の内面の重要な問題は解決されてしまっていた。経験の影響を受けない彼の楽天主義は、それ以上発展する力を失っていた。そして今や「賢明な神」の腕にしっかりといだかれると、自分がはっきりと認めることのできるような人生の主《あるじ》たちの肖像画を描いたり、人生や幸福の状態を示す図表を作ったりして、自らの職務を果たし、この世での自分の時間をのんびりと過ごすこと以外に、することが残っていなかった。こうした仕事においては、彼は素晴らしい視野の広さと平衡感覚、さらに確信と明快さが強まったことを示している。ロバート・E・スピラーが指摘しているように(2)、彼の社会との関わりは著しく広がった。彼は、後期の作品と対照的に、初期の作品に大いにロマンス的な雰囲気を与えていた、ある種の予測できない可能性、計り知れない期待感を失ってしまっていたと言えるであろう。

一八四八年以後に彼の日記に記されている万物を統括する神は依然として自然である。自然はその個々の真実が何らかの仕方で部分となっている全体である。人間の現在の状態は自然の広大な進展の一つの段階である。自らの力が衰退するにつれて、自然の力に対する思いと、自然の進化に対する信仰を支えとして、彼は人生航路を進んでいた。自然の神聖な計画において、人間がいかなる役割を果たしているかを伝えることが、彼の主な仕事となっていた。

万物の背後にあるのは「〈運命〉の力、〈潜在的精神〉の王家の圧政」（J・VIII・四〇六・一八五三）である。彼はほとんどの人間が運命、動物的善の世界に属しているという単純な事実を受けいれた。人間の運命が確定していることによってこそ、より高い天性が作用するのである。自由な人間はまれであるが、彼らにさえも、昔ながらの惰性が生まれながらにそなわっていて、これが天才の発動をいわば処罰してしまう。おそらく五百年にたった一度、精神に約束されている一つの特質を実現するために、英雄が出現する。彼の後年の日記においては、年老いた学者の日常生活において取るに足らないものの役割が大きくなってきたことを、悲しくも認めている点が大きな特色となっている。「今日はじゅうたん、昨日は叔母、おとといはかわいそうなS氏の葬儀。そして毎日書斎で自分がしなくてはならない仕事のことを思いだす――このように人生は引きずられていって、台無しになる。われわれは神々の賛歌に耳を傾けようとするのだが、聞こえてくるのはいつも、書斎の窓のすぐ下の、〈コケコッコー〉や〈ケターカット〉という鳴声なのだ。」（JMN・XI・一六五・一八四九）

　しかしこの人生の収穫期における彼の態度を、物事を取り決めている運命にどうしようもなくただ屈服しているだけである、と述べるとしたら、これほど大きな誤りはないであろう。彼が必然の事実と直面する際に、一段と優しい黙従的な微笑みを浮かべるのは、さい先よく戦いに勝利を収めるかもしれないと思って、満足感をいだいているためであった。全面的勝利の幻影が、もはや自らの目を曇らせることがなくなった時ほど、人間は自らの潜在的な能力を明らかに知ることはないのだ。少なくとも幾人かの選ばれた人間の特権は、自然の下す決定から自由になり、自らの方向は自ら決めることのできる主体となることであった。エマソンの大衆に対する侮蔑は――決して絶対的なものとならなかったとはいえ――時が経ち、人間は皆等しく霊感を受けることができるという信念が弱まるにつれて、はっきりと強まってきた。そして社会の進歩は「少数の有能な指導者」の力にかかっていることを認めた。今や彼は自然的貴族に対する信仰をいだくにいたった。

「教養《カルチャー》によって……自己教育は発達する。」（ＪＭＮ・XI・四五一・一八五二）生まれのよい人間が自己を解放する際に、良い作法の訓練から知性や道徳性の育成にいたるまで、助けとなるのは教養である。イギリスについての彼の論評でもわかるように、エマソンは、カーライルと同様、単なる物質的進歩には心を動かされることはほとんどなかったとはいえ、組織化された社会が自然のままの人間に及ぼす影響に対して、元来いだいていた敵意をもはやいだかなくなった。人間は二面性を持っていて、「一方の戸は地獄の下の日の差さない深淵に向かって開き、もう一方の戸は光に向かって開いていて、両方に属している。」人間は文明の力によって、野蛮から始まって光に向かって登ってゆきながら、完成されてゆく。現代に課せられた仕事は、「精神を〈自然〉に結合し、〈自然〉を精神の支配下に置く……」（ＪＭＮ・XI・三〇一・一八四九）ことである。

しかしながらこの時代を解く鍵となる思想は、人間が、自然を精神の支配下に置きながらも、自然の協力を仰ぐ、ということである。自然の支配下にある人間が望む状態は、自然のより高度な状態、すなわち「〈自己〉と宇宙の合一」（三〇三）である。自然を通じて自然は征服される。「……われわれが尊重しているものは、個々人の〈生来の〉、すなわち固有の特性だけである」（ＪＭＮ・XIV・一七九）と彼は一八五七年に日記に記している。これは「引力、植物、化学」の敵対者であると同時に、次のより高度な段階への上昇であり、変形である。「しかしその本質は、それが生来のものであり、直感により認識されるものである、ということにある。」（一八〇）

われわれは運命と必然とを区別しなくてはならない、と彼は一八五九年五月に、自らの立場を注意深く述べながら説明している。「……運命とは、事物であれ、動物であれ、あるいは知性の毛穴がまだ開いていない人間であれ、知性を持たない無数のものに対して、あの一つの、永遠の、極めて変わりやすい必然が働きかけることを呼んだ名称である。」しかし「知覚が生まれることによって」、人間には「〈意志〉の息が正義と必然に向かって宇宙を永遠に吹き抜け」、「自らを〈永遠なるもの〉の仲間に投げいれる」のが解る。「この意志は本来〈自然〉から生まれたものであるが、〈永遠の必然〉を知覚する……それは知性のなかで生まれる自由である。」自由とは思想の上で、生きた全体と合一することである。「われわれが思想のなかに生まれる輝かしい瞬間に、われわれはいままでよりも高い地位に昇る。今やわれわれはつくられた者ではなく、つくる者となる。」（J・IX・二六一―八・一八五九）

人間を無力にする恐ろしい自然と同じ自然のなかに、人間の力の源があることを明らかにしている、こうした必然という硬貨の二重性は、エマソンの黙従に特別の性質を与えている。それは単に服従であるばかりでなく、力を積極的に主張することである。青年時代の単純な自己中心主義はなくなったとはいえ、人間の力に対する彼元来の信仰の形態は、新しい状況に直面して変質し、それに適合した。彼の人生観は依然としてダイナミックで、持続していた。彼の思想は依然として実行力を伴わないながら、有機的な極性という原理にしたがって、事実と気分が命じるがままに、運命から自由へ、「外」から「内」へと動いていた。

理論上は、もっとも偉大な人間とは依然として英雄又は聖者であり、「意志」を吹きこまれて、秘密の力がそなわった人間である。しかし実際にエマソンが力を個人的に知るのは、事実から新たに思想に目覚めることによって、ふたたび「永遠なるもの」との合一を体験することができる時に、知覚が展開する瞬間である。彼は一八五九年にさえ、「僕を椅子に座らせず、まっすぐに立ちあがらせ、檻のなかにいる虎のように、部屋のなかを大股で歩き回らせるような喜び、そして僕を喜びでぞくぞくさせるような考えを英語で書き留めることができるほど、僕は落ち着いて集中していられない。……もし僕が一時の間、一冊の本や一行の詩が書けないとしても、それがどうだというのだ。僕の目は開かれていて、肯定的な体験が残り、あらゆる苦しみを慰めてくれるのだ」（JMN・XIV・三〇八―〇九）と証言することができた。

人生は冒険、挑戦、期待の連続である。人間は「寄せ集め、ぼろ入れ、焼きなまされていないガラス、全くの不連続」（JMN・XI・三八八・一八五一）であるとしても、また卑しいもの、不条理なものがわれわれの体験のなかで痛ましくも圧倒的な力を持ったとしても、それでも偉大な力と感化力はわれわれを取り囲み、一瞬一瞬が希望に満ちている。若い頃彼の内的生においてきまってみられた感情の動き——すなわち「〈運命〉から〈自由〉に通ずる全く知られていない秘密の小道」（JMN・XIII・四〇四・一八五五）をかすかに垣間見た時の、熱情を燃えたたせる瞬間と、その後のそれよりもずっと長い辛抱強く待つ期間——は後年になっても依然として持続していた。いつもの貧しい暮らしをしている時でさえも、年老いた学者《スカラー》は、道徳的でありまた実際的な航海術を研究し、いくらかの利益を得ることができた。彼は自らの時代の人間の魂の状態の枠組を作ることができた。彼は、それほど希望に満ちたものではなかったが、知性の博物学、「私の心を耕作することのできるような、心の状態の農夫の暦」（JMN・XI・四三八・一八五一）を作りあげるために、メモを書き留めることができた。そして時折心の内奥から射すかすかな光が彼の表面的な活動に輝きを与え、彼はもう一度創造主と完全に一体となった時のことを思い起こした。彼の哲学が楽天的であったとしても驚くにはあたらない。「私はいかなる時にでも満足した気持に捕らえられることがあるかもしれないのに、フーリエ主義者達の集まり、より大きな、遠く離れた幸福の計画が入りこむ余地などどこにあるのか。」（JMN・Ⅷ・三六・一八四三）このような人間は、これまで論じられてきたように、「剣の危険にさらされた天国」(3)にはまず住んでいそうもない。

†

しかしながら彼の後期の思想は、二値論的な世界を暗示しているあのミルトンの詩句が示している人文主義的伝統に、青年期の熱情的な時期よりも近づいている。青年期の思想においては、荒々しい自然に没入することによって「実在」と合一しようとしたソーロウが思い起こされるが、後年期には彼は、自然のもっとも良い点は、人間の教化を受けやすいことであると考えたオールコットに似ている。

こうした人間主義《ヒューマニズム》への転換は決して完全なものでも、明白なものでもない。しかしこうした転換がなされたということは、後年の思想が生みだしたもののなかでもっとも見事な作品であり、彼の出版した書物のなかでもっとも人間主義的な作品である『処世論』に示されている。この作品は一八五一年に連続講演として始まり、五〇年代を通じて、修正、加筆されて、一八六〇年になってようやく出版された。この作品は南北戦争によって、彼の思想とは言わなくとも、彼の時代が終わる前の、一八五〇年代という彼の思想の壮年期の精粋である。『孤独と社会』はそれなりに優れているが、全編を通じて、それほど重要な内容は盛りこまれておらず、彼は自らに課せられた真の仕事は終わってしまったと思っているかのようである。

この五〇年代における彼の思想の人間主義的な傾向は、書物の題名にさえ示されている。『処世論』執筆の大きな目的は、最初のエッセイの冒頭で彼が述べているように、自らの時代を研究することである。しかし彼はすぐに「われわれには時代の問題を解決するだけの能力がない」（W・VI・「運命」・三・一八五二）ことを認めている。人生について一般論を述べることは不可能である。人間は自然の一部であるから、時代思潮の巨大な軌道を測るに足るだけの全体的な視野を持つことはできない。しかし人間は自らの相対的な位置づけをすること――すなわち実際的な目的を達成するために、自らを方向づけること――はできる。「私にとっては……時代の問題は、いかに自分が生きるべきかという処世の現実問題に帰着してしまった。」（三）

この問題についてはいくつかの解決策があり得ることをエマソンは認めている。二つの極端があり、一つは偉大になるように、限界を無視するように説いて、力に超越的に専心し、運命を顧みないことであり、またもう一つは反対に、人間をとりまく限界を見つめすぎて、心を卑屈にする運命論である。実りの多い、人間的な解決策は、「サーカスの曲馬師が馬から馬へ身軽に飛び移ったり、あるいは一頭の馬の背に一方の足を、もう一頭の馬の背にもう一方の足をかけて走るように」（四七）、ちょうど綱渡りをする時のようにバランスをとりながら、両者を均衡させること、すなわち理論的には相いれない正反対のものを実際上調和させることであると、今ではエマソンは考えている。われわれ人間は必然に支配されてはいるが、現実の生活においては人間は、どのような思想上の困難があろうとも、自由をみつめ、自分が自由であるかのように行動しなくてはならない。万物の背後には運命、法が存在し、それによって定められた理法には例外がない。しかし「たえず選択し、行動しようとする衝動が湧きあがってくる。」（三）そしてわれわれは自らの本性を冒瀆しなければ、人間としての名誉を失うことはないのである。

こうしたいくぶんカント的な道を通って、エマソンは、彼の文学様式を作りあげたモンテーニュの立場とそれほど遠くない倫理的立場に移ってゆく。モンテーニュもまた一種の人間主義的な懐疑家である。彼は理性には時代の謎を解く力がないと考えている。しかしまた彼は、「私は一体何を知っているのか」という懐疑的な問いに、それとなく、「いかに生きるべきかは十分に知っている」と肯定的な答えをしている。倫理的には両者はともに、禁欲主義者[4]でも懐疑論者でもなく、ヒューマニストである。両者はともに、経験に関するエッセイにおいて、自らの人間主義的な倫理を詳しく解説しさえしている。というのはエマソンの経験に関するエッセイは、『処世論』を支配している倫理観を最初に、またもっとも明確に述べたものであるからである。「われわれはものの表面で生活している。本当の生活技術とは、表面の上を上手に滑ってゆくことである。」（W・III・五九）

しかしながらエマソンは、この懐疑的な経験論に、第三の次元、すなわち彼が「梯子《はしご》」と呼ぶさまざまな経験の相対的な深さや等級の観念を付け加える。スケートのメタファーの代わりに梯子のイメージをもちいなければならない。真の生活術とは、経験の梯子をうまく通り抜け、尊大にならずに登り、疑念を持たずに落ちることである。彼はかつて望んだように、登ったまま落ちないでいることはできなかったが、償いの年月が経過したことによって、「自らの経験を等級づけ、どの経験がもっとも重要であるかを知る見方」（JMN・IX・二四四・一八四五）が実際身についた。

眠りと目覚めのメタファーがエマソンの超越主義の時代を支配していたのと同じように、梯子のメタファーは後年を支配している。前者の力は対立のために存在したが、後者の力は統一のために存在している。彼の二面性を持った経験の矛盾と不合理とが引きつけあい、どんなに遠く離れていても、共通の価値の梯子の上の二つの段であると想像することで、二つが少なくとも連続している、という幻想は与えられる。ブレアー教授とフォースト教授は、エマソンのエッセイは、プラトンの『国家』の二度二等分された線にもとづいた構造を典型的に示していると論じた。エッセイの例では両者の類似は細部においてははっきりしないが、明らかにこれらのエッセイは、そして後期のエッセイは、かならずといって良いほど、低い方から高い方へ、どこかの梯子を登っている典型的な例となっている。もっともあらゆる梯子に共通する点は、おそらく梯子が結ぶ役割をしている両極端があることではあるが。このイメージは彼の後期の現状肯定的な心の態度を表わし、強く支えていた。というのは、自らのより低い自己を超越しようと努め、またこうしたことはできないことであると考えなおすと、それを否定することができずに不満な気持になったが、それと同じように、自らの複合的な自己を受けいれた時、自らのより高い自己が取り残されることは決してあり得ないと考えて、元気づけられ、また励まされた。そうした時彼は、「表面はいらだたしいが、静けさが根底にはある」(JMN・VIII・三九七・一八四三)ということに気づいて、くつろぐことができた。

彼の「梯子」倫理の二大原理は、「釣り合い」と「上昇」である。人間は「〈宇宙〉のあらゆる存在と事物の重要性を正しく測る」ことを学ばなくてはならない[5]。その目的は、いくらかの経験が必要であるとしても、さまざまな事柄を幅広く経験することによってよりも、むしろ個々の異なった事物がそれぞれどの程度の思想の深さを要求するかを比べてみる、という習慣によって達成される。割合の感覚はつまらないことに悩まされている時に、人の信仰と冷静さを守ってくれる。人はこうしたものが一時的なものであり、より深い経験がその背後にあることを知っている。しかし同様にそれは超越主義の極端からも人を守ってくれる。というのは梯子の下の段もまた、その重要性を正しく測られなくてはならないからである。「ワインとハチミツはうまいが、米と挽き割りトウモロコシもまたうまい。」(JMN・VIII・一〇四・一八四一)

一八五一年か五二年に書かれた詩「日々」が、F・O・マシーセンが指摘したように、表現は単純であっても、気持はあいまいであるように思える理由は、おそらく明らかにエマソンが、超越主義の精神状態にもどり、自然美に見とれているうちに、朝の願いごとを果たすことが何となくできないでいることに、繰り返し自責の念を表明している点にある。しかし実際にはこの詩は、梯子という反超越主義的概念の影響を受けて着想されたのであり、超越主義詩人の自己非難に対してなんとか自らの答えを示そうとしているのである。日々は一列になって続々と、木々に囲まれた庭の心地よい隠れ場所にいて見とれている詩人のそばを通りすぎてゆく。

日々はめいめいに望みの贈物をしてくれる、
パン、王国、星、またそのすべてを包む大空などを。（W・IX・二二八）

こうした贈り物の程度において、「あらゆるもの」が人間生活の構成部分であることを暗示していると感じることはできないであろうか。人は一つを選び、他を捨てることを求められてはいない。人はあらゆるものを調和を保ちながら選び、享受すべきである。常に他の日々もあるであろう。詩の後半になってはじめて日々の隊列は、勝敗が明確となる「一日」となる。そして詩は言葉の表現から神話へと変化する。この部分もまた彼の経験から発したものであるが、同一の詩の中に二種類の経験があったことがそれとなく示されている。

もし梯子が均衡を暗示しているとしたら、それはまた上昇をも暗示している。梯子は主に登るために使われる。エッセイ「プラトン」において彼はこの含意を適切に強調した。「あらゆるものが一つの階段をつくっていて、どこから手をつけても、ともかく上へ上へと登ることになる。……万物はひたすらに上へ上へと登り続けるのである。」（W・Ⅳ・六八−六九）人生の大事な秘訣は、低い方から高い方へと事物の梯子を登ることを覚えることである。こうした上昇はおもに理知の問題となる。それはわれわれが象徴的にものを見、精神の中で現象から「実在」へと登る時に達成される。すべての人間の意識は神からちりへ、パンから空へと滑動する梯子である。事情が許すかぎり、人は事物をこの梯子の階段として使い、理想が達成されたことが分かるまでは、できるだけ上へ登ることを学ばなくてはならない。そうすれば人間の状況が許すかぎり、自由に近づくであろう。また力の梯子が存在し、そこでは道徳的心情が最上段にあることをエマソンは否定しない。しかしそれは英雄が登る道であり、彼が登る道は思想を通じてである。

梯子を登ってゆくというメタファーは、「改良」すなわち人間の上昇しようとする努力という観念の形をとって『処世論』全体を支配している。表面的には、エマソンが自然にみたラセン状に上昇する動きから取りいれた進歩の考えは、本質的に人間主義的な概念であるように思える。自然の上昇し、改善しようとする有機的発展の努力に匹敵するのは、人間の「より良いもの」を目ざそうとする欲求である。人間の目的は人格を成長させることである。自己を信頼することができるというエマソンの信仰は、自己を改善することができるという信仰になった。運命と自由は、彼の思想においては依然として和解しないままであるが、今や自由は超越主義的偉大さを理念の上で解放することではなく、ヒューマニストに本来そなわっている相対的な選択能力となる——すなわち超越主義者が主張するほど絶対的な自由ではないにしても、自由が現実に存在するという強みを持った自由となっている。

これらのエッセイの標語はふたたび「教養《カルチャー》」(6)である。彼が理解している教養という仕事とは、人間本来の活力に磨きをかけ、解放することである。人間なら誰にでも、本性として、世の中の仕事を成し遂げようとする独特の心的傾向、独自の欲求がそなわっている。いくぶんかの原始的活力は生命の泉であり、原動力である。例えばアメリカを文明化しようとする仕事は学者《スカラー》の仕事ではなく、全くの力づくでなすべきことをする、身勝手で、粗暴で、機敏で、邪悪であることもまれでない人間の行う仕事である。生きようとする力はすべて、この原始的な活力から生まれでてくるのであり、それなしには男らしさというものは存在し得ない。「……教養の目的は、これを破壊するのでは断じてなく、修練して一切の障害と混合物とを取り除き、純粋な力だけを残すことである。」(W・VI・一三四・一八六〇) 教養は人間を過大視することなしにこれを達成する。教養は「自己中心主義の病」を取り除き、人間を社会に結びつける。「わが学徒は独自の風と確固たる信念とをそなえ、自らの特性を身につけていなければならない。だが一度身につけたならば、それを自分の背後に隠しておくべきである。彼は包容性、すなわちあらゆるものを自由で束縛のない目で見る力をそなえていなければならない。」(一三四―一三五)「教養は、信頼できる最高の思想を通じて、人間は親和の性質を持っていることを教えてくれるものであり、その親和が、自らの性質の秤のなかで圧倒的な力を示している一本調子の過激な調子を弱め、それによって自己に対する戦いを助けてくれる。」(一三六―一三七)

そしてわれわれはいかにして教養を手にいれるべきなのか。その問いに答えるためにエマソンは自らの書物を書いた。教養は常にそうであるように、人生のあらゆる面に潜んでいる。われわれに学ぼうとする気持があるならば、どんなものでもわれわれを教育するであろう。財産の管理学である経済学の世俗的な問題の背後に隠れている教訓のことを考えてみたまえ。人はそこからまさに教養の第一の原理である魂の経済学を学ぶのである。「金を使うのは力を得るためであって、快楽を得るためではない。それは所得を投資すること、すなわち特殊なものを集めて一般的なものに変え、一日一日を重ねて――文学的にも、情緒的にも、実際的にも――人生の完全な一時期たらしめ、そして投資をしながらますます上昇してゆくことである。」(一三五)「真の節約とは、常により高い次元のものに金を使うことである。飽くことを知らぬほどの貪欲さで投資につぐ投資を重ね、しかも動物的な生存を増し加えるのではなく、精神的なものをつくりだすために金を使うようにすべきである。」(一三六)それゆえエマソンが、成功、財産、教育、宗教、芸術――といった、時代のそれぞれの主要なテーマを検討する時、彼はいつも、あらゆる段階において、処世のためにどのような教訓が隠されているかを、用心深く見つけだそうとしている。依然として最上位には、孤独に英雄的行為を行う気高い人間達が位置している。しかし彼らといえども多くの部分から成る全体の一要素にすぎない。

人間主義にはすべて共通しているように、エマソンの教養の倫理は本質的には貴族的である。それは優れた人間、生まれの良い人間のための倫理である。教養の基盤として必要なものは自然の持つ利点である。自らの青年時代の超越主義的民主主義、すなわち人間なら誰にでも偉大なるものが潜んでいることを認めなくなったわけでは決してないが、それに対して興味がなくなってきたのが読みとれる。今や彼のテーマは貴族主義となっている。彼の貴族主義とはもちろんジェファソン的な自然的貴族主義、すなわち人格の貴族主義のことである。しかし彼の書物には階級的な意識がないわけではない。彼は「最善の人達」のために、また彼らについて書いている。彼の話題は、成功している中産階級の人達が当然関心をいだいていること――「力」、「富」、「教養」、「道徳」と「礼拝」、「行動」、「芸術」――である。彼の本の効用は、成功している階級の日常的な関心事を取りあげ、それを次々と精神の世界にまで高めて、道徳的で個人に向けられた言葉に翻訳することである。彼の書物は紳士のための福音である。

講演「教養」によって、彼の聴衆、とりわけ彼がもっとも多く講演を行なったボストンの聴衆に、ある種の変化が起こったことが解る。一八四四年にカーライル宛の手紙に書いたように、エマソンの読者は、「きわめて静かで、質素で、無名でさえあった階級、……若いか、そうでなければ神秘主義的な人達」[7]が圧倒的に多かったのが、その後の十年間に、「文学界や上流社会の人達」で、彼に興味をいだき始めた人達の数がますます増えた。彼は上流階級の口調で語ることは決してなかったが、意外にもと思わせるほどに、上流階級の人達の口調に合わせて語るようになっていた。次第に彼の講演の聴衆は、社会の堅実な、成功した人達の数が多くなり、かつては彼が代弁していた若者や神秘主義的な人達の数は少なくなった。一八四〇年にブラウンソンを喜ばせた、孤独な「ロコフォコ主義者」（一八三五年に結成された、ニューヨーク市の急進的民主党員）は、ホームズ（アメリカのエッセイスト・医学者。一八〇九―九四）が回想記で描いている、礼儀正しく穏健な「土曜クラブ」の中心的人物になった。常に彼独特のものであると同時に、女性のように周囲の状況に敏感なエマソンの思想を鏡に映してみると、彼の思想の領域が、超越主義に対する一時的な関心からお上品な伝統へと変わってきているのが見える。すなわち改革の代わりに進歩、自己信頼の代わりに教養、偉大なるものの代わりに人格へと。ブルック・ファームとステイト通り、改革者と保守主義者、若者と老人とが、増大する収入をより高い次元のものに投資する義務があることを両者がともに認めながら、和解している。

しかしながらエマソンは常に自らの二元論を保持していた。彼の人間主義の背後には彼の超人間主義が存在している。人生はできるかぎり上手に遊ぶべきゲームではあるが、賢明な人間はゲームの背後に、「名のない遍在者」というゲームの創案者が存在しているのを認める。倫理、経済、処世の領域の背後には、ただ一つの「生命」の孤独な世界が存在している。それは永遠の「活力」を流出させ、また不変の法をつくり、それにしたがう。人間の生は神の「生」がつくりだすドラマである。人間の自由は運命のなかに包み込まれている。『処世論』における関心の一つの極が、徳と教養という積極的、人間的な極であるとするならば、もう一方の極は、自然と必然という静観的な極である。後者が「運命」、「礼拝」、「幻想」などのエッセイの主要な関心事である。

「幻想」は一時的なものから理念的なものへと、つねに自己認識の移り変わりがみられることをもっとも良く表わしている。このエッセイは観念論から唯心論へと移ってゆく『自然』にみられるパターンをもう一度繰り返している。もっともこのエッセイを支配している二極対立は、「自然」に関する第二のエッセイにみられる「運動」と「休止」になってはいるが。万物は流動し、変化する。すなわち幻想が現実世界の主《あるじ》である。ここで表明されている思想は、彼の懐疑的なエッセイに示されている思想と同じであり、それらと同様に幻想の意識を駆りたてるのは主観主義の思想、すなわち「この壮大な歴史の遊戯とその舞台は、君自身から放射されたものである……」（W・VI・三八・一八五二）のではないかという若い頃からひそかにいだいていた疑念である。「バークリー哲学」のセイレン（ギリシャ神話：美声によって船乗りを誘い寄せ船を難破させたといわれる半人半鳥の海の精）の美声は依然として荒涼とした岩から彼を招き寄せてはいる——しかし今では彼はより安全な港をめざして進んでいる。「経験」においては幻想の経験は同化されていなかったが、「幻想」においては同化されている。「経験」では、不動の事実を強力な信仰で処理する態度をとっていたが、その結果として生じる思想面での混乱には必ずしも気づいていない様子であった。「幻想」においては、幻想にもまた独自の法則と限界があることを発見している。

一つには「ものを学ぶには方法があること、幻想には一定の段階があり、階級の上に階級がある。」（三八）「五感のまどわしがあり、熱情のまどわしがあり、心情と知力が作りあげた、人間に益となるまどわしもある。」（三九）幻想の雲は調査され、秩序を与えられている。さらに人間全体が幻想ではないか、どのような経験をしてもわれわれ人間は変わらないのではないか、というかつて幻想から生じていたもっとも大きな不安が消えた。幻想は、「私たちがものを学ぶのは象徴や間接的方法による。……」（三八）ということを教えるものとなった。たとえわれわれが夢から夢へと目覚めるのであっても、目覚めの後には上昇がある。

そして何よりも運動には休止が対極としてある。人生のもっとも重要な事実は、予想することのできないわれわれの気分のたわむれのなかに隠されていることも時にはあるかもしれないが、常に眼前に存在しているのである。「道が急に上り坂になると、山脈やあらゆる山巓《さんてん》が姿を現わすが、それらの山々は一年中私たちのすぐ近くにあったのに、私たちは全く気がつかなかったのである。」（三三）その時明らかになるのが変転流動を支配している「法」である。「青年は……自分が、かなたへこなたへ揺れ動く大群衆のなかにいて、その群衆の運動と行動にしたがわねばならないと思っている。自分は哀れな、孤児のように見捨てられた、取るに足らない人間なのだと思う。狂乱した群衆はこなたかなたへとなだれを打って揺れ動き、たけりたちながら、あれをしろ、これをしろと命ずる。……そして、やがて、ほんの一瞬空が晴れ、雲の切れ目が現われると、神々は今までどおり、彼のまわりでその玉座に座しているのだ——神々だけが孤独な彼と向かいあって。」(三二五)

「法」が万物を支配している。東洋の「マーヤー」(ヒンズー教で、現象界を動かす原動力)が介在しているのにもかかわらず、青年時代の宇宙に対する思索における核心と同様、「徳こそがただ一人の君主である」(8)という核心は同じである。それゆえエッセイ「礼拝」は、エッセイ「償い」と同じく、「目に見えると見えないとにかかわらず、万物に行き渡り、支配しているあの単純でしかも恐るべき法」(三二五・一八五四)に対する信仰をはっきりと示している。道徳科学の古い概念から彼は、人間は現在の状態で判断され、善は常に報いられ、悪は罰せられ、道徳知覚力に対する服従が礼拝の核心である、という古い教訓を引きだしている。「われわれは本来の性質にしたがった行いをする。また自分が行うのと同じように、人からも扱われる。われわれは自らの運命をつくる者である。偽善、虚言、自分のものではないものを得ようとする試みは、たちまち挫折し、無駄に終わる。」(三二)

「法」の崇拝は、自らの存在の解くことのできない謎を前にする時、エマソンにとってもっとも重要な精神的支えであり、基盤であり続けた。しかし崇拝は変わらぬままであったとしても、崇拝者エマソンは変わっていた。田舎の若いユニテリアン牧師が、道徳律という鍵によって初めて宇宙の錠を開けようと試みて以来、二五年間の思索は遺産を残していた。「実在」の本質について意見を述べなくてはならない人間とは一体何物であろうか。

さまざまな形でわれわれは
神が無限の存在であることを言い表わそうとする、
しかし無限なるものには形がない、
そして「普遍者である友」は
虫より勝ると同じように
天使よりはるかに勝る。

（W・IX・三五九・「ボヘミアン賛歌」・一八四〇）

神は本当に「友」であったのであろうか。人間が作りだした区別はどんなものでも、善悪の区別さえもが、意味を持たなくなるような事物の核心にある「力」の感覚は、信仰が起こり得ないほど遠い所から、彼の理想とする愛と徳の天空に、しばしば「耐え難い寒気」の風を送りこんだ。

その時彼は、あらたな海、すなわち不可知論信仰の海に沈みこんだ。万物は等しく神性に満たされている。隠れた意志は現われた意志を飲みこんでしまう。法はどんなことがあっても、達成せずにはおれない目的を達成する。生ける「天」は、

ただ一人、もくもくと働き、
自らの墓穴を掘る日々も恐れず、
滅びによって成長し、
反動と後退のなかにひそむ

あの高名な力によって、
炎を凍らせ、氷を沸騰させる。
「罪」で黒ずんだ腕を使って、
「無垢」が座る銀《しろがね》の座を鍛えあげる。

（W・II・二三九・一八四六）

運命は善であると盲目的に確信して、運命に身をゆだねることにより、破滅することはできなくなった。

このように運命に身をゆだねることとは、彼が時間と境遇について真剣に論じた最後のエッセイ「運命」の結論となっている。彼は相矛盾する二つの事実があると主張することから始めている。「私たちには、境遇と生命という二つのものがある。かつて私たちは、積極的な力こそ一切だと考えていた。しかし今では、消極的な力、すなわち周囲の状況が残りの半分をなしていることを知った。」（W・VI・二五・一八五二）「人間の自由も真実なら、宿命もまた真実である。……どうしたらいいのであろうか。」(四) 改良という解決策が暗に示されれ、しかるべき重要さが与えられている。超越主義的により大きな力を得ることによる解決策が述べられてはいるが、力を獲得するという問題は依然としてあいまいである。必然という事実と釣り合いをとるために、道徳的自由という明白な事実が述べられている。しかし彼の最終的な解決は、「宇宙と自分との関係を頼りに元気を取りもどすべきだ。わが身の破滅により、〈宇宙〉が利益を受けることになるのだから。苦しみ悩む悪魔を捨てて、神に味方するべきだ。神は彼のなめる苦痛によって万人の利益を守るからである。」(四七)人間の理解力を超えている「法」の完全性は、個人のあらゆる限界の埋め合わせをしている。「私たちは〈美しい必然〉の前に祭壇を築こうではないか。一切が一つのものから成っていて、原告と被告、敵と味方、動物と惑星、食べられるものと食べるものは、同じ種類のものであることを保証するのが〈必然〉なのだ。……なぜ私たちは野蛮な自然の力に押しつぶされるのを恐れなくてはならないのだ。私たち自身、同じ元素からできているのに。……〈法〉が存在のすべてを支配している。この〈法〉は叡知あるものというより、叡知そのものであり、人格的でも非人格的でもなく、言葉を侮蔑し、人間の悟性を超越している。個々の人間を一つに溶かし、自然に生気を与え、しかも心の清い者には、おのれにそなわっている全能の力に頼ることを求めるのである。」(9) (四九)

このように必然に支配された自由というのが『処世論』の最終的な教訓である。人間の法と事物の法とは同一のものからできていて、自由は服従のなかにのみ存在する。「こうして人生の究極の教訓、自然万物と諸天使とが声をあげて歌う合唱は、自ら進んでなす服従、必然に支配された自由ということである。人間は世界と同じ原子でつくられていて、世界と同じ刻印、性質、運命を身に帯びている。人間の精神が明るく照らされ、心が寛大な時には、自ら喜んで宇宙の荘厳な秩序に身を投じ、知識を持ちながら、石塊がその構造上行なっていることを行うのである。」(三四〇)

エマソンの反抗の精神が、「自分はいつも〈負け〉ているが、〈勝つ〉ように生まれついているのだ」(JMN・VIII・三八・一八四三)という挑戦的な言葉で要約できるのと同じように、彼の黙従の精神は、彼の「自然」についての二番目のエッセイにある、「勝利がどちらの側に訪れようとも、われわれは勝利の味方である」(W・III・一九五)という文に要約されている。

第十章

結論

老齢はエマソンを静かに訪れた。六一歳になった時、彼は日記に、「自分の内部には、しわや使い古した心はなく、まだ使い果たされていない青春がある」（J・X・四三・一八六四）と記した。しかし年をとったという事実が他人に明らかになる前に、彼は自らの力が衰えたことを自覚し、美しい詩「ターミナス」を朗読して息子エドワードをびっくりさせ、その詩のなかで正式に「今は老いる時である」（W・IX・二五一・四八九‐九〇）ことを認めた。力の衰えは少なくとも五年前にははっきりとした徴候となって現われていて、その時彼は日記に、「以前にはほとんど毎日つけていた日記をつけなくなってから、今ではもう一年以上になるに違いない。頭のある人間にはめったに会うことがないし、そういう人に会っても、会ってよかったことがない。時々はもう自分には新しい思想がわかず、自分の一生はもう終わりだと思うことがある」（JMN・XIV・二四八・一八五九）と記している。

南北戦争の危機は、彼の老いが進行するのを止めると同時に、老いを確実なものにした。彼は南北戦争に際して、自らの道徳的情熱が入っているもっとも深い容器の栓を巧妙に抜こうとした。彼は心の奥底では人間が二重性を持っていることを認めたことは一度もなかった。しかし今や彼は、ともかく国家から邪悪な癌《がん》を切り取るための聖戦に参加することができた。依然として彼は学者である自分は役に立たない人間であると思い、口先だけの人間を軽蔑し、自らの個人的、人間的限界のために何もせずにいなくてはならないことに愚痴をこぼしていた。この聖戦が推進されることにより、彼の文学的技量が実際面で使われても非難される余地はなくなった。彼は型通りの成功を表面的なものとして軽蔑した。「戦争は人間の性格を探りだすもので、私や世間が無罪放免にする人達、つまり、その人物の本質と正直さとが自然に現われるような人達を無罪放免にする。」（JMN・XV・一四八・一八六二）彼は日常生活を覆っている陳腐さと幻影から発する毒気に憤慨していた。戦争という強風を受けて、「一切の気流と飛雲は、熊や山や竜などさまざまな形をとりながら消えて見えなくなり、理性と正義のはっきりとした道がこれを最後にふたたび現われる。」（J・IX・四二九）

戦争は神の審判のように国家を襲った。「戦争により国の真相を暴露させ、苦しませ、崩壊させよ」（JMN・XV・三〇〇）と彼は叫んだ。そしてその後で、「こうしたせわしい、だらしのない、目的のない生活をしているわれわれには、偉大な瞬間などたびたび訪れはしない」（三四九・一八六三）と記した。大量殺戮《さつりく》が終わった時、彼は戦後現われた新しい時代は、「犠牲が必要とされたならば、この世代のすべてのアメリカ人男性の命が、世界のために犠牲にされるだけの価値がある時代である」（W・XI・三四五・一八六五）[1]とハーヴァードの集会で語った。彼よりも若く、温かみのある、メルヴィルやホイットマンとは違って、彼は、ヘミングウェイの言葉をもちいれば、「戦争を心で感じる」ことは決してなかった。正義の戦争に参加しているという熱狂が、残っていた彼の理想主義の最後のたくわえを使い果たしてしまい、炎が燃えつきた時、彼には新しい時代に対して述べることは何も残っていなかった。エマソンを、自らの理想を実現するための現実的問題から離れて、超然とした態度をとっていたと非難する人達がいるが、彼らに対しては、彼が最終的には戦争に関与してゆき、自らの本質を犠牲にさえしたという事実が、もっとも強力な反論となる。

実際には彼の創造的生活は戦争後数年間続いていた。一八七五年になってキャボットが、エマソンの原稿をもとにした新しい本の出版の準備をする手助けをしてもらうために呼ばれた(2)。もっともしばらく前からエマソン一人ではこうした仕事ができなくなっていたことは明らかであったが。おそらく一八七二年の彼の家が火災にあった日が、彼の内面生活が終わったことを示す時と考えるのがもっとも適当である。その後は、記憶力、集中力が次第に衰えてゆくにしたがって、現世への執着もなくなってゆき、ついには自分自身の作品を、自分が知らない人間が書いた本のようにして読んでいる老人の話を最後にして、死を迎えるのである――「そして娘が部屋に入ってきた時、彼は微笑みながら顔を上げ、『いやあ、これは実に良い本だよ』と言った。」(J・X・四七六)

彼の作品に記録されている人生、これらの作品の頁が語っている物語は、本質的には単純なものである。図式的に述べるならば――ヒュームがエマソンの歴史的キリスト教に対する信仰を打ち壊した後は、コウルリッジが代わりに「魂」に対する信仰という新たな信仰を与えた。その変化は、超自然主義が失われ、神と自然とが融合したことを意味した。しかしながらカルヴィニズムの基盤であった、神と人間とを完全に区別する宗教観は、容易には取って代えられることはなかった。エマソンは「経験」と「実在」とを区別し続け、自らいだいた新しい信仰を、コウルリッジの言葉によれば、「たしかに来世であるが、現世にある来世」(J

MN・IV・三四〈3〉の啓示であると解釈した。したがってそれは彼には至福千年を保証するもののように思われ、道徳的革命が間近に迫っているというヴィジョンで彼の想像力を酔わせた。彼は偉大な救世主が出現し、その時には「自己」は正義の支配する神の世界に入ってゆき、巨大な世界が自分の回りにやってくるであろう、という夢をいだいていた。こうした信仰のお祭り騒ぎが、超越主義者としての彼の青年時代を特色づけている。

しかしながら神学上の習慣に支えられていたにすぎない、千年王国に対する彼の期待の念は、すぐに弱まってしまった。千年王国の実現は本来不可能であるという事実が重くのしかかり、初めから一種の夢のような期待であった。彼は自らの新しい信仰が、すべてのキリスト教が苦労して取り組んできた、人間の救済の問題に決着をつけてくれると考えた。しかし彼は「内なる神」には、自らの人間としての限界に作用を及ぼすような力は何もないことを知った。この認識を早めたものの一つは、偉大なるものに対する彼の熱望にひそんでいた根元的な自己中心主義で、これが冷静な彼自身の精神のなかでも、彼の熱望に破壊的な調子を与えたのであって、そのことは「神学部講演」が聴衆に与えた印象がある程度確認してくれる。さらに社会改革家たちは何もできない無益なものという考え、また大きな行動は邪魔になる、静かな学者の生活への断ちがたい愛着などのために、彼は人間の限界を早くに認識したのであった。同時に彼の自然観は、自己との密接な関係を一層受けいれがたいものにするような仕方で広がり、深まりつつあった。時が経つにつれて、エマソンは超越主義的な「自己」と、時間の流れと状況の上に漂っている現実の取るに足らない個人との対比を、はっきりと自覚するようになった。信仰のお祭り騒ぎの埋め合わせは懐疑論が行なった。

しかしながら彼の思想においては、経験が「実在」に対して最終的には優位に立ったとしても、彼の信仰を打ち壊すことはなかった。彼の信仰は経験、すなわち「内なる神」の直接的経験にもとづいていて、相矛盾する事実を前にして揺れ動くことはあり得なかった。しかし彼の自然主義が成長するにつれて、彼はますます青年時代の自己中心主義から後退し、自己と自然とを同一化しようとする傾向をみせていった。そして人間もまた不可分の一部となっている自然全体の秩序の上に、自らの信仰の落ち着き場所を見いだした。彼の「自己信頼」の倫理は職業の倫理となっていった。偉業を成し遂げたいという彼の大望には、黙従と楽天主義とが取って代わった。こうした転換は、人間の可能性に対する信頼と人間の限界の認識との間に生ずる矛盾から彼の信仰を解放し、「〈善〉こそがただ一つの〈実在〉である」という不可知論的な確信を保持できるようにした。最終的に到達した楽天主義は、賢明で、均衡のとれた経験主義に彼を導いた。それは人間の状況に関する客観的な報告であり、真のヒューマニストの倫理であった。しかしそれは、彼の青年時代の世間に対する超俗的な抗議が挫折したことを意味し、この挫折は平穏な後年期を通じて、望みが実現されなかったという暗い影を投じることになった。

これほど熱心なモラリストであり、またこれほど正直な人間であるエマソンが、「根底では彼は詐欺師であり、感傷的な人間である」(4)というアイヴァー・ウィンターズの気難しい非難をまともに浴び、エリオットの言葉によれば、彼は「すでに邪魔物」(5)になっている、と結論づける批評家、読者の数がますます増大しているという状況に陥ってしまったことは、皮肉であり、またいささか痛ましい心持がする。彼の信仰の論理は彼の思想全体を受けいれることを求めるが、われわれの悲惨な時代においては、それは有益であるというよりはむしろいらだたしいものになっている。彼の思想のあらましは消え失せた過去からとった挿話のように見える――すなわち彼の青年期の挑戦は、「現代哲学」の姿を装ったことが見え透いている、プロテスタントの完全主義の最後の爆発であり、最終的に到達した黙従は、精神の上では、ジェイムズ（ウィリアム・ジェイムズ。アメリカの心理学者・プラグマティズムの哲学者。一八四二―一九一〇）が穏健な決定論と呼んだ思想に近いものである。そして今では両者はともに、思想の発展史上においては廃れてしまっていて、ふたたび支持されることはあり得ないと思われる。

しかし依然としてわれわれがエマソンに時間と注意を傾けたとしても間違ってはいない。われわれは、どのような芸術家に対しても同様であるが、人間としての本質と思想家としての分類とを区別しなくてはならない。例えば、彼が武器として選んだ思想がわれわれが選ぶ思想でないからといって、「プラグマティックな気分」と呼ばれてきた、思想の実際的、個人的「直接性」という彼独特の観念を見落としてはならない。また、悪は恩恵をもたらすと考えることが、われわれよりも彼には容易であったからといって――まして、われわれにとって不面目なことだが、彼の義務感が不快に思えるからといって、われわれは彼の生活や著作に示されている高潔で廉直な精神を軽蔑してはならない。言論の様式が変化したからといって、今日でもなおわれわれが遵奉すべき個人主義の原理を、彼が明確に表現したことにわれわれは心を閉ざしてはならない。そしてまた、そうした状況の埋め合わせをするために、彼が不可知論的な楽天主義への道を選んだからといって、アメリカの情勢や人間の状況についての彼の鋭い「所感」の価値を見くびってはならない。ジョン・ジェイ・チャップマンは、「彼は人格としてのみ重要である」[6]とエマソンについてのすばらしいエッセイに記している。「……われわれは彼をただ一人の人間としてみなし、また扱わなくてはならない。」

私は、この引用の言葉を信条にして、彼が世間に示した平静な態度の背後に、あまりにも見事に隠れている内面の生のドラマに光を当ててみたい、と望んできた。彼の思想人生は、広く一般に説明されているように、平穏で波乱のないものではなく、また商品のように、無作為にサンプルを摘出することによって、定義し、評価されるべきものでもない。妥当性という問題は別として、彼の思想には、それぞれがお互いにダイナミックに関係し合っているという点に、本質的に興味をそそるものがある。彼の思想は、論理的構造を持っていないにしても、独自の構造を持っていて、始まり、中間、終わりがある。それをたどることによって、困難に直面すればいつも、より優れた想像力によって、思想の世界を自らのものにしようとして、自己同化作用が働く過程が観察されるのである。

われわれが著述家としての彼の特質を正しく評価できるのは、このように「思想の発展段階に即して」彼をみる時だけである。彼の文体には表面的には形式的なところもあり、彼を自己表現に駆りたてている、アンデス山脈の地底の炎を包み隠してもいる。もし彼のことを、ただ一人プラトン的な抽象観念をもて遊んでいる、オリンポス山の予言者であるとみなすならば、それは誤りである。彼の著述力は、すばらしいものであるとはいえ、職人的な技術から生まれているだけでなく、強制と反駁、啓示と疑念、栄光と恐怖といったものの対立からも生まれているのであって、この対立が想像力のなかで火を噴き、彼にこの対立を明確な形に表現させたのである。天才はこのように必要性に迫られて生まれでるものである。こうした天才の力があるため、彼の書物は今後も読み続けられるであろう。

さらに、彼はわれわれに対して何も語るべきものを持っていない、というのは真実ではない。彼は、これまでの作家のほとんど誰よりも率直に、人間の尊厳を信じていた。人間には精神的に成長するための無限の能力がそなわっていて、洞察、偉大、徳、愛の面で、持っているかぎり最高のものを発揮するようにとたえず求める感化力に取り囲まれている、と彼は思っていた。今日われわれは、われわれ自身やわれわれの世界をより軽蔑して、また疑いなくより現実的に考えている。しかしわれわれが自尊心をいくらかでも保持しているかぎり、エマソンの著作全体に活力を与えている人間信頼に——いくら考えなおしてみても——われわれの心のなかの何物かが応じなくてはならないのである。エマソンを完全に拒絶することは、人類を拒絶することになるからである。

エマソン年譜

一八〇三 (五月二五日) マサチューセッツ州ボストンに生まれる。
一八一一 (五月一二日) 父ウィリアム・エマソンの死。
一八一七 (九月) ハーヴァード大学入学。
一八二一 (八月) ハーヴァード大学卒業。
一八一八〜二六 学校で教鞭をとる。
一八二五 (二月) ハーヴァード大学神学部大学院入学。
一八二六 兄ウィリアムがドイツ留学より帰国するが、牧師職は断念する。
スウェーデンボルグ主義者サンプソン・リードの『精神の成長に関する考察』を読む。
コウルリッジを初めて読む。
(一〇月一〇日) 説教者の資格を取得。
一八二六〜二七 (一一月〜五月) 南部旅行。
一八二七 (三月) アシール・ミュラと出会う。
一八二八 弟エドワード、精神異常の発作。
一八二九 (三月一一日) ボストンの第二教会の聖職就任式。
(九月三〇日) エレン・タッカーと結婚。
一八二九〜三一 コウルリッジ再読。
一八三〇 エドワード、療養のため西インド諸島へ。

一八三一　(二月八日) エレンの死。
一八三二　(一〇月二八日) 第二教会がエマソンの辞任を認める。
一八三二〜三三　(一二月二五日〜一〇月七日) ヨーロッパ旅行。
一八三三　(八月二五日) カーライルと会見。
一八三三〜三四　自然研究に関する初期の講演。
一八三四　(一〇月) コンコードに移る。
(一〇月一〇日) エドワードの死。
一八三五　「偉人伝」について連続講演。
「偉人の基準」(一月二九日)、「ミケランジェロ」(二月五日)、「マルティン・ルター」(二月一二日)、「ジョン・ミルトン」(二月一九日)、「ジョージ・フォックス」(二月二六日)、「エドマンド・バーク」(三月五日)。
オールコットに会う。
(八月二〇日)「イギリス文学の上品な趣味を吹き込む最上の方法」について講演。
(九月一四日) リディア・ジャクソンと再婚。
一八三五〜三六　(一一月五日〜一月一四日)「イギリス文学」について連続講演。
ソーロウと出会う(?)。
一八三六　(五月九日) 弟チャールズの死。
(九月九日)『自然』出版。
(九月一九日)「トランセンデンタル・クラブ」第一回会合。
(一〇月三〇日) 長男ウォルドー生まれる。
一八三六〜三七　「歴史の哲学」についての連続講演。
「序論」(一二月八、一五日)、「科学の人間性」(一二月二二日)、「芸術」(一二月二九日)、「文学」

一八三七　（一月五日）、「政治」（一月一二日）、「宗教」（一月一九日）、「社会」（一月二六日）、「商業と職業」（二月二日）、「風俗」（二月九日）、「倫理」（二月一六日）、「現代」（二月二三日）、「個人主義」（三月二日）
（六月一〇日）ロード・アイランド州プロヴィデンスのグリーン・セイント・スクールで教育について講演。
（八月三一日）ハーヴァードのファイ・ベータ・カッパ学会で「アメリカの学者」講演。

一八三七〜三八　「人間の教養」について連続講演。
「序論」（一二月六日）、「手の教養」（一二月一三日）、「頭」（一二月二〇日）、「目と耳」（一二月二七日）、「心」（一月三日）、「存在と外観」（一月一〇日）、「思慮分別」（一月一七日）、「英雄的資質」（一月二四日）、「神聖さ」（一月三一日）、「一般的見解」（二月七日）

一八三八　（七月一五日）ハーヴァードの神学部の最上級生のために講演。
（七月二四日）「文学的倫理」講演。

一八三八〜三九　「人間生活」について連続講演。
「魂の教養」（一二月五日）、「家庭」（一二月一二日）、「修養」（一二月一九日）、「愛」（一二月二六日）、「天才」（一月九日）、「抗議」（一月一六日）、「悲劇」（一月二三日）、「喜劇」（一月三〇日）「義務」（二月六日）、「鬼神学」（二月二〇日）。

一八三九　（二月二四日）長女エレン生まれる。

一八三九〜四〇　「現代」について連続講演。
「序論」（一二月四日）、「文学（I）」（一二月一一日）、「文学（II）」（一二月一八日）、「政治」（一月一日）、「私生活」（一月八日）、「改革」（一月一五日）、「宗教」（一月二二日）、「倫理」（一月二九日）、「教育」（二月五日）、「風潮」（二月一二日）。

一八四一　（一月二五日）「改革者としての人間」講演。

（三月二〇日）『エッセイ集・第一集』出版：「歴史」、「自己信頼」、「償い」、「霊の法則」、「愛」、「友情」、「思慮分別」、「英雄的資質」、「大霊」、「円環」、「知性」、「芸術」。

（八月一一日）「自然の方法」講演。

（十一月二二日）次女イーディス生まれる。

一八四一～四二　「時代」について連続講演。

「序論」（一二月二日）、「保守主義者」（一二月九日）、「詩人」（一二月一六日）、「超越主義者」（一二月二三日）、「風俗」（一二月三〇日）、「人格」（一月六日）、「地球に対する人間の関係」（一月一三日）、「展望」（一月二〇日）。

一八四二　（一月二七日）長男ウォルドーの死。

一八四四　（七月一〇日）次男エドワード生まれる。

（一〇月一九日）『エッセイ集・第二集』出版：「詩人」、「経験」、「人格」、「風俗」、「才能」、「自然」、「政治」、「唯名論者と実在論者」、「ニュー・イングランドの改革者」

一八四五～四六　「代表的人物」講演。

「偉人の効用」（一二月一一日）、「哲学に生きる人―プラトン」（一二月一八日）、「神秘に生きる人―スウェーデンボルグ」（一二月二五日）、「懐疑に生きる人―モンテーニュ」（一月一日）、「世俗に生きる人―ナポレオン」（一月八日）、「詩歌に生きる人―シェイクスピア」（一月一五日）、「文学に生きる人―ゲーテ」（一月二二日）。

一八四六　（一二月二五日）『詩集』出版。

一八四七～四八　（一〇月五日～七月二七日）イギリス、ヨーロッパへ二回目の旅行。

一八四九　（九月）『自然、演説及び講演』出版。

（一二月）『代表的人物』出版。

一八五一　ピッツバーグで「処世論」について連続講演。

一八五六　「序論：成功の法則」（三月二二日）、「富」（三月二五日）、「経済」（三月二七日）、「教養」（三月二九日）、「力」（不明）、「崇拝」（四月一日）。

一八六〇　（八月六日）『イギリス国民性』出版。
（一二月八日）『処世論』出版：「運命」、「力」、「富」、「教養」、「行為」、「崇拝」、「随想余録」、「美」、「幻想」。

一八六七　（四月二八日）『五月の日とその他の詩』出版。

一八七〇　（三月）『社会と孤独』出版。

一八七二　（七月二四日）エマソン家の火事。

一八七二〜七三　（一〇月二三日〜五月二七日）ヨーロッパへ三回目の旅行。

一八七五　キャボットの原稿整理の手助けが始まる。

一八八二　（四月二七日）マサチューセッツ州コンコードで永眠。

附録

注A（本書三六頁・エマソンの用語「道徳感覚」の由来）

メレル・R・デイヴィスは、「スチュアートによれば、〈道徳感覚《モラル・センス》〉とは、人間の意志に影響を及ぼす〈活動的、道徳的力〉をそなえた能力である。それは人間の欲望、欲求、愛情、自己愛などのような他の行為のいかなる原理よりも〈上位〉にあり、その権威を〈少しでも犯す〉と〈われわれの心を自責の念で満たす〉という点で、それらとは本質的に異なる。ハチソンが述べたように、道徳感覚は、外的、内的感覚が好感、反感を示すように、正邪の心象をただ感受するだけでなく、正邪の区別を〈永遠不変〉のものと感知するような、精神の本来的、普遍的な原理である。……こうした判断は〈精神に本来そなわっている原理〉から生まれ、〈信仰の基本法〉のように、人間の本質的部分を形成しているために、〈初めから知性とともに働く〉。……最終的に……道徳感覚は〈人間性の法〉として、〈道徳的に優れていることを愛し、賞賛する〉ようにわれわれに命じる。そしてそうした判断が下される際には、宇宙が道徳によって支配されているという確信と、来世の信仰とが同時に生まれている」と記している。(1)

エマソンは大学時代、スチュアートの『人間精神の哲学綱要』を研究したが、このテーマに関しては、同じく大学時代に参照した『道徳哲学概要』から多くの知識を得たようである。一八二二年に彼は、スチュアートの『形而上、倫理、政治哲学の発達史概論』を読み、それを友人にも勧めている。彼はそれとほぼ同じ時期に日記に、それ以前に出版された『哲学的試論』の一節を引用していた。スチュアートは、エマソンの青年時代には、哲学的諸問題の権威として彼から高く評価されていて、バークリーやカドワース（イギリスのケンブリッジ・プラトン学派の指導的哲学者。一六一七－八八）といった他の哲学者に関する知識の多くの情報源となっていたようである。もっともエマソンは、時にはこれらの哲学者を原典で読み、彼らの思想を採用したと推測されてきたが(2)。

この「道徳感覚」という一般的概念の出所として他には、プライス（イギリスのユニテリアン教会の牧師・政治経済学者・道徳哲学者。一七二三－九一）、アダム・スミス、バトラー（イギリスの司教・神学者。一六九二－一七五二）、カドワース、そしてレヴィ・ヘッジやレヴィ・フリスビーのようなハーヴァード大学の教授陣のなかでの実在論者が挙げられるであろう。もちろんプライスは道徳感覚に同意してはいなかったが、彼の倫理上の教えは、エマソンにとっては、自らの思想全体を強固なものにするものであった(3)。アダム・スミスの『道徳的心情論』は一八二一年にはエマソンの手元にあり、一八二四年には三カ月間再び手元にあった。（ＥＴＥ・II・一八三）明らかにこの書が、エマソンが後年の著作で、「道徳感覚」に代えてしばしば繰り返してもちいた「道徳的心情《モラル・センチメント》」という言葉の出所の一つである。またいくつかの箇所でエマソンは、スミスの「胸中の人」(4)という語句を繰り返してもちいている。エマソンの教師であったフリスビーはこの書の書評をしていた。（Ｌｉｆｅ・八一）エマソンはバトラーの『類比』を授業で読んでおり、道徳感覚という考えに対するバトラーの批判の主要な出典である『説教集』を読んだという記録はないようではあるが、少なくともバトラーの論法に親しんでいたと考えることが妥当であると思われる。エマソンはスチュアートの著作からカドワースについて多くの知識を得ていて、カドワースの大作『宇宙の真の知的体系』を熱中して読んだのは一八三五年以後のことであるようだが、おそらく大学時代に『永遠不変の道徳に関する論文』に目を通していたと思われる。(5)

注B（本書三六頁・エマソンの観念論）

実在論者の立場は、スチュアートの『道徳哲学概要』において、次のようにきわめて簡潔に要約されている。

古代の知覚論によると、知覚は、心像、すなわち外界から精神に伝えられる種（概念）によって、感覚器官を通じてなされる。こうした心像（デカルト以来〈観念〉と普通呼ばれてきたが）は知覚に類似していて、蠟《ろう》に印章を押印するように、質料を伴わずに形相を伝えると考えられていた。この仮説は今では普通「観念論哲学」と呼ばれている。

この理論にもとづいて、バークリーは物質というものが存在し得ないことを論証した。もしわれわれがわれわれの観念、又は感覚に類似しているものを知らないとするならば、われわれの知覚に依存しないものが存在することを、われわれは知らないことになる。

もし「観念論哲学」を受けいれるとするならば、物質が存在することに反対する前述の論証に対しては、反論の余地がないことになる。……

リード博士は、「観念論哲学」に初めて異議を唱えたが、物質世界が存在することを証明する論拠を何ら示してはおらず、物質世界の存在を信じることは人間性の本源的事実であると考えている。それはわれわれの感覚が実在することを信じているのと同じ根拠にもとづいていて、それに対しては誰も反駁してこなかった。（一九—二二節）

ラスクが一八二一年又は二二年に記されたものと推定した、「観念論哲学」という題目がつけられたエマソンの次の文章（L・VI・三三七-三三八）は、彼がすでに若い頃観念論哲学の専門用語に親しんでいたことを示している。

物質世界に関してわれわれが知っていることを検討するのは興味深い研究である。物質世界の存在を問う疑いはすでに始まっている。

まず第一に物質世界の存在をわれわれが信じている根拠は何であろうか。根拠はわれわれの感覚が提供する証拠である。……それゆえもし感覚が欺かれることがあり得ると証明できるならば、人間の知識は全く不確かであり、存在しているように見えるものが、実際に存在している証拠は何もないことになる。……

I　今や感覚が欺かれているものであるかもしれず、あるいはむしろ感覚は全く機能していないかもしれないことが、夢によってはっきりと示されている。……

II　……さらにものが感覚に作用を及ぼすのとは違った仕方で感覚に作用するものについて、われわれは何も知らないことは明らかである。それゆえもし物質によるという仕方によらないで、感覚に作用を及ぼすことが可能であるとするならば、宇宙がわれわれの知覚の原因である必要は全くなくなる。

……おそらく世界の片隅には、自分自身の想像のなかでしか存在しない物体や広大な宇宙によって、自分達が取り巻かれていると考えている人達が大勢いるのかもしれない。……たといその妄想が完全で不変のものであるとしても、それは依然として妄想であり続けるであろう。

エマソンの推論がスチュアートに由来するものであるとしても、彼がスチュアートの推論の核心を完全にはとらえていないことが明らかであることに気づくであろう。エマソンにとって「観念論哲学」とは、認識論であるよりはむしろ物質世界の存在論である。本書においては、「観念論哲学」という語をエマソンが意図している意味で使っている。

バークリーについてエマソンが読んでいたと思われる書物については、ＥＴＥ・II・一六三とＪＭＮ・IX・二〇二を参照。この点においては、筆者はメアリー・ターピー(6)と同意見で、キャメロン（ＥＴＥの索引）とラスク（Ｌ、Ｌｉｆｅの索引）に反対である。

注Ｃ（本書三八頁・エマソンの観念論）

エマソンの壮年期の思想において観念論が重要な位置を占めていることは、『自然』を読む人ならば誰でも容易に理解できる。彼は、大切に心のなかに秘めていた経験によって、それを前にすると世界が堅固さをを失ってゆくようなより高い力が存在することを、喜びを感じながら認識するようになった。そしてついに、彼はマーガレット・フラー宛の手紙に、自分は観念論者であるとはっきりと記すことができた。（ＥＴＥのバークリーに関する章参照）最初はこの太古の昔から存在する理論は、学問の黄金郷《エルドラド》（Ｌ・Ｉ・二七）やヒンズー教の神話にはふさわしいかもしれないとしても、合理的キリスト教の冷静な教師がいだくには、ほとんどふさわしくはないような、途方もない夢（Ｗ・Ｉ・八六）に思われた。しかしこの観念論は、彼の新しい信仰と共に力を増し、そしてついに『ウォールデン』で述べられているように、彼のつるべと、ブラーマやヴィシュヌやインドラ（ベーダの代表的な神で雨と雷の神）の神々を崇拝する僧侶のつるべとが、同じ井戸のなかで擦れ合う音をたてるようになった。（『ウォールデン』「冬の湖」末尾参照）彼はこれが自らの本性と外部世界との関係についての一つの解決策であると考えることができた。（Ｌ・II・三八四—八五）

しかし観念論には懐疑的な意味もまた依然として含まれていて、自らの信仰を初めて表明した書『自然』

を書いた時に、彼を悩ませ、結局彼は、観念論を有用な入門的仮説であるとみなした。すべては外界に対する疑いがどこに通じているかにかかっていた。もしそれが、「観念論」においては、疑念と幻想に通じているとするならば、抵抗しなくてはならなかった。「観念論は、私のなかから神を締めだしてしまう。」（W・I・六三）しかしもしそれが、目に見えないものが実在すること（CS・I・五六）を強烈に意識することに通じ、またそこから発するものであるならば、恩恵を与えるものとなり、「魂」が覚醒することの兆しとなる。しかしながらこうした最高度の観念論――それを彼は唯心論と呼ぶことの方を好んだが――でさえも、留保条件があって初めて受けいれることができたことを、われわれは理解することができるのである。懐疑論に通ずる扉はエルサレムの門にさえもつけられていたのである。

「一つには心情が観念論に抵抗する。なぜなら男たち女たちに実体としての存在を認めてやらないことで、人間の感情をくじくからである。」（W・I・六三）また彼が崇高にも述べたように、「活動力が思考力よりも優位を占めるかぎり、自然が霊魂よりも短命だとか、移ろいやすいなどと少しでもほのめかされようものなら、われわれは憤然として抵抗する。」（四八－四九）『自然』において彼は、完全な唯心論はこのような異論を退けてしまうであろうことを信じているように思われる。彼が記したもののすべてを思想の展開にしたがってじっくりと読んでみると、彼がむしろ、世界が踊っているという観念論者のヴィジョンと、処世において自らに課せられた個人的な責任とを、決して調和させることはできなかったことが暗に示されているのがわれわれには解る。「山が現実に存在しないもののように見え始める時には、魂は高度の状態にあるが、正義や慈善の行為を行う時には、ものはふたたび堅固なものに見えてくる。」（JMN・V・四六）観念論は依然として懐疑論であり、実在論者が彼に教えたように、人間性における本源的事実を否定するものである。

注D（本書四八頁・同時代のプロテスタントの過激な諸分派との類似性）

パークスが述べているように、エマソンの精神は、いくつかの点で、一九世紀の思想家のなかでもっとも現代的でない精神のうちの一つである。まず第一に、人間が救われるのは恩寵によるという、人の気持を滅入らせるようなカルヴィニズムの信仰、そしてその次に、人間が救済されるのは、神の助けをほとんど借りることのない、自らの意志と理性によるという、ほとんど同じ位人の気持を滅入らせるようなユニテリアニズムの信仰、この二つの信仰からの解放を彼はなしとげたのだが、こうした人の気持を快活にする解放は、何よりもまず、ピューリタニズムの核心であった救済への原始的な渇望を、ピューリタニズムの堅苦しい教義的抑圧から解放しただけであった。その結果彼は、キリスト教と同じ程歴史の古い熱狂的信仰という泉から直接水が流れでるようにした。エマソンと同時代の人達はこのことに気づいていて、彼の「最新型の不信心」を、ピューリタンが「反律法主義《アンティノミアニズム》」と呼んだものであると正しく類別した。クエーカーのような反律法主義の宗派に対して、彼が親近感をいだいていたことはよく知られている。しかしシーカーズ（一七世紀初めのイギリスで起こったピューリタン運動の一派）や喧騒派《ランターズ》等のような、一七世紀の過激な宗派に彼の思想が類似していることもまたみてとれる。さらに彼自身の時代の熱狂的なプロテスタントの分派と彼の思想とが著しく類似していることも同様にみてとれる。特にジョン・ハンフリー・ノイズ（キリスト再臨により完全な自己を得たと信じ、一八四八年、ニューヨーク州オナイダに生活共同体を建設。一八一一－八六）の完全主義は、聖書超越主義の名にほとんど値するものである。至福千年説、汎神論、完全説は、それらが現われたところではどこでも、それぞれ違った程度であっても、キリスト教のこの種の熱狂を特徴づけているが、それらはまたエマソンの熱狂的哲学の特徴ともなっている。近代のさまざまな思想の影響なしにはエマソンの思想は、実際あのようには成長することは決してなかったであろうが、その近代思想の影響にもかかわらず、結果として生じたものは、一般庶民的不信心の、聖職者らしからぬ、熱狂的精神が、「聖職者」の間に出現したことであった。そしてこうしたエマソンの精神が成長してゆくにつれて、学者達の支持を自然に集めていったのである。しかしながらエマソンは、プロテスタントの分派の宗徒達が大抵いだいていたような、偏狭な、狂信的な精神を全くいだいていない。彼らが「信仰」と呼ぶところを彼は「理性《リーズン》」と呼び、彼らが「恩寵」と呼ぶところを彼は「自然」と呼んでいる。また彼らが「真のキリスト教徒」と呼ぶところを彼は「真の人間」と呼んでいる。彼と彼らとの間には「啓蒙主義」の大革命が介在していた。第一章で述べてきたように、彼は啓蒙主義の革命に不満で、最終的にはふたたびプロテスタント分派の立場にもどったが、彼の新しい熱狂的立場の根底となっているものは、真理の精神が、それまでのいかなる世代に対しても語りかけたことがなかったほどに、自分に語りかけているという確信を正当化するほどまでに変わっていたことであった。[7]

注E（本書五九頁・エマソンに影響を与えた思想）

一八三二年までにエマソンは何冊かのプラトンの書物、特に『パイドロス』と『ソクラテスの弁明』を読んでいたが、プラトンと新プラトン主義の書物を精読したのは、一八三〇年代後期とその後のことであるように思われる。[8] キリスト教神秘主義者のなかでは、彼は主としてフォックスとクエーカーについて知っていて、スウェーデンボルグ主義者達の書物をいくぶん読み、またおそらくベーメ（ドイツの神秘主義哲学者。一五七五—一六二四）を少し読んでいたと思われる。彼は主としてコウルリッジから思想上の影響を受けていたが、いわゆるドイツ神秘主義についての知識は、コウルリッジ経由以外のものはほとんど持っておらず、またその後も決して増すことはなかった。[9] この時期には彼は東洋思想の書物はほとんど読んでいなかった。[10] 言うまでもなく彼は、聖書、特にヨハネとパウロから大きな影響を受けていた。全体的に考えると、エマソンの精神は、何よりもまず、福音主義的なプロテスタント・キリスト教のテーマと教義によって形成され、一八世紀の合理主義思想の訓練を受けて上塗りされ、哲学の書物を主に副次的に読むことで、生かじりの知識を加えていったという印象を受ける。しかしその後彼の精神は、主にコウルリッジを通じて「現代哲学」と接触することにより、(そして一層広範に読書することによって)、急速に独創性を持つにいたったと思われる。

原注

まえがき

1　W・I・76.

2　W・I・52; cf. W・V・241, W・VIII・20, W・XII・277. フランシス・ベイコンはイギリスの哲学者・随筆家・政治家。古典経験論の祖。一五六一－一六二六。

第一部　自由

第一章　「内なる神」の発見

本章は以下に挙げる研究書のお陰を被っている。宗教的背景一般については、Arthur C. McGiffert, Sr., *Protestant Thougt Before Kant* (New York, 1929); Edward Caldwell Moore, *An Outline of the History of Christian Thought Since Kant* (New York, 1915); Richard H. Tawney, *Religion and the Rise of Capitalism* (New York, 1926); Thomas C. Hall, *The Religious Background of American Culture* (Boston, 1930); and Ernest S. Bates, *American Faith* (New York, 1940) 参照。（また付録の注D参照）。ピューリタニズムの背景については、Perry Miller and Thomas H. Johnson, eds., *The Puritans* (New York, 1938); and Clarence H. Faust and Thomas H. Johnson, eds., *Jonathan Edwards: Representative Selections* (New York, 1935) 参照。ピューリタニズムからユニテリアニズム、超越主義にいたる思想の展開については、Olive M. Griffiths, *Religion and Learning* (Cambridge, Eng., 1935); Frank Hugh Foster, *A Genetic History of New England Theology* (Chicago, 1907); Joseph Haroutunian, *Piety Versus Moralism* (New York, 1932); Sidney Earl Mead, *Nathaniel William Taylor* (Chicago, 1942); Herbert W. Schneider, 'The Intellectual Background of William Ellery Channing,' *Church History*, VII (March 1938), 3–23; George Willis Cooke, Unitarianism in America (Boston, 1902); Arthur I. Ladu, 'Channing and Transcendentalism,' *American Literature*, XI (May, 1939), 129–37; Clarence H. Faust, 'The Background of the Unitarian Opposition to Transcendentalism,' *Modern Philology*, XXXV (February 1938), 297–324; John White Chadwick, 'Channing, Emerson, and Parker,' *The Ethical Record*, IV (July 1903), 177–80; and Lenthiel H. Downs, 'Emerson and Dr. Channing: Two Men

From Boston,' *New England Quarterly*, XX (December 1947), 516-34参照。思想的背景については、John Herman Randall, Jr., *The Making of the Modern Mind* (rev. ed.; Boston and New York, 1940); Carl L. Becker, *The Heavenly City of the Eighteenth-Century Philosophers* (New Haven, 1932); Sir Leslie Stephen, *History of English Thought in the Eighteenth Century* (3rd ed.; London, 1902); *and Benjamin Rand, 'Philosophic Instruction at Harvard University from 1636-1906,' Harvard Graduates Magazine*, XXXVII (1928-29), 29-47, 188-200, 296-311 参照。また本書四四頁の論点については、Mary C. Turpie, 'A Quaker Source for Emerson's Sermon on the Lord's Supper,' *New England Quarterly*, XVII (March 1944), 95-101 に負っている。

1 エマソンの青年時代初期の頃の自己不信については、JMN・I・129-30; 133-34, JMN・II・105-07, 111-13, 144-52, 153-54, 220, 222, 237-42, 244-46, 309-10, 332, 389; JMN・III・45-49, 60, 65, 72, 78-79, 136-37; J・II・111-13, 151, 179-81, 227; L・I・187, 189 などを参照。

2 Channing, William Ellery, *The Works of William E. Channing, D. D.* (Boston, 1895), p. 233.

3 JMN・V・323-24; JMN・I・49.

4 結核を患っていたエマソンは、一八二六年十一月から二七年五月にかけて南部に保養旅行にでかけた。一八二七年の三月から四月、Florida州のSt. AugustineからSouth Carolina州のCharlestonに向かう船の中で、彼はミュラと出会い、九日間共に船中で過ごし、会話を交わした。ミュラはナポレオン一世の将軍の一人の息子で、またナポレオンの甥にあたる。(JMN, III, 77の注参照)

5 ヒュームに関しては、JMN・II・161, 275; JMN・III・214-15; J・I・290, 324-25, 359; J・II・77, 83-84, 121-22, 273-74; CS・III・82; L・I・137-38, 140 参照。

6 Channing, William Henry, *The Life of William Ellery Channing*, D. D. (Boston, 1880), p. 450; cf. Frothingham, Octavius Brooks, *Transcendentalism in New England* (New York, 1876), p. 123.

7 Cf. JMN・III・214-15.　8 Cf. J・II・273; JMN・IV・24.　9 Cf. J・II・111.

10 Stewart, Dugald, *A General View of the Progress of Metaphysical, Ethical, and Political Philosophy* (Boston, 1822), Part II, pp. 172-73, 271.　11 Cf. JMN・I・72; L・I・214.

12 Stewart, Dugald, *Philosophical Essays* (Philadelphia, 1811), p. 131.

13 本書六四-七一頁参照。　14 Cf. JMN・III・45-48; J・II・214; L・I・195.

15 Parkes, Henry Bamford, 'The Puritan Heresy,' 'Emerson,' *The Pragmatic Test* (San Francisco, 1941), p. 34.
16 Parkes, p. 34.　17　ETE・I・175-77.
18 ここではもちろんエマソン個人の思想の目的のことを述べている。彼は社交的な性格でなかったとしても、常にいくらかの愛着心と深い愛情を持った家庭的な気質の人間であり、また共同体に対して大抵は、正当な、あるいはそれ以上の、配慮を払っていた。

第二章　勇気の泉

1 Norton, Charles Eliot, ed., *The Correspondence of Thomas Carlyle and Ralph Waldo Emerson* (Boston, 1883), I, p. 160, (1838).
2 Emerson, Edward Waldo, *Emerson in Concord: A Memoir* (Boston and New York, 1890), p. 48, (1834).
3 Cf. J・III・235, 237-39, 272.
4 Lowell, James Russell, 'A Fable For Critics,' *The Writings of James Russel Lowell* (Riverside Ed.; Boston and New York, n. d.), Vol. X, p. 39.　5　JMM・I・60 (1822); cf. JMN・III・265-66, JMN・IV・382.
6 Cf. CS・61; JMN・III・70, JMN・IV・382.　7　Cf. JMN・V・266.　8　Life・111. (cf. マタイ伝：10：42)　9　Cf. JMN・III・266-67; JMN・VII・178.
10 Schneider, Herbert W., *A History of American Philosophy* (New York, 1946). p. 247.
11 Emerson, E. W., p. 254 (1841).
12 Miller, Perry G. E., *The New England Mind: The Seventeenth Century* (New York, 1939), p. 21.
13 本書第二部、特に一九三-二一九頁、二二四-二二六頁参照。
14 W・III・48.
15 Matthiessen, F. O., *The Achievement of T. S. Eliot* (Boston, 1935), p. 18.

第三章　偉大なるものへの夢

1 Cf. JMN・VII・111.
2 Gray, Henry David, *Emerson: A Statement of New England Transcendentalism as Expressed in the Philosophy of Its Chief Exponent* (Stanford, 1917), pp. 9-10.　3　Cf. W・II・74-75.

4　Cf. W・I・352.　5　Cf. EL・III・*Human Life*, 'Home,' 24-33.

第四章　理想実現の方法

ブルック・ファームに関する参考文献一覧は Lawrence S. Hall, *Hawthorne: Critic of Society* (New Haven,1944), pp. 191-93 を参照。改革については、Gilbert V. Seldes, *The Stammering Century* (New York, 1928), and Alice Felt Tyler, *Freedom's Ferment* (Minneapolis, 1944)（参考文献一覧を見落とさないように）参照。スウェーデンボルグ思想の背景については、Walter Fuller Taylor, *A History of American Letters* (New York,1936), p. 512 に記載されている Clarence P. Hotson の多数の論文、また Marguerite B. Block, *The New Church in the New World* (New York, 1932) 参照。さらに H. D. Piper のエマソンと科学に関する未公表の論文を読む便宜を得たことを記しておく。

1　「神学部講演」への攻撃に対するエマソンの反応については、JMN・VII・60-61, 65, 71-72, 98, 103-05, 110-11, 112, 117-18, 161-62; W・XII・413-14; JMN・VII・179-82, 342 参照。

2　Cf. JMN・IX・36.

3　Cabot, James Elliot, *A Memoir of Ralph Waldo Emerson* (Boston and New York, 1887), Vol. II, pp. 436-37 (1840). cf. L・II・369, n. 479; W・I・248.　4　Cabot, II・438.　5　本書第六章参照。

6　Cf. W・III・73-74; JMN・X・22.　7　Cf. W・III・113-14.　8　Cabot, II・735 (1838), 743 (1840).

9　EL・I・'The Naturalist'・69-83 (1834).　10　Lecture on 'The Uses of Natural History,' EL・I・5-26 (1833).

11　Cf. W・III・194, 332; W・IV・121; W・II・32 (1840).

第五章　円環

1　W. E. Channing, "A Poet's Hope" の一節。次に示すような、その前の詩句から続いていて、本文中の二行だけから受ける印象よりも、希望のある内容となっている。

I am not earth-born, though I here delay;
Hope's child, I summon infiniter powers,
And laugh to see the mild and sunny day
Smile on the shrunk and thin autumnal hours.

I laugh, for Hope hath happy place with me:
If my bark sinks, 'tis to another sea.

2 Cf. W・II・69.
3 Matthiessen, Francis O., *American Renaissance: Art and Expression in the Age of Emerson and Whitman* (New York, 1941), p. 62.　4 Cf. JMN・XIV・65-66.　5 Cf. J・III・237-39.　6 Cf. JMN・VII・380.
7 Carpenter, Frederick I., *Emerson and Asia* (Cambridge, 1930), p. 82.
8 Cf. JMN・VIII・178-79, 205-06; JMN・IX・88, 466-68.

第二部　運命

第六章　懐疑家の哲学

1 Cf. JMN・V・327-28; W・IX・418.　2 本書第一章参照。
3 この語については、エマソンは二種類の英語の綴り字を使い分けているが、それについては本書二八頁参照。
4 本書一三一頁参照。　5 Carlyle, Thomas, *Sartor Resartus*, Bk. II, Chaps. 7-9.
6 Cf. J・VII・296・1847　7 本書二一〇-二一二と比較せよ。　8 傍線は筆者。
9 Twain, Mark, *The Mysterious Stranger*, 最終章。

第七章　運命への黙従

1 本書第二章、六二-八一頁参照。　2 本書一六〇-六三頁参照。　3 Cf. JMN・IX・403.
4 T. S. Eliot, *Four Quartets* (New York: Harcourt, Brace and Co., 1943), p. 6.　5 本書一七八-八三頁参照。
6 Lecture on 'The Poet.'

第八章　永遠なる牧神《パン》

1 Beach, Joseph Warren, *The Concept of Nature in Nineteenth-Century English Poetry* (New York, 1936), p. 331.
2 Carpenter, *Asia*, p. 13.
3 一八四九年の再版出版の時に、次のようなエマソンが自ら作った題句が掲げられた。

A subtle chain of countless rings
The next unto the farthest brings;
The eye reads the omens where it goes,
And speaks all the languages the rose;
And, striving to be man, the worm
Mounts through all the spires of form.

一八三六年の初版出版の時に掲げられていた題句は、

"Nature is but an image or imitation of wisdom,
the last thing of the soul; Nature being a thing
which doth only do, but not know."

というプロティノスの言葉であった。

4 Beach, p. 339.

5 George Herbert の詩 "Man" の中の、

Herbs gladly cure our flesh because that they
Find their acquaintance there. (JMN・IX・278・1845)

6 Gray, pp. 40–41, 44. 7 Beach, p. 341.

8 Dickinson, Emily, *The Poems of Emily Dickinson*, Martha Dickinson Bianchi and Alfred Leete Hampson, eds. (Cent. Ed.; Boston, 1930, p. 116. 9 Beach, p. 365. 10 Gray, p. 47.

11 Carpenter, *Asia*; Christy, Arthur E., *The Orient in American Transcendentalism* (New York, 1932), pp. 63–183 参照。

第九章　年老いた学者

1 Emerson, E. W., p. 254

2 Spiller, Robert E. ed. et al., 'Ralph Waldo Emerson,' *Literary History of the United States*, (New York, 1948), Vol. I, pp. 383–86.

3 Jorgenson, Chester E., 'Emerson's Paradise Under the Shadow of Swords,' *Philological Quarterly*, XI (July 1932), pp. 274–92.

4 すなわち到達できないような偉大さを人間に求めるという意味である。エマソンの実際的な倫理は、モンテーニュの自然的な徳よりも、かなりストイックで、「厳格で、強要的な」ピューリタンの気質を常に保持し続けていた。
5 Cf. JMN・V・435-36.　6 本書一三六-四九頁参照。　7 Norton, II, p. 84 (1844).　8 本書六二-七七頁参照。　9 Cf. JMN・XIII・65-67.

第十章　結論

エマソンと奴隷制に関する背景については、Marjorie M. Moody, 'The Evolution of Emerson as an Abolitionist, *American Literature*, XVII (March 1945), pp. 1-21 参照。Carl F. Strauch の最近の論文、'The Date of Emerson's *Terminus*,' *PLMA*, LXV (June 1950), pp. 360-70 は、筆者がエマソンの黙従と呼んだものが、苦悩を伴わないものではなかったことに気づかせてくれる。彼は忘却の状態にはいたらずに、必ずといってよいほど、苦悩に対して自らを慰めながら対応することになったのである。拙論 'Emerson's Tragic Sense,' *The American Scholar*, XXII (Summer 1953), pp. 285-92 参照。
1 Cf. JMN・XV・145.　2 Cf. W・VIII・v-xiii.　3 Cf. ETE・I・187.
4 Winters, Yvor, 'Jones Very and R. W. Emerson: Aspects of New England Mysticism,' *In Defense of Reason* (New York, 1947), p. 279. 最初は *Maule's Curse: Seven Studies in the History of American Obscurantism* (1938) として出版された。
5 Matthiessen, *Renaissance*, p. 193.
6 Chapman, John Jay, 'Emerson,' *Emerson and Other Essays* (New York, 1898), pp. 35-36.

付録

注A

1 Davis, Merrell R., 'Emerson's "Reason" and the Scottish Philosophers,' *New England Quarterly*, XVII (June 1944) pp. 217-18 参照。
2 Davis と ETE の索引参照。また J・I・89, 287, 289, 298, 326; J・II・25, 35, 133, 308, 329, 388, 435; L・I・125, 132, 306; Cameron, Kenneth Walter, *Ralph Waldo Emerson's Reading*, (Raleigh, N. C., 1941), p. 46 参照。
3 JMN・I・51 参照。　4 CS・I・61; L・I・174 参照。

5 ETE・I・57; cf. W・IV・294n; JMN・IX・265n. またフリスビーとヘッジに関しては，Davis と Life, pp. 81–82 参照。

注B

6 Turpie, Mary C., 'The Growth of Emerson's Thought.' Unpublished thesis (University of Minnesota, 1943).

注D

7 CS・IV・209–217 参照。また Inge, William R., *Christian Mysticism* (London, 1899); Jones, Rufus M., *Studies in Mystical Religion* (London, 1909); Clark, Elmer T., *The Small Sects in America* (Nashville, 1937); Armstrong, Maurice W., 'Religious Enthusiasm and Separatism in Colonial New England,' *Harvard Theological Review*, XXXVIII (April 1945), pp. 110–40; Ludlum, David M., *Social Ferment in Vermont, 1791–1850* (New York, 1939); Noyes, George W. ed., *The Religious Experience of John Humphrey Noyes* (New York, 1923) 参照。

注E

8 Turpie 参照。

9 Wellek, René, 'Emerson and German Philosophy,' *New England Quarterly*, XVI (March 1943), pp. 41–62; 'The Minor Transcendentalists and German Philosophy,' *New England Quarterly*, XV (December 1942), pp. 652–80 参照。

10 Carpenter と Christy 参照。

訳者あとがき

本書はStephen E. Whicher, *Freedom and Fate: An Inner Life of Ralph Waldo Emerson* (University of Pennsylvania Press, 1953; 2nd ed., 1971) の全訳である。

著者スティーヴン・E・ウィッチャーは、一九一五年にニューヨーク市で両親が学者の家に生まれた。彼はアマースト・カレッジ、コロンビア大学で学び、ハーヴァード大学で博士号を取得した後、スワスモア・カレッジ、コーネル大学でアメリカ文学を教えた。本書の他にも、エマソンの初期講演をまとめた *The Early Lectures of Ralph Waldo Emerson* などの編集も行なっており、エマソン研究に極めて大きな足跡を残した。しかしながらこの天才的な学者は、『初期講演集』第二巻の編集に取りかかっていた一九六一年十一月に急逝してしまった。エマソン研究に対する彼の貢献が大きいものであっただけに、誠に惜しまれる死であった。ウィッチャーはまた、アンソロジーとして、*Selections from Ralph Waldo Emerson: An Organic Anthology* (Houghton Mifflin, 1957, 1960) も編集している。これはエマソンの思想の展開を論じた本書『エマソンの精神遍歴—自由と運命—』の内容に沿った形で、エマソンの作品、日記の記述などが年代順に編集されていて、『エマソンの精神遍歴—自由と運命—』を補うものになっている。

本書は、人間や社会から一定の距離を置き、冷淡で超然とした傍観者の態度をとる「超越主義者」、「観念論者」、「コンコードの哲人《セイジ》」などというエマソンに対して作られた、それまでのあまりにも単純化され、また神聖化され過ぎた固定観念を打ち破っている。エマソンは、さまざまな人生の苦難や現実生活の障害に直面しながらも、自らの精神と現実との間に折り合いをつけ、「魂」の信仰を宇宙的なものへと広げていった。著者ウィッチャーは、探究心旺盛で、複雑な精神を持った、血の通った人間としてのエマソンを再評価し、内面において演じられた思想のドラマを明らかにしながら、新しいエマソン像を描いている。著者は、エマソンの精神遍歴を、簡単に述べるならば、初期の自己の内面における神との合一体験を通じての「内なる神」の発見、中期のその確信の動揺と懐疑、そして後期の「宇宙の神」の発見による「魂」の信仰の回復というようにたどっている。そして初期の「魂」の無限性を主張した「自己」中心的な超越主義が、「現実世界」との対決を避けられず、懐疑論を経て、ついには進化思想を媒介にして、次第に経験主義的《プラグマティック》で、運命に黙従的な面を色濃く示すようになってゆく、エマソンの思想の「変化」、「発展」の過程を明快に論じている。

本書の特徴は、エマソンの思想、人生を「挑戦」と「黙従」という二つの時期に大きく区分し、青年期の超越主義的な『自然』(一八三六)のエマソンが、いかにして超越主義の限界を認識し、後年期の現実的、世俗的、社会的側面に対しても視野を広げていった、『処世論』(一八六〇)のエマソンへと次第に変容していったかを論じていることにある。本書では、エマソンの思想が最も高揚し、最も大きく振幅しながら展開したと考えられる、一八三三年の第一回ヨーロッパ旅行から一八四七年の第二回ヨーロッパ旅行までの十四年間に焦点が当てられている。第一部「自由」では、自らの新しいヴィジョンに促されて、霊的革命の予言者となり、「人間の王国」を宣言するに至る過程が述べられる。しかしながら第二部「運命」では、彼は次第に人間の限界と運命の支配を認識するようになり、進化論的自然観を受け入れることにより、自らの信仰の修正と再構築を企てる。そして思想の転換点を『エッセイ集・第一集』(一八四一)に収められたエッセイ「円環」に見いだしている。その後のエマソンは、『エッセイ集・第二集』に収められたエッセイ「経験」にみられるように、人間の生は「幻想」がただ無限に続いているに過ぎないのではないかという疑念に苦悩するようになる。そして本書を読む読者には、そうした精神の葛藤の中から、ハーマン・メルヴィルの『モウビィ・ディック』において、白鯨を不条理の「ボール紙の仮面」として、その仮面を撃ち破ろうとしてどこまでも白鯨に挑みかかるエイハブ船長の姿を思わせるような、それまでの精神と自然との間に秩序ある「照応」関係を見通す、『自然』の静的なエマソンとは別の、懐疑的でしかも能動的なエマソンの姿が、生き生きと眼前に立ち現われてくるように思われる。

本書は、エマソンの伝記の決定版である Ralph L. Rusk, *The Life of Ralph Waldo Emerson* (Charles Scribner's Sons, 1949) と共に、その後のエマソン研究の「礎石」となったと言ってよく、今日においても、エマソンの思想を論じたもののなかで最も高い評価を与えられ、エマソン研究に最も大きな影響を及ぼしてきた書であると言われている。著名なエマソン学者の多くは本書について、「エマソン研究に唯一最も影響を与えた書」(M・ゴノー)、「今日においてもなおエマソンに関する最良の書」(H・ブルーム)、「エマソンの思想の変化を、最も鋭く巧みに論じたもの」(D・M・ロビンソン)などと称賛の言葉を捧げている。その後のエマソンの思想研究は、ウィッチャーの提示したエマソン論を出発点とし、それを発展させ、不足している部分を補い、あるいは批判し、修正することを繰り返してきたと言っても過言ではないであろう。

本書はそれまでのエマソン評価の軌道修正を試みた点で画期的なものである。そこでまずアメリカにおけるエマソンの評価の概略をみてみよう。エマソンは晩年を名声につつまれて過ごし、一八八二年に七八歳で没した。死後、エマソンの長年の親友であったJames E. Cabotの, *A Memoir of Ralph Waldo Emerson*, 2 vols. (Houghton Mifflin, 1887)、エマソンの次男のEdward W. Emerson, *Emerson in Concord: A Memoir* (Houghton Mifflin, 1889)の二つの伝記が相次いで出版された。一九〇三年にはエマソンの生誕百年の祝賀の行事がボストンやコンコードで盛大に催され、ウィリアム・ジェイムズ、ジョン・デューイなどによる記念講演が行われている。また生誕百年事業の一環として、Edward W. Emerson, ed., *The Complete Works of Ralph Waldo Emerson*, 10 vols. (Houghton Mifflin, 1903–4)が出版されたことは記念すべきことであった。さらにEdward W. Emerson and Waldo Emerson Forbes, eds., *The Journals of Ralph Waldo Emerson*, 10 vols. (Houghton Mifflin, 1904–14)が刊行され、これらによって、エマソンの思想の全容が一般の読者にも知られるようになり、また本格的研究の基盤が作られた。同時にエマソンは、アメリカ国内だけでなく、国外でも研究の対象とされるようになった。さらにエマソンの名声を確立するのには、「精神の世界に生きようとする者の友であり助け手である」と最大級の賛辞を捧げた、イギリスの批評家マシュー・アーノルドの存在も見落とすことが出来ない。

その後エマソンの評価を低下させる要因となったものとしては、次の三点が挙げられる。一つはアメリカ思想界に大きな影響力を持っていたG・サンタヤーナが、有名なエッセイ「アメリカ哲学におけるお上品な伝統《ジェンティール・トラディション》」(一九一一)などにおいて、「お上品な伝統」の起源をピューリタニズムにたどり、現実世界に無関心で、神秘主義の抽象の世界に生きる「最後のピューリタン」、「神秘家」、「超越主義者」としての一面的なエマソン像を作り上げたことである。二つ目は、一九三〇年代の深刻な経済不況と、それに続く第二次世界大戦により、ペシミスティックな思想、現代文明に対する不安や危機感が時代を支配するようになり、エマソンの思想が持つ楽天主義や悪に対する考え方に対して反発が起こったことである。さらに三つ目は、T・S・エリオット、アイヴァー・ウィンターズ、アレン・テイト、E・ヘミングウェイなどが、文学上の「モダニズム」の立場からロマン主義を激しく批判したことにより、「反エマソン的」伝統が強固に作られていったことである。文学上のモダニズムの時代は一九一五年から四五年頃まで、その後の「新批評《ニュー・クリティシズム》」の時代は一九四五年から六五年頃まで続く。ウィッチャーが『エマソンの精神遍歴—自由と運命—』を書いたのは、「結論」の最後に述べられているように、このように誤解を受け、非難を浴びたエマソンを擁護し、正当に評価し直したいという熱望によるものであった。このようにエマソン評価の歴史を概観してみると、本書はエマソンの評価が最も低下していた時代に書かれたことが解り、それだけにその意義がいかに大きいものであるかが理解出来るであろう。

エマソンはこのように、一方ではアメリカ・ルネッサンス文学の「中心的人物」、アメリカ的精神の「創始者」、アメリカ哲学の「父」、アメリカ民主主義の「司祭」などとまで呼ばれ、アメリカを理解する上で極めて重要な詩人思想家として位置付けられるようになった。また他方では、エマソンが、アメリカ文学、思想において中枢的な位置を占めているにもかかわらず、「アメリカの文学者の中で最も誤解を受けている人物」(W・D・ハウエルズ)とも言われ、エマソンに対する評価は両極端の間を揺れ動いてきた。

有名な批評家ハロルド・ブルームなどを中心にして、エマソンの再評価の試みが進められるのは、新批評の時代が終わり、「ポスト・モダニズム」の動きが活発化してきた一九八〇年代になってからのことである。これはエマソンの没後百年が一九八二年に当たっていたこともあるが、エマソンに関する第一次資料文献が、それまでに次々と整備されてきていたことが大きな要因となっている。主なものを挙げてみると、一九三九年からは書簡集、Ralhp L. Rusk and Eleanor Tilton, eds., *The Letters of Ralph Waldo Emerson*, 8 vols. to date. (Columbia U. P., 1939-)、一九五九年からは、ウィッチャーも編集に関わった初期講演集、Robert E. Spiller, Stephen E. Whicher and Wallace E. Williams, eds., *The Early Lectures of Ralph Waldo Emerson*, 3 vols. (Harvard U. P., 1959-72)、一九六〇年からは日記集、William H. Gilman et al., eds., *The Journals and Miscellaneous Notebooks of Ralph Waldo Emerson*, 16 vols. (Harvard U. P., 1960-82)、一九七一年からは作品全集、Robert E. Spiller and Alfred R. Ferguson, eds., *The Collected Works of Ralph Waldo Emerson*, 4 vols. to date. (Harvard U. P., 1971-)、一九八九年からは説教全集、Albert von Frank et al. eds., *The Complete Sermons of Ralph Waldo Emerson*, 4 vols. (Univ. of Missouri Press, 1989-92) などである。またエマソンの伝記としては、Kenneth W. Cameron, *Emerson the Essayist*, 2 vols. (Univ. of North Carolina Press, 1945), Ralph L. Rusk, *The Life of Ralph Waldo Emerson* (Charles Scribner's Sons, 1949) の二つが、エマソンの生涯に関する研究の決定版となり、その後 Gay W. Allen, *Waldo Emerson: A Bibliography* (Viking, 1981) など、新しい視点から幾つかの伝記が出版されてきている。

こうしたエマソン再評価の動きの中で、早くも一九五〇年代に、エマソンの内面の「自我《セルフ》」の現代性に注目し、エマソンの「脱超越主義化」の先鞭をつけ、彼の精神のダイナミックで複雑な展開を明確に示そうとした、ウィッチャーの『エマソンの精神遍歴—自由と運命—』もまた注目を浴び、研究の指針とされるようになってきた。アメリカではこの二十年の間に、エマソン研究が精力的に行われ、数多くの優れた研究書や伝記が次々と出版されてきている。このようにしてエマソンのエッセイだけでなく、説教、講演、日記、書簡なども精緻な研究の対象となることにより、青年期のみならず、中、後年期の思想の展開の実相が追跡され、より正確に知られるようになってきている。また産業革命が進展し、資本主義的市場経済社会、大衆民主主義社会に急速に移行しつつあったアメリカ社会、文化との関係についても研究が進展し、さらにニーチェの「超人」思想や、ウィリアム・ジェイムズやジョン・デューイなどのプラグマティズムとの関係など、後のヨーロッパやアメリカの文学・思想に与えた影響についても注目されるようになってきている。二〇〇三年のエマソン生誕二百年に向けて、研究がより一層進展するのは必至と思われる。

ウィッチャーのエマソン論に対しては、エマソンの思想、人生を二つの時期にあまりにも明確に区分し過ぎているという批判が当然向けられるであろう。そしてエマソンの思想展開における「区分」や「変化」よりも、むしろ「継続性」や「一貫性」こそが重視されなくてはならないとする立場もあるであろう。また本書がエマソンの内面における思想の展開に注目し過ぎるあまり、例えばエマソンと奴隷制問題などのアメリカ社会の現実の問題との関わりについての考察に欠けていたり、また詩人思想家として成熟し、また社会批評家の面も備えていた、後年期のエマソンの人間観、社会観が記されている『イギリス国民性』が取り上げられていない、という点も欠点として挙げられるであろう。しかしながらそれにもかかわらず、エマソンの研究史上における本書の画期的な意義は、今日においてさえも少しも失われてはおらず、今後のエマソン研究にも影響を及ぼし続けてゆくものと思われる。

我が国におけるエマソンの受容は明治時代から始まっている。明治二〇年代になると、徳富蘇峰の『国民の友』(民友社)にエマソンの金言名句が掲載され、北村透谷の『ヱマルソン』が民友社(明治二七年)から出版されている。そのなかの「ヱマルソン小論」はエマソンの思想を自らのものとして書かれた注目に値するものである。また明治三九年には、岩野泡鳴の『神秘的半獣主義』が出版され、明治四一年に出版された国木田独歩の『欺かざるの記』には、独歩がエマソンを愛読していたことが記されている。さらに当時のキリスト教界を代表していた植村正久と内村鑑三はエマソンを高く評価していた。このように明治期にエマソンがある程度受容された下地の上に、大正六年(一九一七年)に刊行された平田禿木と戸川秋骨訳の『エマソン全集』(全八巻)により、多くのエマソンの読者が生みだされることになり、我が国のエマソンの受容史における最盛期を迎えることになる。

その後昭和期になると、明治や大正期のように、思想の上での影響力を持つことはあまりなくなり、エマソン・ブームが再び訪れることはなかった。我が国におけるエマソンの評価の高まりと低下は、アメリカにおける評価とほぼ年代的に一致している。戦後に出版された翻訳で特筆すべきものは、『エマソン選集』全七巻(日本教文社、一九六〇―六一)と『エマソン論文集』(岩波文庫、一九七二―七三)である。エマソンは、主に大学における研究の対象となり、少数とはいえ優れた研究が行われてきている。しかしそれにもかかわらず、エマソンと同時代の作家達――例えばナサニエル・ホーソーン、ヘンリー・D・ソーロウ、ハーマン・メルヴィルなど――が、アメリカ・ルネッサンス文学の再評価が進むなかで、熱心に研究されてきたのと比較すると、エマソンの再評価は遅れており、思想の全体像はまだ十分には解明されていないように思われる。本訳書が、我が国におけるエマソン思想に対する理解をより深めるのに、あるいは再評価されるのに、幾分でも役立つとしたら、訳者の望外の喜びである。

文中のエマソンの作品、日記などの訳出に際しては、次に挙げる書を参照し、またなかには訳文、訳注をほとんどそのまま借用させていただいた箇所もある。いちいち具体的な箇所は挙げないが、これらの多くの先達の業績に、拙訳は負うところが大きかったことを記しておかなくてはならない。

『エマソン選集』全七巻（日本教文社、一九六〇—六一）
斎藤光訳　第一巻『自然について』、第五巻『美について』
入江勇起男訳　第二巻『精神について』
小泉一郎訳　第三巻『生活について』、第七巻『たましいの記録』
原島善衛訳　第四巻『個人と社会』
酒本雅之訳　第六巻『代表的人物像』
（一九九六年に、第一巻、二巻の改装新版が出版された）
酒本雅之訳『エマソン論文集』上・下巻（岩波文庫、一九七二—七三）
平田禿木・戸川秋骨訳『エマアソン全集』全八巻（国民文庫刊行会、一九一七、また一九九五年に復刻版が日本図書センターから刊行された）
ブリス・ペリー編、富田彬訳『エマソンの日記』（有信堂、一九六〇）
斎藤光『エマソン』（新英米文学評伝叢書、研究社、一九五七）
尾形敏彦『ウォルドー・エマスン』（あぽろん社、一九九一）

エマソンの著作を翻訳で読みたいと望む読者は、参考文献で示した『エマアソン全集』、『エマソン選集』、『エマソン論文集』を読むとよいであろう。また参考のために、戦後に我が国において出版されたエマソンに関する主な研究書の文献を刊行順に挙げておく。

志賀勝　『エマソン』（養徳社、一九四八）
斎藤光　『エマソン』（研究社、一九五七）
安藤正瑛『エマソンとその辺縁』（関書院、一九五七）
石田憲次『エマーソンとアメリカのネオ・ヒューマニズム』（研究社、一九五八）
Yukio Irie, *Emerson and Quakerism* (Kenkyusha, 1967)
酒本雅之『アメリカ・ルネッサンス序説』（研究社、一九六九）
尾形敏彦『エマスンとソーロウの研究』（風間書房、一九七二）
酒本雅之『アメリカ・ルネッサンスの作家たち』（新書、岩波書店、一九七四）
斎藤光訳・解説『超越主義』（アメリカ古典文庫17、研究社、一九七五）
尾形敏彦『エマスン研究』（山口書店、一九七九）
K・M・ハリス著、谷崎隆昭訳『カーライルとエマソン―その篤き親交―』（山口書店、一九八〇）
舟橋雄　『エマスン』（英米文学評伝叢書91、研究社、一九八〇、一九三五年版の復刻版）
生駒幸運『エマソン・自然と人生―エマソンとその周辺―』（旺史社、一九八二）
尾形敏彦『ウォルドー・エマスン』（あぽろん社、一九九一）
加藤尚幸『アメリカ文学の出発―その自我の発見と出発―』（開文社、一九九二）
市村尚久『エマソンとその時代』（玉川大学出版部、一九九四）

生駒幸運『エマスンの思想研究―エマスンの思想とその思想の背景について―』（旺史社、一九九七）
藤田佳子『アメリカ・ルネッサンスの諸相―エマスンの自然観を中心に―』（あぽろん社、一九九八）

なお、本書の各章の題目には、読者に分かりやすくするために原題を幾分変え、訳者が工夫したものがある。原書版の参考文献一覧の部分は、掲載されている文献が今日においては幾分古いと思われるものが多いため、省略した。訳文中（　）で示した部分は訳者注である。また原注においても、必要と思われる箇所は訳者が補った。

本書の翻訳に際しては、まず東京大学名誉教授斎藤光先生に、心から感謝申し上げなくてはならない。訳者は大学での卒業論文にエマソンを選んで以来、先生から御指導を賜っている。今回に限っても、七年前に本書翻訳の計画を先生にお話してから、いろいろと貴重な御助言をいただいただけでなく、翻訳原稿に目を通してもいただいた。

また本書出版に際しては、斎藤先生と同様、大学時代から親身の御指導を賜っている、東京大学名誉教授で、現在岐阜女子大学教授の亀井俊介先生に大変お世話になった。そして南雲堂の原信雄氏からは、貴重な御助言をいただいた。記して感謝申し上げる。

誤訳などの不備な点は訳者の浅学によるものである。ご教示とご叱正をお願いしたい。

二〇〇一年（平成十三年）一月

訳　者

索　引

愛　Love　82,105〜07,129,162,230〜31,278〜79
悪　Evil　一の問題　29,67,80；一の否定　80,174；一から生ずる善　123,195,224,252,258,266；一と善の同一　237,258　(Cf. 徳)
「アジア，私の」 'Asia, Mine'　(→リディアン・エマソン)
アダム　Adam　48
アダムズ　Adams, Henry　20,98,232
『アメリカ実用知識双書』 *The American Library of Useful Knowledge* 143
アリストテレス　Aristotle　185
アルフレッド大王　Alfred, King　232
安全　Safety　(→確信)

イェイツ　Yeats, W. B.　81
イエス　Jesus　(→キリスト)
『イギリス学士院会報』 *Transactions of the Royal Society*　143
意志　Will　72,113,129,137,155,211,214,244　現われた一と隠れた一 72,258　(Cf. 偉大なるもの，活力，神，力)
偉人　the Great Man　109〜14,155,166〜67,204,244　(Cf. 偉大なるもの，英雄，改革者，懐疑家，学者，語る者，観察者，気質，行為する者，行動家，詩人，聖者，代表的人物，抽象主義者，超越主義者，認識する者，報告者，保守主義者，物質主義者，雄弁，若者)
依存　Dependence　45　(Cf. 無力)
偉大なるもの　Greatness　21,27,72,82〜84,89,99〜102,109〜17,119,129,130,163〜67,171,184,185,196,204,232,251,253,254　(Cf. 意志，偉人，偉大な行為，内なる神，英雄的資質，改革，貴族主義，行為，詩人，支配，至福千年説，自由，主権，勝利，人格，〈詩的な〉生，力，超越主義，天才，人間，雄弁)
偉大な行為　Great　Action　68,109〜17,129,155,202,207　(Cf. 偉大なるもの)
一元論　Monism　59　(Cf. 統一)
一なるもの（と多くのもの） One (and many)　145,235　(Cf. 統一)
一貫性　Consistency　96,164　(Cf. 矛盾)
インドラ　Indra　278

ヴィアサ　Viasa　38
ヴィシュヌ　Vishnu　181,278
ウィンターズ　Winters, Yvor　265
ウェブスター　Webster, Daniel　133
ヴォルテール　Voltaire　28
運動　Motion　207,255　(Cf. 気質)
運命　Destiny　(→慈愛，運命　Fate)
一 Fate　52,98,131,198,242,247,251,255〜60；一と東洋　235〜39；一に対する反逆　34,68,102,103〜04；一への服従　163〜65,171,176,183,195,217〜19,242；一と必然　244；一と法　67〜70　(Cf. 経験，自然〈の人間とは異質の面〉，必然，法)
運命論　Fatalism　247　(Cf. 運命)

永遠の今　Eternal Now　156,186　(Cf. 時間)
エイハブ　Ahab　(→メルヴィル)
英雄　the Hero　109〜14,130,211,242,244,251；一と聖者　112　(Cf. 偉人)
英雄的資質(行為)　Heroism　89,109〜14,158,207,208,253；一と個人的なもの　112；一と徳　114；一と思慮分別　114〜16　(Cf. 偉大なるもの)
エガー　Oegger, Guillaume　39
エドワーズ　Edwards, Jonathan　47

1847年以降の思想　240〜63
後年の楽天主義　235〜39
運命と自由　242〜46
『処世論』　246〜60
人間主義　246〜54
梯子　248〜51
教養　252〜54
「超人間主義」　255〜60
法の崇拝　256〜60
南北戦争への対応　261〜63
エマソン思想の要約　263〜65
エマソンの価値　265〜68
「愛」 'Love'　105,107
「アメリカの学者」 'The American Scholar'　90,124,141,165,178,218；(引用)　84,107〜08,134,139
「偉人伝」(連続講演)　*Biography*　109〜10,131,233
「運命」 'Fate'　217,255
「英雄的資質」 'Heroism'　(引用)　111〜14,(随所)
『エッセイ集・第一集』 *Essays, First Series,*　150
『エッセイ集・第二集』 *Essays, Second Series,*　241
「円環」 'Circles'　156,163,229；(引用)　150〜55,160〜61
「恩寵」 'Grace'　54
「懐疑に生きる人―モンテーニュ」 'Montaigne；or, The Skeptic'　28,206,210；(引用)　177〜87　(随所)　193〜95
「カスティリアのアルフォンゾ」 'Alphonso of Castile'　173
「家庭生活」 'Domestic Life' 175
「奇跡」(説教)　'Miracles'　31〜32
「教養」 'Culture'　136
「教養の進歩」 'The Progress of Culture'　136
「グリーン・ストリート学校での教育に関する講演」 'Address on Education at the Green St. School'　103〜04
「経験」 'Experience'　81,157,193,207,248,256；(引用)　165,175〜92　(随所)
「幻想」 'Illusion'　(引用)　255〜57
「抗議」(講演)　'The Protest'　(引用)　160〜63,198〜200
「個人主義」(講演)　'Individualism'　(引用)　102
「自己信頼」 'Self-Reliance'　102,153,175；(引用)　87〜89,179
『自然』(書物)　*Nature*　57,91〜95,137,138,144〜45,189〜91,221〜25,229,255；(引用)　5,38,71,90〜95　(随所)　174,208,278〜79
「自然」(エッセイ)　'Nature'　226,228〜29,255；(引用)　207,260
「自然研究家」(講演)　'The Naturalist'　145
「自然の方法」 'The Method of Nature'　223,224〜25；(引用)　230
「時代」(連続講演)　*The Times*　128
「時代」(講演)　'The Times'　130
「詩と想像力」 'Poetry and Imagination'　(引用)　226
『社会と孤独』(書物)　*Society and Solitude*　246
「社会と孤独」(エッセイ)　'Society and Solitude'　(引用)　106
「宗教と社会」(説教)　'Religion and Society'　(引用)　44
「修養」(講演)　'The School'　147
「主の晩餐」 'The Lord's Supper'　44
『処世論』 *The Conduct of Life*　136,233〜34；(引用)　246〜60　(随所)
「思慮分別」 'Prudence'　116,175
「神学部講演」 The Divinity School Address　40〜41,80,90,119〜24,137,186,264；(引用)　71〜72,75〜77
「神聖さ」(講演)　'Holiness'　212；(引用)　112
「神秘に生きる人―スウェーデンボルグ」 'Swedenborg；or, The Mystic'　(引用)　141〜42

「政治」 'Politics' 133
「世界霊」 'The World-Soul' (引用) 161～62, 172, 237
「即興詩」 'Voluntaries' (引用) 74
『代表的人物』 *Representative Men* 111, 136, 141～42, 177
「大霊」 'The Over-Soul' 235
「絶え間なく祈れ」(説教) 'Pray Without Ceasing' (引用) 38, 42
「ターミナス」 'Terminus' 261
「力」 'Power' 233
「知性の自然学」 'Natural History of Intellect' 212
「チャニングに捧げる賦」 'Ode to Channing' (引用) 237
「超越主義者」 'The Transcendentalist' 136, 163；(引用) 90
「償い」(エッセイ) 'Compensation' 257；(引用) 64～68 (随所) 79～80
「償い」(詩) (引用) 69
「哲学に生きる人―プラトン」 'Plato; or, The Philosopher' (引用) 251
「汝の天職を見いだせ」(説教) 'Find Your Calling' 201
「汝自らを知れ」 'Gnothi Seauton' (引用) 49～51
「ニュー・イングランドにおける改革者たち」 'New England Reformers' (引用) 204
「人間生活」(連続講演) *Human Life* 159
「人間の教養」(連続講演),「序論」 *Human Culture,* 'Introduction' (引用) 103～04, 134
「バッカス」 'Bacchus' 159；(引用) 172～73
「悲劇的なもの」 'The Tragic' 79
「日々」 'Days' 148, 161, 172；(引用) 250
「美を讃える歌」 'Ode to Beauty' 173
「二つの川」 'Two Rivers' (引用) 157
「ブラーマ」 'Brahma' 237, 239
「文学的倫理」 'Literary Ethics' 107～09, 138
「文学に生きる人―ゲーテ」 'Goethe; or, The Writer' 136
「保守主義者」 'The Conservative' (引用) 131
「まるはな蜂」 'The Humble-Bee' (引用) 173～74
「モナドノック山」 'Monadnoc' (引用) 78～79
「森の調べ」 'Woodnotes' (引用) 238～39
「唯名論者と実在論者」 'Nominalist and Realist' (引用) 202
「友情」(エッセイ) 'Friendship' 105, 106～07；(引用) 147
「友情」(詩) 'Friendship' 173
「ユーリエル」 'Uriel' 122, 150, 172, 178；(引用) 122
「倫理哲学の現状」(大学時代の論文) 'The Present State of Ethical Philosophy' 29, 36
「霊感」 'Inspiration' 158
「霊の法則」 'Spiritual Laws' (引用) 73, 133～34
「礼拝」 'Worship' 257, 260；(引用) 166, 257
「若いアメリカ人」 'The Young American' (引用) 218
「われわれ人間の存在の奇跡」(説教) 'The Miracle of Our Being' 47
エマソン Emerson, Waldo (長男) 81, 106
エリオット Eliot, T. S. 265；『四つの四重奏曲』 *Four Quartets* (引用) 209～10

オイラー Euler, Leonhard 143
応報 Retribution 64～67, 261～62 (Cf. 徳，法)
応報の女神ネメシス Nemesis 65
オーケン Oken, Lorenz 39
お上品な伝統 Genteel Tradition

254
「男らしさ」 *Virtus* 88,110〜12,232〜33
思いもかけないこと Surprise 188 (Cf. 力，霊感)
オールコット Alcott, Bronson 93, 96,106,132,133,179,246
恩寵 Grace (→内なる神，敬虔主義)

改革 Reform 118,125〜33,203〜04, 205〜06,254 (Cf. 偉大なるもの，革命，社会，手段，ブルック・ファーム，フルートランズ，農園の教義)
改革者 the Reformer 109,125,132, 178,185,206,254 (Cf. 偉人)
懐疑家 the Sceptic 28,35 (Cf. 懐疑家 the Skeptic，ヒューム)
—the Skeptic 132,177〜87,206, 213,248 (Cf. 偉人，モンテーニュ)
懐疑論 Scepticism 22〜23,25,28〜34,35〜38,68,133,158,174〜75, 279〜80 (Cf. ピュロニズム，不信心，無神論，ユニテリアニズム，理性〈悟性〉)
—Skepticism 32,171〜92,193〜96,206,212〜13,248,255 (Cf. 経験，二重性)
回心 Conversion (→救済)
改善説 Meliorism 224〜25,235 (Cf. 楽天主義)
改良 Melioration 235,251,259 (Cf. 梯子)
会話 Conversation (→人間)
科学 Science 自然— 143〜46；—と宗教 67,143〜46；「理念」としての— 91,95,145；—の原理 143〜45 (Cf. 自然，植物学，進化，生物学，地質学，法)
学者 the Scholar 55,84,109,110, 112,116,126,130,138,165,177,184, 188,201,218,233,242,245,252,262 (Cf. 偉人)
—the Student 128〜130,178,252 (Cf. 偉人)
確信 Confidence, Security 62,68〜69,72,77,80〜81,88,97,121,203, 207〜08,210〜12,216,219 (Cf. 自己信頼，法)
革命(道徳的) Revolution(moral) 44,52,56,83,90,95〜97,103,110, 117,118,121〜23,129,137,151,155, 177,184,196,205,216,262 (Cf. 社会)
語る者 the Sayer 213 (Cf. 偉人)
活動的な魂 the Active Soul 152 (Cf. 活力)
活力 Animal Spirits 159,233 (Cf. 活力 Vital Force)
—Energy (→活力 Vital Force)
—Vital Force (創造的活力 Creative Energy) 神の— 154〜55,225〜26,230〜39,255；人間の— 137, 153〜55,159〜63,166,233〜34, 252；社会の— 206 (Cf. 意志，活力，健康，自然〈の人間とは異質の面〉，力，天才，「ナトゥーラ・ナトゥーランス」，流動，霊感)
カドワース Cudworth, Ralph, 275
カービーとスペンス『昆虫学入門』 Kirby, William, and Spence, William, *Introduction to Entomology* 143
カーペンター Carpenter, F. I. 164, 221,235
神 God; existence of —の存在 29, 30；内在する— immanent 60；宇宙の— in the Universe 64,195 (Cf. 法)；生ける— living 46, 63；内なる神 God Within 36,43, 44〜49,52,55,56,57,62,63,70,81, 84,88,89,93,99,112,115,117,195, 201,203,207 (Cf. 偉大なるもの，自己信頼，超越主義，「唯心論」) (→意志，活力，神〈の摂理〉，実在，世界霊，力，統一，道徳的本性，普遍者，法，無限なる者，理性) (根源的存在 Cause，魂 Soul，霊 Spirit は随所)
神(の摂理) Providence 30,33,194

（Cf. 神）
神信仰　God-Reliance　97　（Cf. 自己信頼）
カーライル　Carlyle, Thomas　39,54,96,106,204,243,254；『英雄と英雄崇拝』 *Heroes and Hero Worship* 111；『衣装哲学』 *Sartor Resartus* 180
ガリレオ　Galileo　143
カルヴィニズム　Calvinism　24,25,26,219,263,280　（Cf. 敬虔主義，ピューリタニズム）
観察者　the Observer　60,124,211～12,253　（Cf. 偉人，観念論）
感情　Feeling　（→心情　Sentiment）
完全さ　Entirety　101,126　（Cf. 全体性）
完全主義　Perfectionism　266,280
カント　Kant, Immanuel　39,247
観念論　Idealism　35,36,39,57,80～81,91～93,123,147,179,189～92,209,212～13,217,220,255,278～79；バークリーの―　28,36～38,91,189,256；ドイツ―　95,220,281～82；東洋の―　38；プラトン哲学の―　91,95　（Cf. 観念論哲学，幻想，「現代哲学」，孤独，主観性，東洋思想，ドイツ，バークリー，プラトン，プラトン哲学，「唯心論」）
「観念論哲学」　'the Ideal Theory' 36,92,277～79　（Cf. 実在論，〈バークリーの〉観念論）

キケロ　Cicero　21
気質　Temperament　182～83,196～97,208,243　（Cf,偉人，運動，気分，経験，個人，誇張，自己信頼，職業）
奇跡　Miracles　31～32,43,175,227　（Cf. 啓示）
貴族主義（自然的）　Aristocracy（natural）　242,243,253　（Cf. 偉大なるもの，人間主義）
気分　Impulse, Moods　68,102,154～55,158,180,183,188,212～13,244,245,256　（Cf. 気質，経験，二重性）
ギボン　Gibbon, Edward　28
義務　Duty　138,217　（Cf. 徳）
　― Obligation　39,68,71～72,73～74,100,102,105,108～09,117,214,267,280　（Cf. 徳）
キャボット　Cabot, J. E.　229,263
キャメロン　Cameron, K. W.　7,49
キュヴィエ　Cuvier, Georges　143
救済　Redemption, Salvation　48,94,136,190,208,280　（Cf. 偉大なるもの）
休止　Rest　207,255　（Cf. 実在，理性）
共産主義（自然の）　Communism（of nature）　218
教養　Culture　136～49,232～34,243,246,252～53,254；知的―　139～49,158,254　（Cf. 理性）；道徳的―　127～39　（Cf. 禁欲主義，修練，徳）（Cf. 手段，全体性，人間主義）
極性　Polarity　97～99,236,244,255　（Cf. 二重性）
キリスト　Christ　30,76,120,135
キリスト教　Christianity，―の権威 authority for　（→権威）；歴史的― historical　30～31,39,40～41,49～51,61,64,67,76,80,85,120,233,263；―の真理　27,31,38,41　（Cf. カルヴィニズム，敬虔主義，宗教，神話，ピューリタニズム，ユニテリアニズム）
均衡　Balance　（→アリストテレス，釣り合い，プラトン）
禁欲主義　Asceticism　138,185,216　（Cf. 教養〈道徳的〉）

クエーカー教徒　Quakers　44,55,280,281
クーザン　Cousin, Victor　39
クリスティ　Christy, A. E.　235
グリーブス　Greaves, J. P.　132
グレイ　Gray, H. D.　6,223,235
群衆　the Mob　112,233,256　（Cf. 社会）

経験　Experience（信仰に対立するも

のとして） 60,115～17,120,150～67,171～92,196,217,263 （Cf. 懐疑主義，気分，経験主義，形態，限界，現実，幻想，時間，自己不信，自然主義，自尊心，実在（常識），状況，常識，思慮分別，〈外的〉生，知力〈の軽薄さ〉，二重性，忍耐，悲劇，不信心，無力，若さと老齢）
経験主義 Empiricism 155,175～87,248,265 （Cf. 経験）
敬虔主義（カルヴィニズムの） Pietism （Calvinistic） 27,46,73；エマソンの― Emerson's 46～49,63,73 （Cf. カルヴィニズム，宗教，熱狂〈宗教的〉，ピューリタニズム）
芸術 Art 214,253 （Cf. 詩人）
形態 Form 185,225 （Cf. 経験）
啓蒙主義 The Enlightenment 24,67,281
決定論 Determinism 266 （Cf. 運命 Fate）
ゲーテ Goethe, J. W. von 39,144
権威（信仰の） Authority （for faith） 25,26,31～32,40～41,45,61,67,75～76 （Cf. 啓示）
限界 Limitation 70,154～67,171～75,185,201,213～16,224,231,247,259,262 （Cf. 経験）
健康 Health 19～20,41～42,116,138,158 （Cf. 活力）
原始主義 Primitism 137,187 （Cf. 自然，野生）
現実（世界） the Actual 104,120,128,162,166,179,216 （Cf. 経験）
喧騒派 Ranters 52,280
幻想 Illusion 181～83,189,212～13,255～56,262,279 （Cf. 懐疑論，観念論，経験）
「現代哲学」 'Modern Philosophy' 23,40,266,282

行為（行動） Action, Performance 70,117,118～35,166,184,201,208,215,261～62,279 （Cf. 偉大なるもの）
行為する者 the Doer 109～14,213 （Cf. 偉人）
行動家 the Actor 128～29,184 （Cf. 偉人，学者）
コウルリッジ Coleridge, S. T. 39,42,43,45,57,91,96,144,228,263,281,282；『老水夫行』 *The Ancient Mariner* 57
個人 Individual，個人的特質 Individuality，個人主義 Individualism 45,57,60,82,89,93,98,102,112,162,164,191,196,201,228,234～35,266 （Cf. 気質，自己信頼）
悟性 Understanding （→理性〈悟性〉）
「誇張」 'Exaggeration' 98,132,205,252 （Cf. 気質）
ゴッダード Goddard, H. C. 62
孤独 Solitude 83～84,105～08,123,184,208～13 （cf. 69），254 （Cf. 自己信頼）
コンスタン Constant, Benjamin 39

再生 Rebirth 45,100,117
サーディ Saadi 124 （Cf. 詩人）
作法 Manners 243,254 （Cf. 人間主義）
サンタヤーナ Santayana, George 238

慈愛 Beneficence, Benevolence，慈愛に満ちた動き Benevolent Tendency 53,70～71,72,195,203,218,220,224～25,234,235,239,259～60 （Cf. 自然，法）
シェイクスピア Shakespeare, William 232
ジェイムズ James, William 266
ジェファソン Jefferson, Thomas 253
シェリング Schelling, F. W. J. von 39,235
シーカーズ Seekers 280
「自我」 Me；（「自我の自我」 'me of me'，「非我」 'not me'，「別の自我」 'other me'） 89,91,139,211,229
時間 Time ―からの逃亡 101～02,

155〜56；「長期間」 'securality' 228,236〜38；—への服従 20,101,156〜63,211；瞬間 the moment 152〜54,156,186 （Cf. 偉大なるもの，永遠の今，経験，流動）
自給自足 Self-Sufficiency （→自立）
自己 Self （→自己中心主義）
「自己(二つの)」 'Selfs, Two' （Cf. 二重意識，二重性）
自己改善 Self-Improvement （→自己修養）
地獄の下の日の差さない深淵 Tartarus 243
自己合一 Self-Union 101,171,216 （全体性）
自己修養 Self-Culture 26,73,219,251〜52 （Cf. 人間主義）
自己信頼 Self-Reliance 42,51,81,87〜90,95〜97,105,113,115,116,127,139,153,187,191,196,200,203,221,251,254 （Cf. 内なる神，確信，神信仰，観念論，気質，個人，孤独，自己中心主義，自由，主観性，職業，自立，全体性，力，独我論）
自己中心主義 Egoism 52,86,89〜97,99,101,136,180,188〜92,219,220,228,236,243,244 （Cf. 自己信頼）
自己不信 Self-Distrust 19〜22,26〜27,34〜35,49,68,83
詩人 the Poet 55,93〜95,124,184,213〜16；解放者としての— 215〜16 （Cf. 偉人）
—，オルフェウス的 Poet, Orphic 93
思想，想念 Thought 38,133,154,164,177〜79,184,208〜13,244,249〜51 （Cf. 理性）
自尊心 Self-Esteem 2,34〜36,39,68〜69
自然 Nature 90〜94,189,205〜06,215,220〜239,241〜46；—の人間とは異質の面 112,186〜87,227〜29,231〜39,241〜44；教養の手段としての— 139〜46；啓示としての— 71,75〜76,91〜92,140〜42 （Cf. 科学，活力，原始主義，慈愛，進化，法，野生，流動）
自然主義 Naturalism 159,211〜12,264 （Cf. 経験主義）
自然の言葉 Language of nature （→自然〈啓示としての〉）
実在 Reality，霊的— 64,70〜71,75,80〜81,92,134,135,155,176,181,184,190,208,212,216,229,236,240,246,251,257,262,263,264,279；常識 common-sense 107,182,186,279 （Cf. 神，観念論，人格，「唯心論」）
実在論 Realism，スコットランド— Scottish 35,36,276〜78,279 （Cf. 観念論哲学，道徳感覚）
『実用知識双書』 *The Library of Useful Knowledge* 143
支配 Mastery 96,101,103,113,203 （Cf. 偉大なるもの）
至福千年説 Millennialism 82〜85,93〜94,118,280 （Cf. 偉大なるもの，超越主義）
社会 Society 89,179,184,233,241；共同体的—観 205,218；—に対する挑戦 51,102〜09,112,120〜24,127〜28,140,160,162,198〜99,260；—との和解 104〜05,133,197〜98,243 （Cf. 改革，革命，群衆，孤独，自己中心主義，保守主義，民主主義，無政府主義）
ジャクソン Jackson, Andrew 218
シャフツベリ Shaftesbury, Third Earl of 35
自由 Freedom 42,96,98〜99,100,102,197〜98,231,255；「内なる神」によって確証された— 44〜49,82〜86；—とその限界 (1)行動の要求 108〜09,133〜34；(2)人間の無力 27,116,171；(3)法 68,99,100；(4)必然 33,68,100,217,236,242〜44,247,259〜60；人間主義的— 219,251；人間に生来そなわっている— 88,97,186；—を得るための「次善」の策 197〜217,252〜53 （Cf. 偉大なるもの，自己信頼，全体性，力，

人間主義，霊感）
宗教，エマソンの　The Religion, Emersonian　71〜77,119〜20（Cf. 敬虔主義〈エマソンの〉，「神学部講演」）
修練　Discipline　80,92,138,158（Cf. 教養〈道徳的〉）
主観性　Subjectiveness　89〜93,189〜91,255（Cf. 自己信頼）
主権　Sovereignty　101,215（Cf. 偉大なるもの）
手段（偉大なるものに達するための）Means of reaching greatness）118〜49,216（Cf. 改革，教養）
シュナイダー　Schneider, Herbert　67
シュライエルマハー　Schleiermacher, F. E. D.　39
純潔　Purity　76,78〜79,85〜86,88（Cf. 徳）
ジョイス　Joyce, James『フィネガンズ・ウェイク』*Finnegans Wake*　115
照応　Correspondence　55,141〜42（Cf. 教養〈知的〉，スウェーデンボルグ，理性）
状況（境遇）Circumstance, Condition　80,88,90,100〜01,115,138,153,160,175〜87,217,241,251,259,266（Cf. 経験）
証験（信仰の）Evidence（for faith）45,62；外的—　30〜32,41；内的—　32,41（Cf. 啓示）
常識　Common Sense　57,115〜17,178（Cf. 経験）
上昇　Ascension　249〜56（随所）（Cf. 梯子）
象徴主義　Symbolism　142
勝利　Victory　166〜67,211,216,242,260（Cf. 偉大なるもの，力）
職業　Vocation　55〜56,108〜09,119,184,186〜87,198〜204,207,213〜16,241,242,252（Cf. 気質）
植物学　Botany　228
ジョフロア　Jouffroy, T. S.　39
書物（教養の手段としての）Books（as means of culture）147
ジョンソン博士　Johnson, Dr. Samuel　60
シラー　Schiller, J. C. F. von　39
自立　Independence　34〜35,38〜39,45〜46,51,52,54〜55,87〜88,89,90,96,99,105〜09,126〜27,139,153,242（Cf. 自己信頼）
思慮分別　Prudence　103,113〜16,129,175（Cf. 経験）
進化　Evolution　145,154,220〜26,227,235；社会の—　206（Cf. 科学，自然，進歩，梯子，変形）
人格　Character　68,79,110,113,115,129,134,206,251,253,254,262,266（Cf. 偉大なるもの）
新奇なもの　the Newness　61（→超越主義）
信仰　Faith（随所）
真実（真理）Truth　60,99,212,231（Cf. 理性）
心情　Sentiment　32,40,42,68,256；宗教的—　26,45,60,75,89,110,233（Cf. 道徳的心情，理性，霊感）
神聖さ　Holiness　73〜74,101,112,113,212,233（Cf. 徳，道徳的心情）
神秘主義　Mysticism　41,42,58〜59,188,281（Cf. 熱狂）
新プラトン主義　Neo-Platonism　281
進歩　Progress　150,251,254（Cf. 進化）
神話　Myth，神話学　Mythology，「神話」*Mythos*　48,61,64,83,94（Cf. 人間の堕落，眠り）

スウィフト　Swift, Jonathan『ガリバー旅行記』*Gulliver's Travels*　174
スウェーデンボルグ　Swedenborg, Emanuel　39,91,141〜42,144〜45,281（引用）141〜42
スウェーデンボルグ教会　The New Church　141（Cf. スウェーデンボルグ）

スタージス　Sturgis, Caroline　106
スタール夫人　Staël, Mme de　39
スチュアート　Stewart, Dugald　35, 36, 38, 274〜75, 276〜77
ストア主義（禁欲主義）　Stoicism　33, 66, 68, 76, 77, 101, 111, 137, 217, 248,（Cf. 英雄的資質，徳）
スピラー　Spiller, R. E.　241
スフィンクス　Sphinx　146
スペンス　Spence, William　143
スミス　Smith, Adam　275（Cf. 40）
スミス　Smith, H. N.　7, 128, 201

生　Life；外的な一　exterior　79〜80；詩的な一　poetic　165, 216（Cf. 偉大なるもの，経験）
「生気」（活力）　'Life'(energy)（→活力）
聖者（聖人）　the Saint　112, 210, 212, 244（Cf. 偉人，神聖さ）
聖書　Bible, Scripture　31, 44, 66, 124, 140, 141, 280, 282（Cf. 啓示）
精神　Mind（随所）（→神，理性）
聖バーナード　St. Bernard　68
生物学　Biology　143
世界霊　World Soul　36, 154（→神）
責任　Responsibility（→義務）
絶望　Despair　171〜74（Cf. 悲劇）
全体性　Wholeness　45, 82〜86, 101〜02, 126, 135〜36, 145, 215〜16（Cf. 偉大なるもの，個人，自己合一，自己信頼，自由，二重性）
1837年の恐慌　the Depression of 1837　102

創造者，永遠の　Generator, Eternal（→活力）
ソクラテス　Socrates　132
ソーロウ　Thoreau, H. D.　19, 96, 101, 106, 233, 246；『ウォールデン』*Walden*　55, 126, 278

「第一哲学」　'The First Philosophy'　57〜58, 60, 62（Cf. 理性と悟性）
第五王国派　Fifth-Monarchy Man　52
第二教会（ボストンの）　Second Church (Boston)　19, 100（Cf. 牧師職〈辞任〉）
代表的人物　the Representative Man　109, 215〜16（Cf. 偉大なるもの）
大望　Ambition（→偉大なるもの）
ダーウィン　Darwin, Charles　221
団体　Societies；一への反感　127
タンタロス　Tantalus　146

力　Power；神の一　43〜44, 46, 59, 88, 96, 129, 166, 195, 232〜34, 239, 242, 258, 259；人間の内部の一　45, 46, 82, 87〜90, 127, 136, 137, 166〜67, 185, 203, 244, 252, 259；道徳的一　73〜75；実際的　88, 95, 110, 113, 115, 135, 207, 244；一と道徳的心情　110〜14, 233, 251；一と法　85, 98, 196, 239；人間に生来そなわっている一　natural　159, 163, 233；一の限界　159, 163, 185, 193, 213, 224（Cf. 意志，偉大なるもの，内なる神，活力，神，自己信頼，自由，徳，霊感）
地質学　Geology　143, 227〜28, 234
知性，知力，理知　Intellect　129, 150, 198, 207, 213, 216, 225, 230, 243, 245, 251, 256；一の軽薄さ　184, 210〜11（Cf. 理性）
チャップマン　Chapman, J. J.　266
チャニング　Channing, W. E.（牧師）　23；（引用）　30〜31
チャニング　Channing, W. E.（詩人）（引用）　152, 176, 195
抽象主義者　the Abstarctinist　178〜79, 184（Cf. 偉人）
超越主義　Transcendentalism　33, 48, 61, 82, 89〜90, 95, 101, 130〜31, 155, 175, 177, 180, 181, 184, 185, 193, 196, 224, 228, 240, 247, 248, 250, 251, 254, 259, 280（Cf. 偉大なるもの，内なる神，自己信頼，至福千年説，理性）
超越主義者　the Transcendentalist　130〜31, 133, 135, 165, 178, 180, 200

(Cf. 偉人)
超俗（エマソンの） Detachment (Emerson's)（→孤独）
沈思黙考 Contemplation （→思想，理性）

償い Compensation 38,64〜71,257 (Cf. 法)
罪 Sin 46〜48,49,68,154,172,250 (Cf. 悪，徳)
—(罪悪感) Guilt （→罪 Sin）
釣り合い Proportion 185,236,247,248〜50,252 (Cf. 二重性，梯子)

デイヴィ Davy, Humphrey 143
デイヴィス Davis, M. R. (引用) 274
ディッキンソン Dickinson, Emily (引用) 232
デカルト Descartes, René 276
天才 Genius 158,214；個人的— 187,202 (Cf. 偉大なるもの，活力，気質，霊感)
天職 Calling （→職業）

ドイツ Germany 「現代哲学」の源泉 23,39；—の高等批評 25,28,30；(Cf. 懐疑論，〈ドイツ〉観念論)
統一 Unity 60,62,225,236 (Cf. 一元論，一なるもの，神，理性)
同一（性） Identity （→シェリング）
トウェイン Twain, Mark (Clemens, S. L.)；『不思議な少年』 *The Mysterious Stranger* 191,209
「道徳科学」 'Moral Science' 67,257 (Cf. 徳，科学)
道徳感覚 Moral Sense 25,26,35〜36,38〜39,43,274〜75 (Cf. 実在論，徳)
道徳的心情 Moral Sentiment 75,85,110,112,114,116,188,212,233,251,275 (Cf. 心情，徳)
「道徳的本性」 'Moral Nature,' 「道徳的完全」 'Moral Perfection' 63,71〜77,85,89,186 (Cf. 徳)
道徳律 Moral Law 52,64〜81,98〜99,257；—と自然法則 72 (Cf. 徳，法)
動物磁気 Animal Magnetism 94
東洋思想（エマソンの） Orientalism (Emerson's) 181,221,235〜39,282 (Cf. 運命，〈東洋の〉観念論，自然〈の人間とは異質の面〉，ヒンズー教，仏教)
徳 Virtue 22,64〜81,85〜86,88,96,100〜01,138〜39,185〜87,212,257,280；—と力 113〜14 (Cf. 悪，応報，義務，〈道徳的〉教養，純潔，神聖さ，ストア主義，力，罪，道徳科学，道徳的心情，道徳的本性，道徳律，良心，倫理)
独我論 Solipsism 189〜92 (Cf. 自己信頼)
土曜クラブ the Saturday Club 254
努力 Striving 153 (Cf. 活力)
ドルーイッド Druids 232

「ナトゥーラ・ナトゥーランス」 *Natura Naturans* 228 （→活力）
ナポレオン Napoleon 109,113〜114
南北戦争 Civil War 246,261〜63

「二重意識」 'Double Consciousness' 46 (Cf. 二重性)
二重性 Duality 46,57〜60,69〜70,82,93〜94,108〜09,112,115〜17,132,145,150〜67,171〜75,185,236,244〜46,248, 259,262 (Cf. 一貫性，懐疑論，気分，極性，経験，「自己〈二つの〉」，釣り合い，二元論，「二重意識」，人間，人間の堕落，波動，悲劇，不条理，矛盾，理性と悟性，若さと老齢)
二元論 Dualism 59,255 (Cf. 二重性)
ニーチェ Nietzsche, F. W. 114
ニューカム Newcomb, C. K. 166
ニュートン Newton, Issac 31,143,144
人間 Man；(自然の）中心に位置し

ている— 215,222；—の複合性（→二重性）；—の「姿」 176,181；—の不完全性 109,131〜32,202,204〜06,223；—の狂気 204〜05；—の王国 52,91,94,95,146,160,166〜67,171；—の可能性 154,171,184〜85,223〜24,242〜43；—の「本性」（→偉大なるもの，内なる神）；—と自然とが関係していること 139,221〜23
—（教養の手段としての） Persons (as means of culture) 147〜48
人間主義 Humanism 219,243,246〜54 （Cf. 教養，自己教養，自由，手段，徳，風俗）
人間の堕落 The Fall of Man 48,83,94〜95,162,190 （Cf. 神話，二重性）
認識する者 the Knower 213,214 （Cf. 偉人）
忍耐 Patience 129,165,245 （Cf. 経験）

熱狂（熱情）（宗教的） Enthusiasm 25,32,43,61,63,83,102,117,198,208,245,246,280〜81 （Cf. エドワーズ，敬虔主義，宗教，心情，反律法主義）
眠り Sleep 58,83,94,136,165,174,179,248 （Cf. 神話）

ノイズ Noyes, J. H. 280
農園の教義 Doctrine of the Farm 126 （Cf. 改革）

ハーヴァード大学 Harvard College 24,26,212,262,275；神学部大学院 Divinity School 66
パーカー Parker, Theodore 95
バーク Burke, Edmund 131
パークス Parks, H. B. 7,48,280,（引用） 48
バークリー Berkeley, George 36,37〜38,60,91,275,276,278
「バークリー哲学」 the Berkleian Philosophy （→観念論〈バークリーの〉）
バーサーカ Berserkers 232
ハーシェル Herschel, J. F. W. 143
梯子 Scale 185,248〜51,256 （Cf. 改善，上昇，進化，釣り合い）
ハチソン Hutcheson, Francis 35,274
波動 Undulation 97,157,213 （Cf. 気分，二重性）
バトラー Butler, Joseph 275
ハットン Hutton, James 227
ハーバート Herbert, George 222
汎神論 Pantheism 59,98,280 （Cf. 宗教）
ハンター Hunter, John 222
反律法主義 Antinomianism 280〜81 （Cf. 宗教的熱狂）

悲劇 Tragedy 79〜81,171〜74
ビーチ Beach, J. W. 7,226,238；（引用） 221,234
必然 Necessity 217,242〜45,255；—への服従 20〜21,33,182〜83,207；—の超越 45；—の崇拝 243,259〜60 （Cf. 運命）
ピーボディ Peabody, Elizabeth；—宛の手紙 142
ヒューム Hume, David 28〜31,36,37,91,178,263
ピューリタン Puritan，ピューリタニズム Puritanism 21,24〜25,47,63,66,72,77,80,85,140,239,280 （Cf. カルヴィニズム）
ピュロン Pyrrho，ピュロニズム Pyrrhonism 28,37 （Cf. 懐疑論）
ヒンズー教 Hindus 38,239,278

ファーキンズ Firkins, O. W. 83
フィヒテ Fichte, J. G. 39,95,96
フォースト Faust, Clarence 249
フォックス Fox, George 109,281
物質 Matter 36,152,164,225,226,276〜77 （Cf. 観念論）
物質主義者 the Materialist 178 （Cf. 偉人）
不死身 Invulnerability （→確信）

不条理　Absurdity　117,164,245（Cf. 二重性）
不信心　Unbelief　22～23,32～33,129,178,202～03（Cf. 懐疑主義）
プトレマイオス　Ptolemy　228
仏教　Buddhism　235～36
普遍者　Universal，普遍志向者 Universalist，普遍的天才　Universal Genius　98,112,114,202～03,207,212,258（Cf. 理性）
フラー　Fuller, Margaret　37,96,106,278
プライス　Price, Richard　275
ブラウニング　Browning, Robert　153
ブラウンソン　Brownson, Orestes　91,254
「プラグマティックな気分」（エマソンの）　'Prgamatic Mood'(Emerson's)　266
プラトン　Plato　39,70,214,223,236,250,267,281；『ソクラテスの弁明』 *Apology*　281；『パイドロス』 *Phaedo*　281；『国家』 *Republic*　249
プラトン哲学（主義）　Platonism　59,91,95；ケンブリッジのプラトン主義　92（Cf. 観念論〈プラトン哲学の〉）
ブラーマ　Brahma　236,278
フランクリン　Franklin, Benjamin　24
フーリエ　Fourier, Charles　245
フリスビー　Frisbie, Levi　275
ブリッジウォータ宗教論文集　The Bridgewater Treatises　143
プルターク　Plutarch　111
ブルック・ファーム　Brook Farm　126～27,254（Cf. 改革）
フルートランズ　Fruitlands　132（Cf. オールコット，改革）
ブレアー　Blair, Walter　248～49
プレイフェア　Playfair, John　143,227
プロティノス　Plotinus　61
プロテウス　Proteus　142,146,180
フンボルト　Humboldt, Alexander, Baron von　143
文明　Civilization　（→教養）

平安　Peace　（→確信）
ベイコン　Bacon, Francis　5
ペイター　Pater, Walter；『享楽主義者マリウス』 *Marius the Epicurean*　187
ペガサス　Pegasas　148
ヘーゲル　Hegel, G. W. F.　39
ヘッジ　Hedge, F. H.　95
ヘッジ　Hedge, Levi　275
「ベネディクト」　'Benedict'　（→ニューカム）
ヘミングウェイ　Hemingway, Ernest　262
ベーメ　Boehme, Jacob　281
ヘルダー　Herder, J. G. von　39
変形　Metarmorphosis　152,221,224,225,243（Cf. 進化）

ホイットマン　Whitman, Walt　19,45,77,79,98,262；『僕自身の歌』 *Song of Myself*（引用）　99～100
法　Law　62～81,99,194～96,225～26,232,247,257～60；—と力（→力〈と法〉）；道徳的—（→道徳律）（Cf. 運命，確信，慈愛，償い，徳，必然，黙従，楽天主義）
忘我恍惚状態　Ecstasy　230～31（Cf. 活力）
忘却の川　Lethe　58,82（Cf. 眠り）
報告者　the Reporter　217,245（Cf. 偉人，観察者）
牧師職　Ministry；—辞任 44,48,52,54,101,105,108,124；—への献身 21～22
牧神　Pan　238
保守主義（エマソンの）　Conservatism (Emerson's)　56,85,185,197,206,254（Cf. 社会）
保守主義者　the Conservative　131～32,177,254（Cf. 偉人，懐疑家）
ホーソーン　Hawthorne, Nathaniel　19,212

（Cf. スウェーデンボルグ）
リード　Reid, Thomas　276
理念，プラトン哲学の　Idea, Platonic　91, 109（Cf. プラトン哲学）
リプリー　Ripley, George　95, 127
流動　the Flowing　156〜57, 176, 180, 183, 225〜26, 229〜30, 255〜56（Cf. 活力，幻想，自然，時間〈への服従〉）
良心　Conscience　35, 73, 131（Cf. 道徳感覚，徳）
リンネ　Linnaeus, Carolus　143
倫理，プロテスタントの　Ethic, Protestant　201（Cf. 職業）
　―Ethics；超越主義の―　184, 190；懐疑的な―　185〜87；人間主義的な―　248（Cf. 徳）

ルター　Luther, Martin　110

霊感，直感　Inspiration, Instinct, Intuition　41, 60, 84, 89, 95〜96, 137〜49, 158〜59, 176, 212, 233, 244〜46, 260（Cf. 内なる神，思いもかけないこと，自由，心情，力，天才，理性，若さ）
霊魂不滅　Immortality　28, 30, 35, 80
歴史　History　155（Cf. キリスト教〈歴史的〉）
レイン　Lane, Charles　132
連続　Succession　183（Cf. 流動）

ロウエル　Lowell, J. R.；『批評家のための寓話』 *A Fable For Critics*（引用）　61
老齢　Old Age（→若さ）
ロック　Locke, John　91
ローマ人　Roman（→ストア主義）
ロマン主義的　Romantic　153
ロング　Long, Haniel　79

若さと老齢　Youth and Old Age　158〜63, 254, 261
若者　the Youth　159〜63, 198〜99（Cf. 偉人）
ワーズワス　Wordsworth, William　39, 140, 157〜58

訳者について

髙梨良夫（たかなし　よしお）

一九五〇年　長野市に生まれる。

東京大学教養学部教養学科卒業。東洋大学大学院修士課程修了。一九九〇年八月〜九一年三月エール大学客員研究員。

現在、長野県短期大学教授。

主な論文に「牧師から講演者へ——エマソンの説教を中心とした考察」（『アメリカ研究』33号）などがある。

エマソンの精神遍歴　—自由と運命—

二〇〇一年四月十日　第一刷発行

訳　者　髙梨良夫
発行者　南雲一範
装幀者　岡孝治（戸田事務所）
発行所　株式会社南雲堂
東京都新宿区山吹町三六一　郵便番号一六二
電話東京（〇三）三二六八-二三八四（営業部）
　　　　（〇三）三二六八-二三八七（編集部）
振替口座　〇〇一六〇—〇—四六八六三
ファクシミリ（〇三）三二六〇-五四二五
印刷所　日本ハイコム株式会社
製本所　長山製本
乱丁・落丁本は、小社通版係宛御送付下さい。
送料小社負担にて御取替えいたします。
〈IB-262〉〈検印廃止〉

ISBN4-523-29262-0　C3098

アメリカ文学史講義 全3巻
亀井俊介
第1巻「新世界の夢」第2巻「自然と文明の争い」（既刊発売中）第3巻「現代人の運命」（近刊）
各2200円

フォークナーの世界
田中久男
初期から最晩年までの作品を綿密に渉猟し、フォークナー文学の全体像を捉える。
9200円

メランコリック・デザイン
フォークナー初期作品の構想
平石貴樹
最初期から『響きと怒り』に至るまでの歩みを生前未発表だった詩や小説を通して論じ、フォークナーの構造的発展を探求する。
3500円

世界を覆う白い幻影
メルヴィルとアメリカ・アイディオロジー
牧野有通
作品の透視力の根源に肉薄し、せまりくる21世紀を黙示する気鋭の力作評論。
3800円

ミステリアス・サリンジャー
隠されたものがたり
田中啓史
名作『ライ麦畑でつかまえて』誕生の秘密をさぐる。大胆な推理と綿密な分析で隠されたものがたりの謎を解き明かす。
1800円